KB132223

CHILDREN
OF THE
RUNE
BLOODED

1

전민희 장편 판타지

1

룬의 아이들

블러디드

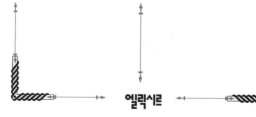

CHILDREN OF THE RUNE BLOODED

엘릭시르

SILENCE

2

장

CONCEAL

언젠가 누구든 마침내
내 가슴을 찌를 때,
나는 오늘의 너를 기억하리라.
나의 어린 적이여,
새로 태어난 나의 첫번째 적이여.

그리고 그날, 만일 내 안에 심장이 들어 있다면
그중 검은 불을 품은
가장 단단한 조각은
너의 것이리라.

네게 가장 좋은 것을 예비하였음을 의심치 말라.

붉은 얼음

아주 오래전에는, 이 땅에 단 한 명의 마법사만이 살았다고 한다.

다른 사람들은 모두 바다 밑에 살고 있었지. 마법사는 너무나 외로워서 날마다 검은 바위에 올라가 물밑을 들여다보았어. 그 시절에는 물이 유리처럼 맑아서 커튼처럼 너울대는 바닷말 아래로, 은청색 물고기들이 헤엄치는 너머로, 바다 사람들이 즐겁게 춤추고 웃는 모습이 다 비쳐 보였어. 마법사는 그들이 너무나 부러웠어. 날마다 날마다 그들에게 말을 걸어봤지만, 바다 밑까지 닿을 리가 있겠어?

그렇게 삼백 번의 밤낮이 흐르고, 또 예순네 번의 밤낮이 흘러가고, 보름달이 떠오른 어느 날 밤, 또다시 바닷가로 나간 마법사는 수많은 사람이 서 있는 걸 보았어. 안개로 지은 드레스와 푸르고 노란 이끼꽃관을 머리에 쓴 아름다운 사람들이었지. 그들은 손을 내밀며 마법사를 환영했어. 그들은 연회를 열었고, 마법사와 밤새도록 즐겁게 춤을 추며 놀았어. 드디어 꿈이 이루어졌던 거야.

하지만 연회는 마법사의 상상만큼 좋지만은 않았어. 그들은 새하얀 소금 덩어리로 만든 케이크와 소금 파우더를 뿌린 봉봉 과자, 소금 창고에서 익힌 술을 내놓았거든. 모든 것이 어찌나 짠지 마법사는 차마 한입도 제대로 먹을 수가 없었어.

날이 샐 무렵이 되자 바다 사람들은 손을 흔들며 바닷속으로 돌아갔어. 내년에 또 만나자면서. 아, 그랬던 거야. 바다 사람들은 한 해에 한 번 뭍으로 올라와 놀았던 거지. 혼자 남겨진 마법사는 다시 쓸쓸하게 바닷속을 들여다보아야 했어. 들리지 않는 인사를 건네면서. 마법사는 바다 사람들을 너무나 사랑했지. 한 해는 왜 이토록 긴지.

삼백 번의 밤낮이 흘러갔을 무렵 마법사는 문득 생각했어. 그들이 돌아온다 한들 또 하루뿐이겠지? 왜 자신은 한 해 내내 기다리다가 단 하루만 그들을 만나야 할까? 그들이 계속해서 뭍에 머물러준다면 좋을 텐데.

그래서 마법사는 특별한 것을 준비했어.

예순네 번의 밤낮이 흘러 바다 사람들이 다시 올라왔을 때

마법사는 그들에게 선물을 주었어. 바다 사람들은 매우 예절에 밝았기 때문에 어떤 선물도 거절하지 않았지. 그들은 미소를 지으며 고맙다고 말하고, 기꺼이 선물을 받아들어 한입 깨물었어. 그리고 그들은 다시는 바다 밑으로 돌아가지 못하게 되었지.

마법사는 바다 사람들의 첫번째 여왕이 되어 그들과 함께 오래도록, 아주 오래도록 행복하게 살았단다. 그리하여 대륙의 귀퉁이, 검푸른 바다로 둘러싸인 이 오를란느에 오늘날 수많은 사람이 살아가게 된 거야.

마법사가 준 선물이 무엇이었냐고? 그건 '붉은 얼음'이라고 불리는, 귓가가 아릿하도록 시고 청량한 사과였어.

바다 사람들이 버리고 온 젖은 땅에서는 혀를 날카롭게 찌르는 소금이 여물어 젖은 자들을 말세까지 먹여 살리건만, 시고 단 사과를 단 한 번이라도 맛본 자는 다시는 그곳으로 돌아가지 못하기 때문이다.

1

장

SILENCE

에투알

"아아, 물론 그런 분이 있긴 했지. 마틸드 공녀라고. 대공 전하의 고모할머니쯤 되시던가? 열여덟 살에 정식 에투알이 되셨는데, 그게 지금까지도 최연소 기록일 거야."

"잠깐만요, 열여덟요? 진짜로 열여덟 살에 에투알 최종심을 통과했다고요? 명예 에투알도 아니고? 혹시 그거…… 무슨 특혜 같은 거 아니었고요?"

한 걸음 뒤에서 따라오던 로랑 카스티유가 되묻자 분견대장 크루파드가 미간을 찡그리며 버릇처럼 혀를 딱 울렸다. 그러나 뒤를 돌아보지는 않았다. 그의 시선은 여전히 횃불이 비춘 몇 걸음 앞의 길을 면밀히 훑고 있었다.

"특혜 같은 소리 한다. 네놈 머릿속에선 에투알이 되게 우습나보다? 이런 모자란 소릴 듣고 있자니 너야말로 특혜가 아닌가 의심스러운데 누가 너 같은 놈을 위해서 그런 수고를 했나 모르겠네?"

"넷, 그런 멍청이는 없습니다. 전 최종심을 2등으로 통과했습니다."

"그날 최종심은 누가 봤는데?"

"펠티에 부단장님입니다."

"쳇. 부단장님만 아니었어도 내가 낼모레 돌아가서 서류 검사했다, 이 빌어먹을 놈아."

"어휴, 천만다행이지. 큰일날 뻔했네요."

크루파드 대장의 사나운 목소리에도 로랑은 수그러드는 기색 없이 연신 싱글대며 걸어갔다. 그들 뒤로 서른 명의 분견대 대원들이 고요하게 따라왔다. 대화는커녕 발소리조차 거의 나지 않았다. 대화가 가능한 것은 앞의 두 사람뿐이었다. 그들은 에투알이기 때문이다. 그건 특권과는 조금 달랐다. 최정예 군인인 에투알은 대화를 나누면서도 전방에 충분히 주의를 기울이고 돌발 상황에도 대처할 수 있지만, 다른 대원들은 그러지 못할 뿐이었다.

"하여튼 마틸드 공녀님이 열아홉 살에 실버스컬 대회에 나가 우승하셨을 즈음에는 진짜 전설적인 인기여서, 새해 첫날 궁전 테라스에 나서면 당대의 대공 전하보다 더 큰 환호를 받을 정도였어. 그분이 뿌리는 사탕을 받으려는 미친 쟁탈전은 또 어땠고. 애들 먹으라고 던지는 사탕을 어른들이 주워 건지겠답시고 너도나도 앞치마 두르고 들어오고, 광주리를 이고 지고 휘둘러대는 인간들도 아주 볼만했지."

햇불에 의지해 축축하고 어두컴컴한 동굴을 걸어가며 새해 첫날에 흩뿌려지는 은화와 색색 가지 사탕을 상상하는 기분은 아주 별로였지만, 어차피 이런 데서는 무슨 얘기를 듣든 똑같은 기분이었을 듯했다. 로랑이 문득 뭔가를 떠올리고는 물었다.

"그런데 말이죠, 대장님은 그때 몇 살이셨는데요?"

"이십 년쯤 뒤에 태어날 예정."

"근데 어떻게 그렇게 잘 알아요?"

"닥쳐, 넌 할머니도 없냐?"

로랑이 킬킬 웃더니 대꾸했다.

"그러네요. 저한텐 할머니가 없었네요. 그래서 그분은, 마틸드 공녀님은 어떻게 됐어요?"

"어떻게 되긴. 돌아가셨지."

"헉, 왜요? 아, 아니구나. 당연한가?"

"내가 아까 대공 전하의 고모할머니라고 안 했냐?"

로랑이 어깨를 움츠리며 피식 웃었다.

"그러네요. 왜 이렇게 멍청하지. 근데 제가 물어본 건 그게 아니라……"

"무슨 일 하셨냐고? 아무 일도 안 하셨어. 그냥 돌아가셨어."

"그 말씀은…… 일찍 돌아가셨단 얘긴가요?"

"응, 서른도 못 넘기고."

"왜요?"

크루파드 대장은 약간 사이를 두고 낮아진 목소리로 말했다.

"그 시절 그분의 인기가 지나치게 높아서 대공위 계승자였
던 기데옹 대공자의 입지가 흔들릴 지경이었거든. 그래서 당
대의 대공께서 일찌감치 혼례를 추진해서 루그란의 왕비가
되신 걸로 알아. 그런데 남쪽의 따뜻한 기후가 체질에 맞지
않으셨는지 그만 몇 년 안 가 돌아가셨다지."

"어휴, 아깝게. 완전 인재를 썩혔네. 열여덟 살에 에투알이
라니, 그런 천재한테 대공국 군대를 맡겼어야지."

그렇게 말하고 있는 로랑도 실은 스무 살에 에투알이 된 드
문 케이스였다. 에투알 중에서는 새파랗게 젊은 셈이다. 키가
훤칠하고 발걸음이 가벼운, 그리고 장난기 있는 눈매를 한 그
는 올해 스물두 살이었다. 그보다 꼭 스무 살 많은 크루파드
대장은 일찌감치 희끗해진 머리를 올려 묶은 노련한 인상이
었다. 크루파드가 쓴웃음을 지으며 뇌까렸다.

"그랬으면 지금과는 좀 달랐으려나."

로랑은 즉각 무슨 뜻인지 알아들었다. 에투알의 입지를 말

하는 것이다. 크루파드 대장이 말하는 시대는 에투알의 최전성기였다. 오를란느 대공국의 자랑이었던 엘리트 군인들이자 대공의 목숨을 네 번이나 구해내고, 북부의 반란을 평정했으며, 아노마라드와의 팔 년 전쟁을 승리로 이끌었던 자들. 입대하면 신분이 어떻든 수련병으로 시작해 다섯 단계의 시험을 통과해야만 정식 에투알이 될 정도로 자부심 드높았던 근위대.

그러나 지금은 근위대라고 부르기가 무색할 정도로 대공 가문과의 관계도 예전 같지 않았다. 몇 가지 사건 이후로 대공들은 에투알과 적당한 거리를 두게 되었고, 에투알의 규모와 영향력도 서서히 줄었다. 전성기에는 오백 명에 이르렀던 에투알이 이제는 팔십여 명밖에 되지 않았다. 수련병이라고도 부르는 '에투알 필롱'의 수도 고작 삼백 명. 이 정도 규모로는 전쟁이 벌어졌을 때 단독 부대가 되기도 힘들다. 물론 에투알의 실력만은 녹슬지 않은 만큼 틀림없이 선봉에 서게 되겠지만.

로랑은 머릿속으로 한 생각을 다 내뱉지 않고 단지 이렇게 말했다.

"지금은 평화롭잖아요. 에투알이 할 일도 별로 없고. 요즘 시대에 우린 그냥 쓸데없이 사치스러운 체스 세트 같은 거라고요. 축제에 나가서 칼춤이나 춰야지."

"평화로운데 나라가 이 지경이냐."

크루파드가 뒷줄을 슬쩍 곁눈질하는 것을, 로랑은 앞을 보고 있었는데도 놓치지 않았다. 에투알에게 넓은 시야는 중요한 훈련 목표이기도 했다. 로랑도 빠르게 뒤를 본 다음 어깨를 움츠리며 중얼거렸다.

"그러네요. 와우, 나라의 운명이 바람 앞의 등불이었네. 심지어 대장님이랑 저랑 둘이서 그걸 짊어지고 있다 이거죠?"

과장된 어조와 달리 로랑의 얼굴에는 웃음기가 없었다. 크루파드는 대답 대신 입술을 짓씹었다. 맨 뒷줄에는 그들이 무척 의식하지 않을 수 없는 사람이 따라오고 있었다. 발언권조차 없는 수련병, 그러나 동시에 오를란느 대공국을 물려받을 공녀, 열다섯 살의 샤를로트 드 오를란느가.

이례적이면서 까다로운 이런 상황이 누군들 달가울 리 없었다. 로랑과 크루파드가 줄곧 옛날이야기를 해가며 별것 아니다, 그럴 수도 있다 하고 자신들을 설득해봤지만 소용없는 짓이었다. 별일 아닐 리가 있겠는가? 혹시라도 공녀가 털끝하나라도 다친다면 그들 둘이 골치 아파지는 건 물론이고 에투알의 입장은 얼마나 곤란할 것이며, 명성에는 얼마나 손상이 가겠는가? 대공 전하의 반응은 또 어떨까?

일이 이렇게까지 된 데는 물론 부득이한 사연이 있었지만 로랑이 보기에 그런 것들은 다 구실이고, '존경해마지않는 단

20

블러드드1

장님'의 고집이야말로 결정적인 이유였다. 꼭 이랬어야 했을까? 비록 선례가 없긴 하지만 수련병 임무 순서를 아주 살짝만, 내년 정도로만 바꿔주면 되잖아? 하필 이런 곳까지 데려오지 않아도 되도록. 지금 같은 시기에 그런 예외는 안 된다고 짚고 나설 사람도 단장님 본인뿐일 게 틀림없다. 석 달 전, 공녀의 오빠인 베르나르 대공자가 실종된 상황인 것이다.

오를란느 북부의 몽타뉴 지방은 예로부터 오를란느에 대한 소속감이 낮았다. 역사상 반란 사건이 있었던 곳도 몽타뉴가 유일했다. 오래전에 다 진압되고 지금은 얌전히 충성하고 있다고 하지만 그런 이력이 있던 땅에 하나뿐인 계승자를, 고작 수십 명으로 구성된 분견대에 소속시켜 보내다니, 왜 그런 위험부담을 져야 한단 말인가? 그런 지경인데 정식 에투알은 그들 둘뿐이고, 그 외에는 수련병들 한 무더기뿐이고……

"단장님…… 존경합니다만…… 아시죠…… 제가 하고 싶은 말……"

로랑이 공기로 된 욕을 섞어가며 중얼대는 것을 뻔히 알았지만 크루파드는 못 들은 체했다. 다소 별난 문화를 가졌다고만 들어온 '사과의 섬' 사람들이 최근 발견한 유물을 확인해달라고 요청했으니 건네받아서 돌아오면 되는 시시한 임무였지만, 그래도 괜히 뒤통수가 따끔따끔하고 쓸데없이 재채기가 나올 것 같고 그들 앞을 얌전히 걷고 있는 안내인들이 갑자기 돌아서서 칼춤이라도 출 것 같은 느낌을 과대망상이라 하긴 뭣했다. 한마디로, 그들은 아주 부담스러웠다.

"대장님, 이거 돌아가서 단장님한테 위험수당 요청해도 되겠죠?"

"위험수당이 어딨어. 위험하지도 않은데."

"안 위험했던 임무도 얼마든지 위험해질 수 있거든요? 이건 제가 에투알이 된 이래 받은 어떤 임무보다도 빡세거든요?"

"너 에투알 된 지 대충 이 년째 아니냐?"

"산전수전 오만 귀찮은 꼴을 겪어오신 대장님하고 비교하자는 건 아니고요. 저는 그냥 능력껏 열심히 하면 되는 일이 좋지, 이렇게 겉보기에는 별거 아니지만 보이지 않는 데서 뭐가 터질세라 긴장하고 다녀야 하는 거 완전 별로거든요."

"안 보여서 거슬려?"

크루파드가 갑자기 고개를 돌리더니 큰 소리로 불렀다.

"샤를로트!"

그러자 저 뒤에서 재빠른 발소리가 들려왔다. 다른 수련병들이 약속이라도 한 것처럼 쫙 비켜났다. 그들 앞까지 뛰어온 소녀가 경례를 착 올려붙이며 말했다.

"수련병 샤를로트, 부름받았습니다."

신분이 어떻든, 에투알에 들어온 이상 에투알의 위계보다 앞서는 것은 없었다. 타고난 모든 특권과 경칭은 에투알이 된

후에야 부활했다. 그전에는 모든 수련병이 그렇듯 공녀도 경칭 없이 이름으로만 불렸다.

검고 반들거리는 단발, 짙은 눈썹과 빳빳한 속눈썹으로 둘러싸인 커다란 눈은 아이처럼 동그랗지만 강렬한 휘광이 있다. 나이보다 앳되고 귀여운 얼굴인데도 인상이 강하다. 공녀라지만 샤를로트는 다른 수련병과 똑같은 기본 제복 차림에 부츠를 신고 동등하게 지급되는 검을 차고 있었다. 남다른 소지품은 한 가지도 없었다. 모르는 사람이라면 대공의 딸은커녕 귀족이라는 것조차 알아보지 못할 것이다.

로랑은 다소 착잡한 심정으로 샤를로트를 흘끗 봤다. 비슷한 또래인 제 동생이 생각났기 때문이다. 공녀와 베르나르 대공자는 우애가 좋기로 소문난 남매였다고 들었다. 뭐 직접 본 적은 없어도 완전히 헛소문은 아니겠지. 비록 저렇게 딱딱한 표정을 짓고 있지만 공녀도 사라져버린 오빠 때문에 크게 상심하고 있지 않을까…… 하고 생각하던 로랑의 귀에 크루파드의 명령이 들렸다.

"샤를로트, 이제부터 로랑 옆에 붙어 있어라. 다시 말해서, 호위해."

"네, 알겠습니다."

샤를로트는 즉각 대답했지만 로랑은 세 살짜리한테 만찬을 얻어먹고 오라는 소리를 들은 것처럼 황당한 표정이 되었다.

"아니, 에투알이 임무지에서 무슨 호위를 받아요? 그것도 수련병한테."

"너 지금 명령에 반박하고 있다."

로랑은 곧장 입을 다물었다. 조금 전까지 농담을 나누던 사이더라도 대장의 명령에 토를 다는 것은 안 될 일이었다. 에투알은 계급도 없거니와 서로를 형제처럼 여겨서 나이와 무관하게 친근하게 대화하는 편이었지만, 임무에 들어가면 책임자와 조력자의 권한을 분명히 했다. 다만 누가 책임자가 되는지는 임무에 따라 매번 달라지곤 했다.

샤를로트는 한 발짝 떨어져서 검 자루에 손을 얹고 긴장된 자세로 전방을 쏘아보고 있었다. 로랑을 포함해서. 어느 모로 보나 충실히 로랑을 호위하려는 태세였다. 그 모습을 보던 로랑은 헛웃음이 나오려는 것을 간신히 참다가 생각했다. 참, 그렇구나.

샤를로트는 자기가 로랑을 호위한다고 생각할 테지만 실은 반대였다. 맨 뒷줄의 공녀를 앞으로 불러 그들의 시야 안에 둔 것은 다시 말해, 로랑에게 샤를로트를 호위하라고 명령한 것이다. 그건 옳은 판단이었다. 상황을 깨달은 로랑은 샤를로트를 다시 흘끗 본 다음 쓰읍 하는 소리를 내고는 입을 다물며 앞을 쏘아봤다. 농담도 뚝 그쳤다. 크루파드도 더이상 말을 건네지 않았다.

로랑은 기사 가문의 아들로 태어났지만 그가 장차 섬겨야할 뒤푸아 남작의 아들 자콥이라는 놈은 어려서부터 소문난 망나니였다. 자신과 나이도 엇비슷한 자콥이 저지르는 온갖 패악질이 역겨워 참기 힘들었던 로랑은 기를 쓰고 노력해 에투알이 되었다. 그렇게 제 운명을 벗어났다. 그러지 않았더라면 날씨도 더럽고 인내심도 바닥난 어느 날, 입바른 소리 하며 덤볐다가 등에 칼이나 맞을 운명이었을 것이다. 그런 만큼 귀족의 호위 같은 것을 좋아한 적은 한 번도 없었지만 이번에는 느낌이 조금 달랐다.

공녀이자 수련병인 샤를로트의 존재는 워낙 유명했기에 알고는 있었지만 임무를 함께한 건 이번이 처음이었다. 그렇다 보니 어떤 성격인지도 잘 몰랐다. 듣기로 샤를로트 공녀는 열한 살에 에투알 수련병이 되었다고 한다. 대공 가문의 일원이 에투알에 도전한 것은 수십 년 만이었지만 불가능한 일은 아니었다. 실제로 마틸드 공녀가 그랬듯 지난 시대에는 대공위 계승자가 아닌 공자 공녀들이 곧잘 에투알의 길을 걷곤 했다. 최종심까지 가지 못하면 적당히 명예 에투알 자격을 수여해서 행사에서 앞줄에 세우는 정도로 체면치레도 해주었다.

그건 다 대공 가문과 에투알의 사이가 좋았던 시절의 일이었다. 이제는 달라졌다. 어린 샤를로트가 에투알이 되겠다고 했을 때 오를란느 궁정에서는 상당한 논란이 있었다. 중론은 쓸데없는 짓이라는 것이었다. 이제는 에투알이라는 이름이 예전처럼 고상하고 명예롭지 않았다. 충성의 상징도 아니었다. 자기들끼리 만든 질서를 중시하느라 대공이 명을 내려도 이러쿵저러쿵 말이 많은 자들이라고들 했다. 에투알에게 마지막으로 남은 건 그저 어마어마한 훈련을 소화해낸, 어딘가 인간 같지 않은 존재라는 이미지뿐이었다.

당연히 대공도 그리 탐탁해하는 기색이 아니었다. 그러나 샤를로트의 의지가 워낙 확고했다. 그리고 그때까지만 해도 샤를로트는 계승권과 거리가 먼 존재였다. 대공의 맏아들이자 모든 면에서 흠잡을 데 없는, 베르나르 대공자가 있었기 때문이다. 그래서 대공도 어린 딸의 고집을 들어주었을 것이다. 적당히 하다가 힘들면 그만두어도 된다는 말도 잊지 않고 덧붙이면서.

대공은 어린 딸의 고집이 어느 정도인지 잘 몰랐던 것이 틀림없다. 열다섯 살이 된 샤를로트는 그간 네 번의 시험을 통과하고 최종심만을 남겨두고 있었다. 최종심은 수년에 걸쳐 되풀이해 응시한 끝에 통과하는 것이 보통이었지만, 어쨌든 이제 와서 포기하기에는 너무 먼 길을 와버렸다.

그리고 오를란느에는 이제 베르나르 대공자가 없었다.

지난여름, 의문의 사건으로 베르나르 대공자가 사라졌다. 대체 왜인지, 누가 연루됐는지, 흔적도 남지 않은 말 그대로의 실종이었다. 두 달에 걸친 대대적인 수색 끝에 발견된 것은 찢어진 머플러 한 조각과 두 동강이 난 칼집뿐이었다.

시체를 찾지 못했기에 아직 장례는 치러지지 않았다. 청천벽력 같은 사태로 충격에 빠진 대공에게 누구도 그걸 사실로 받아들이라고 권하지 못했다. 석 달이 흐른 지금, 대공자가 돌아올 가능성이 있다고 생각하는 사람은 거의 없었다. 그렇다면 1순위 계승권자는 당연히 샤를로트였다.

아직껏 대공위 계승자가 에투알이었던 예는 없다. 에투알은 본래 근위대였고, 따라서 지켜야 할 대상이 소속될 까닭은 없었다. 샤를로트가 대공녀가 된다면 에투알 최종심에 도전할 것이 아니라 에투알의 충성 서약을 받는 것이 옳았다. 그러나 대공이 베르나르의 죽음을 받아들이지 않는 한, 다음 계승자 문제를 처리하자고 말하는 것은 불가능했다.

그래서 샤를로트는 아직도 이곳에 머물러 있었다. 누구도 샤를로트 공녀가 에투알에서 나와야 한다고 말하지 못했다. 그 말은 곧 '베르나르 대공자는 죽었다'와 같은 뜻이었으므로.

그 결과가 이것이었다. 임무를 수행할 순서가 왔고, 예외를 허락하지 않는 단장이 그대로 수행을 명해 샤를로트는 공녀로 살았다면 일생 올 일이 있을까 싶은 북방의 섬까지 따라왔다. 그것도 누구의 호위도 받지 못하는 수련병 자격으로. 로랑은 쓴 입맛을 다시며 생각했다. 갑작스레 사랑하는 오빠를 잃었다는 현실을 받아들이기도 전에 대공녀가 되느냐 마느냐, 에투알을 그만두느냐 마느냐, 그런 중대한 결정들이 들이닥치고 누구도 판단을 도와주지 않았기에 이런 곳까지 와 있는 열다섯 살 소녀의 머릿속은 어떨까.

동굴이 끝이 났다. 저만치 물이끼로 번들거리는 계단과 돌문이 보였다. 안내인 두 명이 먼저 계단에 올라섰다. 한 명이 횃불을 건네받고, 빈손이 된 나머지 한 명이 돌문을 바라보며 두 팔을 벌려 느릿느릿 춤 비슷한 동작을 취했다. 동시에 무어라 중얼거렸다. 마법 주문일지도 모르지만 로랑도 크루파드도 알아듣지 못했다. 이곳 사람들은 공용어를 쓰지 않았다. 통역을 거치지 않으면 대화도 통하지 않았다.

기다리는 것밖에 할일이 없었기에 로랑은 버릇처럼 문을 살펴봤다. 모양을 보니 우측으로 열릴 테고, 닳은 흔적이 없는 걸 보면 자주 여닫는 것 같진 않았다. 조금 이상하다고 생각했다. 이 동굴은 해안과 섬 내륙을 연결하는 유일한 통로라고 했다. 그래서 그들도 조금 불편했지만 들어올 수밖에 없었던 것이다. 하지만 그런 문이라면 날마다 사용해서 닳아 있는 것이 보통 아닐까?

심지어 손잡이도 없는 걸 보면 수동으로 열지도 못하는 듯 했다. 뭘 감추자고 이런 거창한 문을 만들어 달아놨을까? 아니, 여기가 유일한 통로라는 말부터가 사실일까? 아니라면,

왜 이런 데로 굳이 인도했지? 거기까지 생각했을 때 문이 느리게 열리기 시작했다. 로랑의 추측대로 오른쪽으로. 먼지와 돌가루가 흩날렸다. 동시에 어마어마한 빛이 흘러들어왔다. 지금이 오후 세시 즈음이던가? 그렇더라도 왜 이렇게 밝지?

문이 반쯤 열렸을 때, 안쪽에 있던 자들은 사실상 시각이 마비되어 있었다. 그때였다.

"모두 수그려!"

크루파드의 외침과 함께 수련병들은 일제히 몸을 낮추었다. 그 외침보다 조금 빨리, 로랑은 샤를로트를 껴안다시피 하며 벽 아래 구석으로 밀어붙였다. 그 직후 머리 위로 수백 마리쯤 되는 작고 검붉은 것들이 날아 지나갔다. 눈이 아릿해서 형체가 정확히 보이지 않았다. 그때 크루파드가 다시 명령했다.

"건드리지 마라!"

이미 몇 명이나 검을 뽑던 찰나였다. 그러나 명령은 어김없이 지켜졌다. 로랑은 겨우 시선을 내려 품안의 샤를로트를 보았다. 샤를로트는 어처구니가 없다는 표정으로 로랑을 빤히 보다가 눈썹을 올렸다.

"이게 무슨 짓이죠?"

귀족들은 아랫사람을 꾸짖을 때 꼭 저런 표정이지 하고 로랑은 시니컬하게 생각하다가 샤를로트의 말뜻이 그가 생각한 것과 다르다는 것을 깨달았다. 샤를로트는 몸을 빼내더니 기다시피 움직여 로랑과 자리를 바꾸었다. 그리고 말했다.

"제가 지켜드리는 겁니다."

"……"

자신보다 키가 한 뼘은 작은 샤를로트가 도사려 앉은 뒷모습을 향해 당혹스러운 시선을 보내던 로랑은 다시 한번, 이 황당한 사달을 어찌해야 하느냐고 묻듯 크루파드를 건너다봤다. 크루파드는 그쪽을 돌아보지도 않았지만 뒤통수에도 눈이 있는 것처럼 한 손을 펴 내밀며 어깨를 으쓱했다. '어쩌라고.'

그런 채로 수련병들을 향해 명령했다.

"곧 돌아온다. 준비해라. 신호하면 안쪽으로 달려간다. 첫 번째 모퉁이까지. 가로막는 것은 공격해도 좋지만 달리는 것을 우선해라."

안내인들은 어디론가 사라지고 없었다. 또다른 사람이 나타나지도 않았다. 밖은 그야말로 고요했다. 어떻게 된 걸까? 그걸 확인하자면 밖으로 나가보는 수밖에 없겠지만 크루파드는 그런 선택을 하지 않았다. 어둡고 축축한 동굴 통로를 한참 걸어왔다. 밖은 환하다. 쫓아나가 누구든 붙들고 대체 어떻게 된 사정인지 캐묻고 싶다.

이렇듯 누구든 나가고 싶어지는 순간에는? 나가면 안 되는 법이지.

어느새 빛이 눈에 익었다. 그러나 이제는 반대로 어둠 속을 봐야 했다. 모두가 뚫어져라 동굴 안쪽을 보았다. 방금 전까지 오던 통로의 구조를 머릿속으로 떠올리면서. 동굴은 창자처럼 구불구불했지만 꼭 세 번 크게 꺾어졌다. 이제 돌아간다면 왼쪽으로 꺾어질 첫번째 모퉁이 우측에는 입구가 좁고 안쪽이 널찍한 공간이 있었다. 전투가 벌어진다면 제법 괜찮은 위치다.

로랑은 벽을 등지고 서서 동굴 안쪽과 바깥쪽, 그리고 눈앞의 공녀를 동시에 주시했다. 그러면서 대체 무슨 일이 벌어진 건가 생각해봤다. 물론 답은 없었다. 누구든 설명해주러 오기 전에는. 안내인 놈들을 붙잡았어야 했나 싶기도 했지만 잡았다 한들 어차피 말이 안 통하니 아무 소용이 없었을 것 같았다.

졸지에 자기가 한 말대로 위험수당을 타게 되어버린 로랑은 인상을 구기며 중얼거렸다.

"이따위 예지력은 전혀 필요 없는데 말이지."

그때 뭔가에 귀를 기울이고 있던 크루파드가 신호했다.

"지금이다, 달려!"

준비하고 있던 수련병들이 일제히 달려가고, 맨 뒤에서 크루파드와 로랑, 그리고 샤를로트가 달렸다. 이 와중에도 로랑과 샤를로트는 서로 자기가 맨 뒤에 서려고 다투었고, 로랑은 제발 그러지 말라고 하고 싶어도 말을 고를 틈이 없어서 겨우 이 말만 했다.

"더 빨리!"

샤를로트가 코를 찡그리며 소리쳤다.

"지금 느린 게 누군데 그래요?"

그때 어둠 속에서 처음의 검붉은 무리가 맹렬히 날아와 머리 위를 지나갔다. 아까는 너무 밝아서였다면 이번에는 어두워서 형체를 알아보기가 힘들었다. 샤를로트는 잠깐 속도를 늦추며 재빠르게 뒤를 돌아봤다. 입구에서 너무 멀어지기 전에 빛의 도움을 받아 정확히 봐두려는 생각이었다. 넓게 보고 빠르게 포착하는 에투알의 시야라면 잠깐의 일별로도 충분하리라 생각했다. 내심 박쥐가 아닐까 싶었는데 실체가 보이는 순간 샤를로트는 놀라 눈을 크게 떴다. 저건 뭐지?

마치 붉은 비단을 찢어 만든 새 같았다. 하나하나가 딱새처럼 작았지만 끊임없이 너울대며 형태가 변했다. 마치 불꽃 같다. 실제로 날개 끝에서 불티 같은 것이 떨어져 날렸다. 수는 대략 백여 마리? 그런데 서로 합쳐졌다가 떨어졌다가 하며 자꾸 변하는 느낌이 드는 게 미심쩍었다. 마법으로 만들어낸 존재인가? 그렇다면 마법사가 멀리 있진 않을 텐데.

"샤를로트!"

로랑의 외침에 샤를로트는 퍼뜩 정신을 차렸다. 잠깐 생각한 줄 알았는데 아니었던 모양이다. 정보가 부족하다보니 추론하려 했기 때문일 것이다. 실전 상황에서 두 단계를 넘어가는 생각은 위험천만하다고 수없이 들었지만 샤를로트가 가장 자주 하는 실수가 이것이었다. 저도 모르게 추론으로 돌입해버리는 것이다.

로랑은 샤를로트 앞으로 뛰어나오며 막 입구 윗벽에 부딪혔다가 돌아오는 기묘한 새떼를 향해 왼손을 쭉 뻗었다. 흰 광채가 얼음 결정 모양으로 번지며 자라나더니 벽을 이루며 굳었다. 흐릿하게 비치는 벽 너머로 새떼가 수없이 부딪히고 밀려나는 것이 보였다. 로랑의 특기인 '결정 방벽'이었다. 에투알은 마법사가 아니었지만 마법사들이 실용적으로 주문을 압축해 만든 마법 특기를 하나씩 익히게 되어 있었다.

샤를로트는 얼른 돌아섰다. 결정 방벽을 등진 맞은편에 미처 지나가지 못한 새들이 둥글게 모여드는 중이었다. 이미 다른 수련병들은 보이지 않았다. 다시 말해 둘은, 두 무리로 나뉜 새들 사이에 고립되어 있었다.

상황을 깨달은 순간 샤를로트가 소리쳤다.

"죄송해요!"

"소리는 안 쳐도 되고! 준비, 돌파한다!"

새들의 정체는 아직 몰랐지만 추론보다 빠른 행동이 나을 때가 있었다. 다행히 결정 방벽 너머에 많은 새가 갇혀서 앞에 남은 새들의 수는 상대적으로 적었다. 로랑과 샤를로트는 당연한 것처럼 똑같은 자세, 에투알 기본자세 1번을 취했다. 로랑은 왼손잡이, 샤를로트는 오른손잡이어서 마치 거울상처럼 완벽한 대칭 자세였다. 곧장 검을 뽑으며 달려나갔다. 로랑은 샤를로트의 발검이 자기보다 약간 빠른 것을 깨닫고 움찔했다. 수련병에게 지급되는 검이 조금 가볍긴 하지만 샤를로트는 최종심에 도전해본 적도 없는 수련병인데?

로랑은 오른쪽, 샤를로트는 왼쪽, 일부러 맞춘 것 같은 짝이었고 실제로도 호흡이 잘 맞았다. 함께 연습한 적이 한 번도 없는데도 똑같은 판단으로 벽을 걷어차고 뛰어오르며 적의 밀도가 낮은 허공을 택하고, 검은 아래를 베어갔다. 놀랍게도 자연스럽게 가벼운 엇박자를 택해 서로의 검이 얽힐 소지마저 피했다. 상대가 수련병이라는 것을 믿기 힘들 정도의 감각이었다. 이런 건 미리 지시를 해둬도 맞추기 힘든데.

로랑은 내심 감탄했지만 내색하지 않고 외쳤다.

"먼저 가!"

"제가 왜요!"

새들이 검을 피하며 사방팔방으로 어지럽게 흩어졌다. 살려는 의지가 있는 걸 보니 단순한 마력체는 아닌가? 둘 다 옷깃과 머리가 조금씩 탔지만 돌파가 목적이었으므로 그 정도면 충분했다. 위험 구간을 지나온 둘은 거의 동시에 착지하며 돌아섰다. 로랑은 샤를로트 쪽을 보지도 않고 버럭 소리를 질렀다.

"가라니까! 위험하잖아!"

"호위는 저예요!"

"그건…… 그 뜻이 아니잖아!"

공녀가 보통 고집쟁이가 아니라는 것도 알게 됐다. 로랑은 말씨름을 포기하고 한 발짝 나서며 가까이 온 새를 향해 검을 내리그었다. 에투알의 검에는 마력이 부여되어 있다. 저 새들이 마법으로 만든 존재라면 분명히 효과가 있을 것이다.

파르륵!

날개가 타올랐다. 본래도 타고 있었지만 하얗게 변하는 모습이 흡사 햇볕에 지져지는 듯했다. 이어 포도알만하게 줄어들더니 바닥으로 떨어졌다. 그러는 동안 샤를로트는 등을 맞대고 반대쪽을 엄호했다. 수련병의 검에는 마력이 없기 때문이다. 언뜻 막무가내인 것 같았지만 합리적인 판단도 할 줄 알았다.

"뒤로."

"제가 신호할게요."

한 발짝씩 물러났다. 샤를로트는 나아가며 자신이 확보한 걸음 수를 외쳤다.

"셋!"

로랑은 조그마한 돌팔매처럼 빠르게 날아다니는 새들의 움직임을 하나씩 포착해서 베며 세 걸음 뒷걸음질쳤다. 둘! 로랑이 쓴웃음을 지으며 중얼거렸다.

"수련병의 지시를 다 받아보고 말이야."

둘만 남은 이상 당연한 역할 분담인 줄은 알지만 그걸 수련병과 해본 적은 한 번도 없었다. 그럴 일이 있을 거라고 상상조차 못해봤다. 점차 모퉁이가 가까워지고, 새들은 바닥으로 떨어져갔다. 샤를로트가 마지막으로 소리쳤다.

"둘! 다음은 왼쪽으로 들어가요!"

로랑도 모퉁이 옆의 공간을 기억하고 있었다. 크루파드와 다른 수련병들도 거기에 있을 것이다. 셋! 뒷걸음질치던 로랑이 왼쪽으로 미끄러져들어가자 샤를로트가 뒤를 따랐다.

호위

크루파드는 이 사태의 원인이 무엇일까 생각했다. 떠오른 가능성은 세 가지였다.

첫째는 물론 반역이다. 계승권자가 불분명한 상황을 노린 누군가가 공녀를 납치하거나 죽인 뒤 대공의 혈족 누군가를 내세워 계승권을 노릴 개연성은 충분했다. 궁정 암투가 심한 오를란느에서 그런 짓을 할 만한 후보도 한둘이 아니었다.

에투알의 임무 일정은 외부에 공개되지 않는다. 또한 단장을 비롯한 모두는 대공자가 실종되자마자 공녀의 안전 문제가 중대하다는 것을 깨닫고 공녀의 거취에 대해 철저히 기밀을 유지했다. 하지만 석 달이나 흘렀으니 집요한 누군가가 공녀가 이곳으로 온다는 정보를 캐냈을 가능성도 완전히 배제

할 순 없었다.

거기까지는 말이 되었지만 여기가 사과의 섬이라는 것을 생각하니 다시 고개가 갸웃거려졌다. 사과의 섬은 기껏해야 음산한 전설이 많기로 유명한, 야담에나 자주 등장하는 지명일 뿐이다. 인구는 고작 백여 명. 오를리 궁정 사람들이 날개를 달고 다닌다고 해도 곧이들을 것 같은 이런 시골 사람들을 끌어들여 반역이라니, 개연성을 떠나 이만저만 까다로울 것 같지가 않았다.

몽타뉴와 결탁했다고 보려 해도 몽타뉴의 반란 자체가 오십 년도 넘은 옛일이었다. 사과의 섬은 몽타뉴 지방에 포함되기는 했지만 당시 반란에 가담하지도 않았다. 아마 말이 통하지 않아서였을 것이다. 이곳 사람들이 쓰는 말은 '섬 방언'이라고 불렸지만 실은 방언이 아니라 아예 다른 언어였다. 하지만 그 언어를 배우려는 사람이 없어서 정체를 잘 모르다보니 그냥 그렇게 불렸다.

사람들은 사과의 섬 주민들이 바다 너머에서 왔기 때문에 말이 다른 거라고 했지만 크루파드는 그게 아니라는 것을 알고 있었다. 그가 바로 몽타뉴 출신이었기 때문이다. 사과의 섬과 맞닿은 몽타뉴 북쪽 해안가에는 섬 방언과 비슷한 단어나 지명이 꽤 있었다. 오래된 것들일수록 그랬다. 즉, 예전에는 섬사람들이 몽타뉴 지방에도 퍼져 살았다는 뜻이다. 그러다가 차츰 수가 줄어들며 섬으로 건너가 고립되었을 것이다.

두번째 가능성은 단순히 일이 꼬여 발생한 오해일 뿐이라는 것이다. 하지만 시간이 흐를수록 그럴 가망은 사라져갔다. 문을 열자마자 안내인들이 사라지고 설명이 없었던 낯선 존재들이 밀어닥친 일이 단지 사고라면, 지금쯤 누구든 달려와 사과하든 수습하든 했어야 한다. 하지만 나타난 사람은 아무도 없었다.

세번째는……

그때 로랑과 샤를로트가 막 입구로 들어왔다. 크루파드는 생각을 털어내고 로랑을 향해 손짓했다.

"호위는 잘했나?"

로랑과 샤를로트, 둘이 동시에 크루파드를 쳐다보자 크루파드는 그만 웃음을 터뜨렸다. 로랑이 인상을 썼다.

"잘할 수가 있었겠어요? 아주 골치 아프니까 빨리 정정해주시죠."

"뭘 정정해? 에투알이 수련병을 호위하는 편이 좋겠다고?"

로랑은 바로 대꾸를 못하고 입술만 움찔거렸지만 의외로 샤를로트가 입술을 오므리며 슬쩍 웃었다. 바로 알아챈 로랑이 샤를로트를 돌아봤다.

"너 알고도 이랬냐?"

"전 대장님의 명령을 따랐을 뿐입니다."

"나 좀 그만 괴롭혀. 아니, 너 진짜, 이건 사람 하나 공중에서 줄타기 시키는 거야. 난 오래 살고 싶어. 교수대 같은 건 질색이야."

교수대라는 말에 샤를로트가 갑자기 고개를 쳐들어 로랑을 보았다. 마주친 눈빛은 진지하다기보다 엄숙해서 로랑은 순간 무슨 표정을 지어야 할지 몰랐다. 이어 크루파드를 쳐다본 샤를로트가 말했다.

"대장님, 오늘 여기서 저한테 무슨 일이 생기든 임무를 수행하다가 벌어진 일입니다. 누구의 탓도 아닙니다."

크루파드는 느긋하게 대꾸했다.

"그야 언제는 아니었겠어?"

"감사합니다."

샤를로트가 다시 로랑을 봤다. 조그마한 입술이 고집스럽게 다물렸다가, 열렸다.

"반드시 지켜드릴 테니까 걱정 마세요."

"지켜줄 필요가 없다니까 그러네."

"그건 모를 일이죠."

로랑의 눈썹이 치켜올라갔다. 상대가 수련병이긴 해도 실은 공녀인지라 적당히 접어주며 대화하고 있었지만 이건 아무래도 심했다.

"수련병 샤를로트, 그 말은 날 믿지 않는다는 뜻이 되는군.

아닌가?"

"아뇨, 로랑 카스티유 님은 뛰어난 에투알이고 저보다 훨씬 강하시죠. 오빠도 저한테 자길 지켜줄 필요가 없다고 했어요. 전 오빠를 믿었지만, 믿는 것과 지켜주는 것은 전혀 다르다는 걸 알게 됐습니다. 세상엔 예상 못한 일이 얼마든지 벌어질 수가 있고, 저도 지키기로 한 사람을 다시는 안 놓쳐요."

베르나르 대공자 이야기가 나오자 로랑은 움찔했다. 샤를 로트가 그 말을 이렇게 쉽사리 내뱉을 줄은 몰랐다. 그러나 샤를로트의 표정이 딱딱해진 것을 알아차린 로랑은 다소 어 조를 누그러뜨리며 말했다.

"네 기분은 알겠는데, 난 그분이 아니야. 그렇게 무리를 할 필요가 없단 말이야. 그리고 대공자께서도 그랬을 거야. 어린 동생한테 호위를 받고 싶지는……"

샤를로트가 바로 반박했다.

"아뇨. 오빠는 대공감이었고, 검은 제가 더 나았기 때문에 그러려고 한 거예요."

"잠깐, 대공자께서는 실버스컬 우승자 아니었나?"

"그건……"

뭐라 대답하려던 샤를로트가 갑자기 입을 꼭 다물더니 고 개를 돌렸다. 로랑도 말을 내뱉은 직후에 깨달았다. 열다섯 부터 열아홉 살까지만 출전이 가능한 전 대륙 규모의 검술 대회, 실버스컬에 샤를로트도 올해 나갔다고 들었다. 그러나 대공자 실종 사건 때문에 대회 도중 급히 귀국해야만 했다. 그러니 순위권에 들지도 못했으리라. 그리고 이렇게 된 이상 앞으로 다시는 나갈 일도 없을 것이다. 외적 사정으로 증명할 수 없게 된 부분을, 심지어 대공자 때문이었다면 언급하지 않는 편이 나았을 것이다.

로랑은 뒷머리를 한바탕 문지른 다음 말했다.

"미안하다."

샤를로트는 잠시 가만히 있더니 다소 낮아진 목소리로 말했다.

"어쨌든 검은 제가 나아요."

"그래…… 그랬겠지."

그냥 인정하는 것 말고 더 나은 대꾸는 없어 보였다. 하지만 다시 생각해보니 그런다고 로랑의 상황이 나아질 건 전혀 없었다.

"아니, 잠깐만. 그거야 그거고 지금은, 하여튼 난…… 너도 알다시피 대장님의 명령은 그 뜻이 아니었잖아?"

"저를 지키라는 뜻이었다 그거죠?"

고개를 들자 눈이 마주쳤다. 그런 채로 샤를로트가 또박또박 말했다.

"하지만 전 저 자신을 지킬 수가 있거든요."

"난 아니고?"

"그건 저한테 물으실 일이 아닙니다."

재빠르게 말을 마치더니 샤를로트는 한 발짝 물러나 입구를 바라봤다. 호위병다운 자세로. 로랑은 기가 막혀 입을 잠시 벌린 채로 생각했다. 순식간에 휘둘린 기분이 드는데……

그런데 솔직히 별로 화가 나지는 않았다. 조금 전에 기막힌 호흡을 경험했기 때문일 것이다. 그건 에투알끼리도 따로 연습하지 않고는 쉽지 않은 경지였다. 전투 상황과 흐름을 보는 눈이 에투알과 같은 수준이고, 게다가 상대의 마음을 빠르게 짚어야 했다. 훈련도 경험도 필요하지만 무엇보다도 타고나야 한다는 말이 맞았다. 대공 가문에 무인의 피가 흐른다고는 들었지만 체감해보지 못했기에, 귀족에게 냉소적인 로랑은 그저 띄워주는 말이겠거니 했었다.

"직접 싸워봤으니 보고를 해야지. 저게 뭔 것 같나?"

크루파드가 묻자 로랑은 얼른 고개를 흔들고 할말을 정리했다.

"베었을 때 피도 없고, 소리도 내지 않는 걸 보면 영체나 에너지 계열 같습니다. 그런데 살려고 도망치는 걸 보면 생물 같기도 하고요. 외부 명령으로 제어를 받는다고 보기에는 너무 수가 많고 움직임이 제멋대로입니다. 제 검으로 베어지긴 하지만 완전히 소멸하는 것 같지는 않았습니다. 작은 구슬처럼 변해 떨어지더군요."

그러자 크루파드가 손을 내밀었다. 당연히 갖고 있을 거라
고 생각하는 것처럼. 그리고 정말로 그랬다. 로랑은 생색내려
다가 실패한 사람의 표정을 지으며 흉갑 안쪽으로 손을 넣었
다가 꺼내 앞으로 내밀었다.

"여기 있습니다."

내민 손바닥에는 희미하게 빛나는 구슬이 놓여 있었다. 그
와중에 언제 주워 들 새가 있었는지 모를 일이었다. 크루파드
가 수련병들 쪽으로 고개를 돌리더니 소리쳤다.

"마리 루이!"

스무 살쯤 된 깡마른 수련병이 대열에서 뛰어나왔다. 그는
전사답지 않은 체격에 옷차림도 다른 수련병들과 조금 달랐
다. 색은 똑같이 검정이었으나 무릎까지 오도록 줄인 튜닉에
가까운 옷이었다. 즉, 그는 마법사였다.

"이게 뭔지 말해봐."

마리 루이가 구슬을 받아들고 이리저리 살펴보더니 중얼거
렸다.

"에너지가 굳어진 것 같긴 한데……"

마리 루이는 품에서 비단 손수건처럼 생긴 새파란 천을 꺼
내더니 구슬을 감쌌다. 그러자 구슬이 사르륵 부스러지더니
사라져버렸다.

"어?"

마리 루이는 놀라 허둥지둥 손수건을 폈지만 흰 가루가 약간 남았을 뿐이었다. 크루파드의 눈썹이 꿈틀했다. 마리 루이는 당황해서 쩔쩔매며 웅얼거렸다.

"저기, 이런 현상은, 제 생각엔……"

마리 루이는 말을 맺을 새가 없었다. 입구를 감시하던 수련병들이 거의 동시에 소리쳤다.

"다시 옵니다!"

크루파드가 명령했다.

"제자리! 1열 준비!"

로랑은 즉각 검에 손을 얹으며 입구로 다가섰다. 대장을 제외하고 유일한 에투알인 자신이 맨 앞에 나서는 것은 당연한 일이다. 하지만 샤를로트가 재빠르게 따라와 오른쪽에 서는 것만은 당연하지 않았다. 물론 위치 선정은 좋았지만……

눈이 마주치자 샤를로트가 한쪽 입가만 올려 씩 웃는 것이 아닌가?

"잘 지켜드린다니까요?"

할말이 떠오르지도 않았고, 대꾸할 틈도 없었다. 새들이 한꺼번에 파도를 이루며 입구로 몰려들었다. 입구를 막아버리면 좋겠지만 결정 방벽은 아까 써버려서 다시 쓰려면 조금 더 기다려야 했다. 두 사람이 동시에 검을 뻗어갔을 때 뜻밖의 사태가 벌어졌다. 밀려든 새들이 입구에서 뭉쳐지기 시작했다. 한덩어리가 되자 새의 형태는 지워져버렸고, 커다랗게 부풀어오른 진짜 불길로 변했다. 상상도 못했던 변화였다.

"물러나!"

로랑과 샤를로트는 동시에 서로를 물러나게 하려다가 손이 부딪치기까지 했다. 결국 로랑이 이겨서 샤를로트의 손목을 붙잡아 끌어당겼다. 둘이 간신히 오른쪽 벽으로 붙어 피했을 때 불덩이는 입구를 꽉 채운 채 이글거리며 그들 모두를 가둬버렸다. 그러더니 갑자기 화쇄류처럼 터져들어왔다.

"흡……"

모두가 숨을 삼키며 그대로 굳어졌다. 머릿속이 하얗게 지워져 어떤 판단도 불가능한 순간이었다. 동굴 안이 불바다로 변해 모조리 몰살당하기 직전, 크루파드가 외쳤다.

"모두 오른쪽으로! 붙어!"

판단 불가의 상태에 처해서도 몇 년 동안 에투알 훈련을 받아온 그들은 본능적으로 명령에 따라 움직였다. 이어 크루파드의 주위에서 공기를 빨아들이는 점이 생겨나더니 불길을 향해 뻗어나가며 휘어졌다. 크루파드의 특기인 '공압'이다. 에투알의 특기는 하나뿐이긴 해도 시전에 드는 시간이 없기 때문에 이런 순간에는 마법사들의 주문보다 오히려 위력적이었다. 불길이 일시적으로 왼쪽 벽에 갇히자 입구가 잠시 열렸다.

"모두 나가! 당장!"

혼이 반쯤 빠진 수련병들이 우르르 뛰어나가고, 로랑과 샤를로트에 이어 크루파드가 마지막으로 빠져나가며 로랑을 불렀다.

"로랑!"

로랑은 벌써 돌아서는 중이었다. 입구를 향해 팔을 뻗으며 그가 중얼거렸다.

"알거든요?"

한번 더 결정 방벽을 시전하자 입구가 막혔다. 오래가지는 않더라도 얼마간 시간은 벌 것이다. 이 정도로 특기를 연달아 쓰면 로랑도 기력이 많이 소모된다. 알지만 지금은 어쩔 수 없었다. 이어 곧바로 자신도 피하려고 돌아서는데 옆에서 여전히 샤를로트가 기다리고 있는 게 아닌가?

이번만은 로랑도 진심으로 화가 났다. 대공국의 계승권이고 나라의 안위고 그딴 건 다 개나 줘버린다 쳐도, 제 목숨쯤은 추스르며 다녀야 하는 거 아닌가? 모조리 죽기 살기로 도망친 상황에서 뭘 하자고 남아 있는데?

"너······"

그러나 로랑은 거기까지밖에 말하지 못했다. 대신 눈을 커다랗게 떴다. 샤를로트의 뒤로 바위가 소리 없이 솟구쳐오르는 것이 보였기 때문이다. 지진인가? 흔들림도 없었는데?

그때 샤를로트도 똑같은 것을 보고 있었다. 로랑의 뒤에 있던 벽도 움직이고 있었던 것이다. 마치 한 폭의 천처럼, 서서히 너울거리며 두 사람을 휘감으려는 그것이 돌이라니, 눈으로 보면서도 믿기가 힘들었다.

두 사람은 거의 동시에 손을 내밀어 상대를 자기 쪽으로 당기려 했다. 그러다가 사태를 깨닫고 오히려 서로에게 붙어섰다. 어느새 사방 세 걸음짜리 감옥에 갇힌 꼴이 된 그들은 등을 맞대고 선 채 자신을 향해 다가오는 돌벽을 쏘아봤다. 온몸에서 진땀이 솟아났다. 이대로 압살당하는 건가?

그때 샤를로트가 말했다.

"이거, 잠깐 빌릴게요."

샤를로트가 로랑의 흉갑 안쪽에 가죽띠로 매어둔 '에투알의 단검'을 스르륵 뽑아가더니 두 손으로 쥐고 벽을 힘껏 찔렀다. 고작 단검으로 바위를 뚫겠다니, 어처구니없이 낙관적인 시도였지만 결과는 놀라웠다.

키익!

기묘한 소리가 울리더니 다가오던 벽이 움찔 멈추었다. 로랑은 믿을 수 없다는 눈빛으로 보면서도 지체 없이 제 검을 뽑아 반대쪽을 후려쳤다. 효과는 예상대로였다. 그들의 검에 찔린 바위벽은 움직임이 멈췄고, 다시 찌르려 하자 심지어 물러나려 했다. 마치 살아 있는 거대한 짐승의 살덩이처럼.

로랑도 곧 샤를로트가 단검으로 찌르기 전에 한 판단이 무엇인지 깨달았다. 아까 불꽃으로 된 새들처럼 이 바위벽도 생명이 없는 것이 생물처럼 움직인다. 겉모습은 전혀 다르지만 본질적으로 비슷하다. 그렇다면 새들이 그렇듯 이쪽도 마력이 담긴 검을 두려워하지 않을까?

수련병의 검에는 마력이 없었지만 에투알의 단검에는 있었다. 특별한 기능적 마법이 부여되지는 않았지만 상징적인 의미 때문에 마력의 불로 제련되기 때문이다. 에투알 임명식 때 하사받아 신분 증명용으로 늘 지니고 다녔지만 무기라는 인식은 좀처럼 없었던 그것을 쓸 생각을 해내다니.

머리가 꽤 빨리 도는데.

상황이 종료됐다면 칭찬해주었겠지만 아직은 일렀다. 샤를로트와 로랑은 서로의 눈을 흘낏 보고 거의 동시에 입구의 오른쪽, 좀더 물러난 바위벽을 향해 각자의 무기를 휘둘렀다. 로랑도 이제는 척척 맞는 호흡에 의문을 품지 않았다. 근접전 감각은 타고나는 사람이 있다. 훈련을 하면 더욱 정교해진다. 로랑 자신도 그랬기에 이해가 쉽기도 했다. 먼저 가지 않았다고 줄곧 화를 냈지만, 솔직히 곁에 없었다면 아쉬웠겠는데 싶었다. 이만하면 에투알끼리 호흡을 맞추는 거나 다름없는 수준인데.

키이익!

기묘한 비명소리가 이번에는 겹쳐 울렸다. 벽은, 이런 설명이 가능하다면 마치 두꺼운 다마스크 커튼처럼 좌우로 갈라지며 물러났다. 골짜기 같은 틈새로 처음의 통로가 보인다 싶자 로랑은 샤를로트를 한쪽 팔로 휘감고 도약해서 그대로 굴렀다. 한 바퀴 구르고 멈춘 둘은 서로를 바라본 뒤 앞으로 시선을 돌렸다. 로랑이 한쪽 눈을 찡그리며 중얼거렸다.

"젠장, 어깨 부서지겠네······"

왼팔로 샤를로트를 감싸안고 오른쪽 어깨로 떨어지다시피 했으니 아프긴 했겠지만 그런다고 부서질 어깨는 아니니 사실상 엄살이었다. 에투알이 소화하는 훈련에는 그보다 심한 것도 많았다. 샤를로트가 옆으로 굴러 상체를 일으키더니 말했다.

"다음엔 제가 먼저 뛸게요."

둘은 거의 동시에 벌떡 일어나 무기를 뽑았을 때의 기본자세, 에투알 2번을 취했다. 그런 채로 로랑이 물었다.

"왜?"

"저 도약 잘해요."

"아, 그래? 혼자서도 잘할 수 있는데 내가 괜한 짓을 했다?"

"아뇨, 저를 놔두고 먼저 못 가서 그랬다는 거 알아요. 그러니까 앞으로는 제가 먼저 가겠습니다."

"그놈의 호위 고집 좀 집어치워. 일찌감치 다른 애들을 따라갔으면 이런 일도 없잖아."

샤를로트의 진한 눈썹이 꿈틀거리더니 날이 선 목소리가 튀어나왔다.

"왜 아까부터 저한테 자꾸 임무를 내던지라고 하시죠? 에 투알은 그렇게 훈련받지 않잖아요."

로랑도 마찬가지로 눈썹을 찌푸리며 대꾸했다.

"너야말로 아무것도 모르는 체 좀 그만할래? 공녀님한테 호위를 받는 것보다 호위하는 편이 훨씬 낫지. 까다로워서 지 금 죽을 지경이거든?"

"잘 아시겠지만, 지금 전 공녀가 아닙니다."

그걸 누가 몰라서…… 하고 생각하는데 뜻밖의 대답이 이 어졌다.

"하지만 그건 본질이 아니죠. 제가 임무를 수행할 능력만 있다면 공녀든 수련병이든 아무 상관이 없죠. 그보다는 제 실 력을 의심하니까 이러시는 것 아닌가요? 전, 공동 임무를 맡 은 에투알은 동료의 능력을 믿어야 한다고 배웠습니다."

샤를로트의 말이 옳다는 것을 알았기에 로랑은 바로 대꾸 하지 못하고 입술을 짓씹었다. 샤를로트가 실수할까봐, 그래 서 책임을 뒤집어쓸까봐 이러고 있다면 자신이 비겁한 건 아 닐까? 실수 없이 해낼 능력이 있다고 믿는다면 공녀든 아니 든, 심지어 대공 전하와 공동 작전을 한들 걱정할 게 뭔가?

심지어 그 상대가 서로를 형제처럼 여기는 에투알이라면.

동생처럼 앳된 열다섯 살 수련병이라 해도 시험을 4단계까지 통과했다면 준準에투알에 해당한다고 봐야 한다. 그 정도면 공동 임무 수행도 충분히 가능하다. 다시 말해 어린애 취급당할 수준은 아니었다. 로랑이 하던 생각을 읽기라도 한 것처럼 샤를로트가 말을 이었다.

"그러니까 이제 받아들여주세요. 전 임무를 수행할 의지가 있고, 능력도 있습니다."

이윽고 로랑이 고개를 끄덕였다.

"그래."

믿음은 자신의 선택이고 믿은 책임도 자기 몫이다. 샤를로트가 공녀로 보호받기보다 에투알답게 존중받고 싶어한다면 같은 에투알인 자신이 누구보다도 먼저 그래주어야 했다. 아니라면 그들이 왜 에투알이겠는가? 샤를로트도 고개를 까딱해 보이더니 말을 이었다.

"감사합니다. 그런 의미에서 말씀드리자면 못 간 게 제 고집 때문만은 아니었습니다. 세 걸음 앞에 없던 균열이 생겨나서 길이 끊어졌어요."

"길이 끊어져? 그럼 다른 수련병들은?"

"모르겠어요. 뛰어가는 소리만 어렴풋이 들었어요. 추락한 사람이 있는지는 잘 모르겠습니다."

"대장님은 봤어? 마지막에 같이 나왔잖아."

샤를로트는 고개를 저었다.

"아뇨."

설마, 크루파드라면 별일 없겠지 싶긴 했다. 하지만 거의 동시에 나온 것을 생각하면 갈라진 땅 밑으로 빠져버렸을 가능성도 있지 않을까? 마음 한구석이 찌릿해졌지만 로랑은 훈련받은 대로 재빨리 생각을 떨쳐냈다. 지금은 그런 생각을 해봤자 소용없다. 로랑은 벽이 다시 움직이는지 쏘아보면서 말했다.

"차라리 밖으로 나가는 편이 나을 수도 있겠지?"

아까 일어날 때 입구가 열려 있는 것을 봐두었다. 그러자 샤를로트가 놀란 듯 눈을 동그랗게 뜨며 쳐다봤다.

"저한테 의견을 물으시는 거예요?"

순간 로랑의 말문이 막히자, 샤를로트가 말을 이었다.

"명령은 에투알께서 내리셔야죠. 전 호위를 하다가 죽든 살든 하면 되는 역할이잖아요?"

그러더니 생긋 웃는 것이 아닌가? 로랑은 기가 막혀서 이를 악물었다가 소리쳤다.

"되게 부담 주네!"

그러면서 즉각 검을 뻗어 바위벽을 물러나게 만들고는 먼저 입구로 나가라고 손짓했다. 이 동굴이 어떻게 돼먹은 건지는 모르겠지만 아무때나 바위벽에 압살당할 위험을 무릅쓰느니 차라리 나가서 싸우는 편이 나을 듯했다.

그때 다시 한번 뜻밖의 일이 벌어졌다. 밀려나던 바위벽이 흔들리는가 싶더니 갑자기 폭발하듯 부서졌다.

"어······"

폭발인 줄 알았지만, 실은 아니었다. 그랬다면 가까이 서 있던 로랑은 살아남지 못했을 것이다. 수백 조각으로 분해된 그것들은 사방팔방으로 날아가는 대신 일정 거리의 허공에 멈췄다. 마치 보이지 않는 힘에 사로잡힌 것처럼. 그러더니 스르륵 바닥으로 떨어지며 서로 달라붙어 새로운 형태, 즉 네발짐승의 모양으로 변했다.

젠장······ 이렇게 제멋대로 변하는 돌덩이들은 대체 정체가 뭐야?

에투알은 마법을 배우지는 않지만 개요 수준의 지식은 익히게 되어 있었다. 즉, 마법으로 할 수 있는 일과 아닌 일 정도는 알았다. 로랑이 알기로 저런 규모의 무생물을 자유자재로 부리려면 마법사를 손수레 한 대분 정도는 동원해야 했다. 그러니까 저건 마법이라기보다는······

그때 다시 좌우의 벽이 움직이기 시작했다. 다가오는 건가 하고 바짝 긴장했으나 이번에는 물러나더니 흡사 접이문이 열리듯 사방이 확 넓어졌다. 그들이 있던 곳은 좁은 통로가 아니라 무도회장처럼 널찍한 방이 돼버렸다. 문제는, 그러면서 나가려던 통로도 바위벽으로 묻혀버리고 말았다.

"이건 뭐야?"

당황한 로랑이 에투알답지 않게 사방을 두리번대고 위아래도 살펴봤지만 처음에 한눈에 판단했던 것과 달라지지는 않았다. 그들은 갇혀버렸다. 게다가 이 공간에는 그들 둘뿐이 아니었다. 저 돌짐승들도 함께였다. 작은 들개처럼 생긴 그것들은 소리 없이 도사리고 있다가 멀찍이서 그들을 둘러싸기 시작했다. 빛이 들지 않는 이곳에서 그놈들이 내는 희미한 빛만이 광원의 전부였다.

샤를로트가 조그맣게 중얼거렸다.

"우리 땅 밑에 파묻힌 거네요."

그 이상으로 잘 설명할 말도 없었다. 왜인지, 이 들개인지 돌개인지 모를 놈들한테 물어볼 수도 없고, 여기 갇혀서 죽을 때까지 싸워봐라 그건가? 마지막까지 살아남으면 도로 문을 열어주고? 여기가 무슨 무투장이야? 어처구니없는 생각이 떠오르는 바람에 더 짜증이 난 로랑은 인상을 찡그리며 소리쳤다.

"준비해!"

샤를로트는 이미 로랑과 등을 맞대고 돌아서 있었다. 하필 그들이 선 곳은 방 한가운데여서 가능한 자세도 그것뿐이었다. 그들을 중심으로 벽이 물러났으니 당연한 일이긴 했지만.

사방에 흩어진 개는 대략 이백 마리는 되어 보였다. 비록 늑대처럼 크진 않아도 커다랗게 벌어진 입과 돌로 된 날카로운 이는 제법 위협적이었다. 게다가 눈이 없어서, 보고 있자니 점점 기분이 나빠졌다. 저것들이 한꺼번에 달려들까? 머리가 있다면 그러겠지? 근데 머리가 있던가?

온다!

일시에 수십 마리가 바닥에서 뛰어올랐다. 돌로 만들어진 주제에 사냥개처럼 신속한 도약이었다. 그러나 두 사람도 민첩하기로는 뒤지지 않았다. 로랑의 검은 한 번에 셋을 노리는 궤적을 그렸고 한 마리도 놓치지 않았다. 이어 또다른 놈을 팔꿈치로 쳐내고, 다리로 달려든 놈들을 걷어찼다. 샤를로트는 거의 눈앞까지 도약해 달려든 놈을 찌르기로 박살내고, 발목을 노린 놈을 피해 뛰어올랐다가 바로 무리한 횡베기를 하며 몸을 돌렸다. 샤를로트의 검에는 마력이 없었지만 물리적으로 부수는 효과는 충분했다.

"90도!"

방향 전환을 눈치챈 로랑이 즉각 방향을 틀어 각도를 맞췄다. 둘이서 360도를 막아야 하는 상황에서 각자 맡은 범위가 한 발짝 이상 겹치면 금세 무너진다.

에투알은 근위대로 시작됐기에 대규모 군대의 일원으로 움직이기보다 한 명 한 명이 위기 상황에서 여러 몫을 하는 것을 훈련 목표로 했다. 넓은 시야, 빠른 시각 인지, 속력과 거리 가늠, 일대다 전투에 특화된 이유도 그래서다. 그렇게 훈련한 결과 움직이는 존재를 빠르게 포착해 대응하는 능력에서는 에투알을 따를 자들이 없었다. 지금 같은 상황에 처했을 때 지원이 올 때까지 체력을 안정적으로 배분하며 오래 버티는 것 또한 에투알 훈련의 기초였다.

"왼쪽으로!"

수없이 훈련했기에 샤를로트는 바로 알아들었다. 가까운 적부터 베며 한쪽으로 조금씩 돈다. 포위 상태로 전 방향을 방어하기 힘들 때 쓰는 방법이었다. 반복 훈련으로 서로의 의도를 빠르게 알아차려야만 실수 없이 돌아간다. 둘 다 오른손잡이라면 왼쪽, 반대라면 오른쪽으로 돌아야 하는데 왼손잡이 하나, 오른손잡이 하나였다. 그러나 샤를로트가 반 발짝 돌며 보니 로랑은 어느새 검을 오른손에 쥐고 있었다. 샤를로트가 외쳤다.

"제가 차라리 왼손에 쥘게요!"

"왜, 네가 나보다 나아서?"

착, 다시 반 발짝 돌아가는 것과 동시에 로랑은 두 놈을 박살내고, 샤를로트는 고개를 홱 젖혀 머리 위로 달려든 들개를 피하면서 다른 놈을 검자루로 쳐서 떨어뜨려 짓밟았다. 그리고 소리쳤다.

"로랑 님의 왼손이 여기서 최고 전력이니까 그렇죠!"

틀린 말은 아니었지만, 로랑의 입장에서는 그렇지 않았다. 그는 샤를로트를 믿기로 한 것과는 별개로 자신이 공녀를 수호하는 최후의 한 명이 됐다는 것을 분명하게 인지하고 있었다. 과정이야 어찌됐든, 살아남은 에투알은 임무를 끝까지 수행해야 한다. 그리고 자신이 전적으로 공녀를 보호하지 못할 입장이라면 공녀가 잘 싸우는 것 이상으로 나은 호위는 없었다. 그 생각을 한 로랑이 문득 혀를 차며 말했다.

"너하고 검도 바꿨어야 했는데 말이야."

상황이 전환된 것에 당황한 나머지 아까는 미처 거기까지 생각하지 못했다. 샤를로트의 검도 싸우는 데 무리는 없었지만 마력이 깃든 로랑의 검은 훨씬 쉽게 적을 박살냈다. 이 개들은 빠르고 많긴 해도 그들의 민첩함으로 포착하지 못할 정도는 아니고 부수기도 어렵지 않은데, 매번 돌을 격파하는 셈이다보니 팔과 어깨에 상당히 무리가 갔다.

둘은 한참 싸웠지만 적의 숫자가 박살낸 것에 비해 그리 줄어들지 않는 느낌을 받았다. 어딘가에서 은밀히 늘어나고 있단 말인가? 또한 호흡이 가빠지고 진땀이 나기 시작했다. 밀폐 공간이기 때문일 것이다. 팔도 슬슬 피로해졌다. 이런 식으로 계속할 수 없다는 건 둘 다 알고 있었다. 잠깐 쉴 틈이 났을 때 샤를로트가 말했다.

"죄송해요."

"뭐가?"

"저 때문인 것 같아서요."

"왜? 네가 뭘 어쨌는데?"

"절 죽이려고 짠 함정일 테니까요. 누가 그랬는지는 모르겠지만."

로랑의 생각도 같았지만, 그는 곧 생각을 달리했다. 어차피 죽을 마당에 죄책감은 느껴서 뭐해? 그는 곧장 빈정거리며 말했다.

"왜? 난 죽이려 들 인간도 없을 것 같아서? 이거 너무 과소평가하는데? 내가 어느 미친 대마법사한테 백만 고블룬쯤 떼어먹어서 이 꼴이 됐는지 네가 어떻게 알고?"

샤를로트는 턱을 살짝 기울이더니 냉담하게 평했다.

"죄송하지만 로랑 님은 조금도 그럴 것처럼 보이지 않습니다."

"쯥……"

달려드는 들개를 향해 검을 휘두르면서 로랑이 소리쳤다.

"젠장, 여기서 살아 나가면 대충 막 살아야지. 이 쓸데없이 성실한 이미지 뭐야!"

팔에 매달린 들개를 마구 흔들어 떨어내고서 발로 걷어찬 샤를로트도 마주 소리쳤다.

"그런 걱정은 마시고요! 사실 그렇게까지 성실한 이미지는 아니거든요!"

그들이 의미 없는 막말을 주고받게 된 이유는 지쳐서 살짝 정신이 나가기 시작했기 때문이었지만, 둘 다 실감하지는 못했다. 특히 로랑은 아까 특기를 연달아 두 번 쓴 것 때문에 체력이 많이 소모된 상태였다. 잠깐 틈이 나자 로랑이 말했다.

"제일 가까운 벽, 그쪽으로 조금씩 물러나. 내가 뒤를 맡을 테니 다시 찔러봐. 어느 벽이든 뚫어야 나갈 거 아냐."

"그래요. 시도는 해봐야죠."

"그렇게 실패를 전제한 것 같은 어조로 말하지 말아줬으면 좋겠네?"

"네! 좋은 생각이십니다!"

"……"

정석대로 대답하는데 비꼬는 것처럼 들리는 이유는 분명 기운이 빠지고 있어서겠지? 계획대로 샤를로트가 조금씩 물러나자 로랑이 맡아야 하는 범위가 넓어졌고, 점차 숨이 차기 시작했다. 이대로라면 체력 배분에 실패할 것 같은 재수없는 느낌이 강하게 들었다. 이미 배분할 체력도 얼마 없었지만…… 벽으로 두 발짝 물러났을 무렵 로랑은 낯선 울림을 감지했다. 벽 너머에서 들려오고 있었다.

"저 소리 들려?"

쿵쿵거리는 소리가 먼발치에서 점차 다가왔다. 새로운 적인가? 여기다가 새로운 적이 더해지면 버텨내지 못할 것 같은데?

"들리지만……"

샤를로트가 뭐라 이어 말했는데 잘 들리지 않았다. 잠시 후, 그 의미를 깨달은 로랑은 흠칫하며 가슴 한쪽이 선뜩해졌다. 자신은 지치면 청각이 가장 먼저 교란된다. 에투알은 훈련중 극한 상황까지 몰아붙여 자신의 약점을 찾아내게 되어 있었다. 약점이 튀어나오기 시작하는 이 순간은 에투알 훈련에서 매우 중시되어 특별한 이름까지 붙어 있었다. '농 레투르non retour'.

농 레투르를 깨닫는다고 해서 특별한 괴력이 발휘되는 일은 없었다. 이 순간을 알아야 하는 이유는 이것뿐이었다. '죽음을 준비하라.' 죽을 확률이 살 확률을 넘었음을 받아들이고, 어떻게 죽는 것이 최선인지 정해야 하는 순간이었다. 허둥대다가 허망하게 죽지 않도록, 적극적인 죽음을 계산해두어야 한다. 자기 대신 생존할 동료들을 위해서, 그리고 임무 수행을 위해서.

지금 로랑의 임무는 당연히 공녀의 생존이었다. 그것에 가장 도움이 되도록 죽어야 했다. 알지만, 한 번도 이런 지경까지 몰려본 적이 없었던 로랑은 입술이 바짝 탔다. 아무리 훈련을 했어도 죽음을 기정사실로 받아들인다는 것은 기묘하게 비현실적이었다. 그러면서도 기계적으로 결정을 내린 로랑은 숨을 크게 들이쉬며 재빠르게 검을 왼손으로 바꾸었다. 그리고 소리를 질렀다.

"바로 벽까지 달려가!"

명령이라는 것을 알았을까, 샤를로트는 움찔하더니 반박하지 않고 시킨 대로 벽으로 달려갔다. 잠시 쉬었던 로랑의 왼손은 검을 쥐자마자 위력을 발휘해 거의 270도를 방어하며 십수 마리를 연달아 격파했다. 연속 동작이 스스로 느끼기에도 너무 빨라 발이 공중에 살짝 뜬 것처럼 현실감이 없었다. 이 부분도 교육중에 들었던 기억이 났다. 농 레투르를 받아들였을 때 일시적으로 전투력이 올라가는 현상을 뭐라 하더라. 뭐였든 이제 와서 무슨 소용이람. 누군지, 죽어가는 과정을 참 정밀하게도 연구해놨지.

벽에 다다른 샤를로트는 로랑에게 빌린 단검으로 벽을 찔렀지만 어찌된 셈인지 아까 같은 반응이 일어나지 않았다. 혹시나 싶어 자신의 검으로도 찔러봤지만 마찬가지였다. 세번째에는 다급한 나머지 너무 세게 찌르는 바람에 검 끝이 부러져나갔다. 지금껏 속마음은 어떻든 얼굴은 침착하기 이를 데 없던 샤를로트도 드디어 표정이 흐트러졌다. 다른 방법이 없다고 생각하자 눈빛이 흔들리며 입술이 떨려왔다. 그녀는 뒤를 돌아봤다.

로랑은 다섯 발짝 너머에 있었다. 둘이 막던 적들의 집중 공격을 혼자서, 지금까지도 저랬나 싶을 정도로 민첩하게 모조리 막아내면서. 샤를로트는 수년간 검술에 몰두해온 사람답게 순간적으로 경도되어 눈을 크게 떴다. 저런 실력을 보면 없던 존경심도 일어날 수밖에 없다. 샤를로트가 에투알이 되려 한 것도 저렇게 되고 싶어서였다. 하루빨리 에투알이 되고, 언젠가 가장 뛰어난 '에투알 브릴랑테'가 되어서, 어떤 음험한 적들의 습격도 혼자 막아낼 수 있게 되어서, 그렇게 한 사람을 지켜내려 했는데……

끝나버렸다. 싸워볼 기회조차 없이.

'로랑을 호위하라'는 것은 그날의 절망 이후로 처음 받은 임무였고 목표였다. 반드시 해내겠다고 결심한 이유는 그래서였을까. 하필이면 한 사람의 생명을 지켜내라는 임무였기에.

동시에 이번 임무가 수련병으로서 수행하는 최후의 임무임을 알았기 때문이기도 했다. 상대가 누구든, 그런 건 관심 없었다. 로랑은 이번 임무를 함께하기 전에는 제대로 대화도 해본 적 없는 사람이었지만, 그런 것은 상관없었다.

돌아가면 자신은 대공녀가 되어야 하리라. 그때부터 자신은 모두가 지켜줘야 하는 사람일 뿐, 다시는 누군가를 지켜야 할 일 따위는 없으리라. 물론 여기서 죽어버리면 별문제겠지만……

이것은 최후의 임무다.

이것조차 실패하고 싶진 않다.

생각이 거기에 이르자 샤를로트는 입술을 꽉 깨물며 돌아서서 다시 단검으로 벽을 찔러갔다. 흡사 미친 것처럼 찌르고 또 찔렀다. 땀인지 눈물인지 모를 것들이 눈가에서 번들거렸다.

"제발……"

마침내 반응이 있었다. 벽이 물러난다. 찌른 곳을 피해 좌우로 벌어진다. 이번에는 반드시 뚫고 나갈 테다. 또 죽도록 놔두지는 않을 테다!

어디선가 빛이 새어든다……

동시에 쿵쿵거리던 소리도 가까워졌다. 샤를로트가 선 곳에서 오른쪽으로 약 세 걸음 떨어진 쪽이었다. 아직 수련병이었지만 반복해서 수련해온 거리 가늠은 거의 정확했다. 그쪽 벽 너머에 빈 공간이 있다고 판단하고 계속 찔러갔다. 다른 놈이 나올 테면 나오라지. 일단 탈출로만 뚫으면, 이 동굴만 빠져나가면 어떤 놈이 나오든 모조리 죽여줄 테니까!

드디어 손바닥이 드나들 만한 구멍이 뚫렸다. 샤를로트는 틈새에 단검을 밀어넣고는 소리쳤다.

"오세요!"

이상하게 대답이 없었다. 샤를로트는 재빨리 뒤를 돌아봤다. 그리고 눈을 커다랗게 떴다. 저건 뭐야?

로랑이 선 곳 너머로, 들개들의 흩어진 잔해가 회오리바람에 휘말린 것처럼 허공에 떠올라 있었다. 이어 서로 달라붙으며 형체를 이루기 시작했다. 수백 마리 들개의 시체를 쌓아만든 것 같은 기괴한 탑이었다. 그것이 로랑을 굽어보며 막덮치려는 것을 보자 순수한 분노가 치밀어올랐다. 미간에 힘이 들어가며 턱이 바르르 떨렸다. 너희가 무엇이든 내가, 샤를로트 드 오를란느가 반드시 지켜내기로 결심한 존재를 건드려?

순간적으로 외침이 터졌다.

"이 개새끼들아!"

상대는 실제로 개였지만…… 그 외침은 로랑의 무뎌진 귀마저도 뚫고 들어왔다. 문득 정신이 돌아온 로랑은 당황하며 생각했다. 자, 잠깐만, 공녀님? 그런 말씀은 약간……

그러나 개새끼의 충격은 이어 벌어진 일에 묻혀버렸다. 샤를로트가 있던 곳에서 정체 모를 광채가 솟아나 동굴을 휩쓸며 뻗어가더니 남은 들개들과 기괴한 탑을 덮쳤다. 동시에 귀를 막아야 할 정도의 괴성이 한꺼번에 터졌다.

캬아아아악!

로랑조차도 본능적으로 귀를 막으려다가 검을 떨어뜨릴 뻔했을 정도였다. 다행히 괴성은 짧았다. 이어 벌어진 일이 더 놀라웠다. 들개들, 두 사람이 부순 잔해, 그리고 탑을 이뤘던 것들이 모조리 새빨갛게 변해 불타기 시작했다. 그것도 순식 간에. 후루룩 타오르더니 그대로 소멸되었다. 아무런 흔적도 남기지 않고.

동시에 동굴은 캄캄해졌다.

"후우……."

어둠 너머에서 낮은 한숨이 들려오더니 툭 하고 부딪치는 소리가 났다. 로랑은 생각지도 못한 광경에 얼이 빠져 있다가 겨우 정신을 차리고 뒤를 돌아봤다. 적이 소멸되자 억지로 버 티던 동력도 사라진 것인지 다리에 힘이 쭉 빠졌다.

"샤를로트!"

대답이 없었다. 싸우느라 방향을 계속 바꾼 탓인지, 캄캄 해지며 방향감각도 날아간 것인지, 샤를로트가 어디 있는지 조차 헷갈렸다. 스스로가 한심스러운 동시에 어지럽고 속이 울렁거렸다. 로랑이 이를 악물고 다리에 힘을 주며 걷는데 뜻 밖의 목소리가 들려왔다.

"이거 놀랍네."

크루파드였다. 로랑이 놀라 고개를 쳐들자 왼쪽 네 걸음 앞 에서 횃불이 불쑥 나타났다. 크루파드가 든 횃불이었다.

"대장님! 무사하셨군요!"

갑자기 마음이 놓이면서 눈물이라도 날 뻔한 것을 겨우 참았다. 크루파드도 검을 뽑아든 것을 보니 같은 방식으로 벽을 뚫으며 온 것일까? 아까 쿵쿵거리던 소리는 그래서 난 것이고? 로랑이 다가가는 동안 횃불이 움직이더니 바닥 한곳을 비췄다. 그제야 로랑의 눈에도 보였다. 샤를로트는 벽에 기대앉은 채 고개를 떨어뜨리고 있었다. 힘이 빠져 주저앉은 것처럼. 어디서 기운이 났는지 즉각 달려간 로랑이 샤를로트 앞에서 무릎을 꿇는데, 크루파드가 말했다.

"기절하셨어."

"그건, 아마도 조금 전에……"

그때였다. 주위가 갑자기 환해졌다. 횃불이 아닌 정체 모를 빛으로. 사방에 빛나는 점들이 떠 있었다. 반딧불 같기도 했지만 이런 동굴 안에 반딧불이 있을 리 없다. 그렇다고 불꽃으로 만들어진 새들이나 희미하게 빛나던 들개들처럼 공격적이지도, 기괴하지도 않았다. 부드럽게 깜빡이는 빛이 그저 조금 흔들거리며 떠 있었다.

빛 너머로 사방의 벽이 스르르 움직여 쥘부채 접히듯 걷혔다. 벽 뒤에는 캄캄한, 동시에 거대한 빈 공간이 있었다. 벽도 천장도 까마득히 멀어 보이지 않는 그곳은 바람 한 점 없는 벌판, 무한히 고요한 바다, 절벽 위의 별하늘인 듯했다. 너무나 비현실적이어서 마치 꿈속의 비밀인 듯했다.

우뚝 선 채로 아연해진 두 사람을 향해 기묘한 소음이 바람처럼 불어왔다. 그들이 아는 어떤 말도 아닌, 자연의 소리에 가까운, 그러나 분명한 뜻을 담고 있다고 생각되는 소리가.

로랑도, 크루파드도 굳어진 채 아무 말도 하지 못했다. 누군가가 전혀 모르는 언어로 말하는데, 눈앞에 얼굴조차 없는데, 뜻이 머릿속으로 스며드는 기묘한 일이 벌어지고 있었다. 처음에는 곤충들의 날갯짓처럼, 이윽고 새들의 비명처럼, 우짖는 늑대들처럼, 마침내 폭포의 굉음처럼 커다랗게 울렸다.

살려줘, 살려줘, 살려줘, 살려줘, 살려줘……
도와줘, 도와줘, 도와줘, 도와줘, 도와줘……

샤를로트 연하輩下

어머니는 저만치 호숫가에 서 있었다. 그 꿈이 다시 시작되려는 모양이다. 샤를로트는 가만히 기다렸다. 어머니가 자신을 부르도록.

'샤를로트, 나의 딸.'

어머니의 목소리가 실제와 같은지는 모른다. 한 번도 들은 적이 없으니까. 어머니의 얼굴이 저러했는지도 모른다. 한 번도 본 적이 없으니까. 초상화 한 장조차 남아 있지 않은 어머니다.

하늘과 물이 맞닿은 듯한 그곳으로 걸어가자 어머니와 호수 속 어머니가 있었다. 샤를로트와 호수 속 샤를로트도 있었다. 호수 속에서는 하늘과 구름이 흐르고 빗방울이 가끔씩 떨어졌다. 호수 가운데에는 작은 섬이 있었다. 단 한 그루의 나무가 그곳에서 자라고 있었다. 열매는 아직 맺히지 않았다.

'이것은 나의 선물이란다.'

어머니가 두 손을 내밀었다. 호수 속 어머니도. 손안에는 아무것도 없는데 어머니는 소중한 것을 건네주듯 했다. 샤를로트도 두 손을 내밀어 그것을 받았다. 받았는데도 여전히 보이지 않았다. 호수 속 샤를로트의 손에서도.

꿈속의 자신은 말을 하지 않았다. 한 번도. 그저 듣기만 했다. 어머니는 딸의 목소리를 모르니까. 입을 열면 딸이 아니라고 생각할지도 모른다. 그러면 돌아서서 가버릴지도 모른다.

'마셔라.'

샤를로트는 오므린 두 손을 내려다보았다. 여전히 아무것도 없지만 천천히 마시는 시늉을 했다. 호수 속의 자신도.

어머니가 웃었다. 자신을 닮은 얼굴로. 얼음 조각처럼 파란 눈이 샤를로트를 내려다보았다. 검고 긴 머리가 느리게 날리고 있었다. 아니, 닮지 않았다. 어머니가 딸을 닮는 법은 없다. 딸이 어머니를 닮는 것이다.

'이제부터 너는 나의 딸이 아니다. 나 또한 너의 어머니가 아니다. 우리는 누구에게서도 태어나지 않은 자이다. 이 세상의 무엇도 너를 붙잡지 못하리라. 나 또한 그러했다. 너조차

도, 작은 단풍새처럼 사랑스러운 너조차도.'

샤를로트는 그 말을 듣고 있었다. 이해가 가지 않았지만 납득해야 한다고 생각하면서.

'우리는 선물로만, 이 신성한 선물로만 연결되어 있는 것이다.'

어머니는 돌아서서 가버렸다. 호수 속의 어머니도. 샤를로트는 서 있었다. 자신이 마셨던 것이 무엇이었나 생각하면서. 그건 불길처럼 타는 물이었다. 서리처럼 언 김이었다. 날카로운 선물이 온몸을 찌르고 태웠다. 호수는 여전히 고요했다. 비가 몇 방울 떨어지자 호수 속의 소녀가 흔들거렸다.

혼자 남은 샤를로트는 되뇌었다.

오빠, 내게 왜 이러는 거야. 왜 내게 이런 비밀을 남긴 거야. 난 이게 뭔지 모르겠어.

왜 설명해주지 않고 가버린 거야.

왜 돌아오지 않는 거야.

"샤를로트?"

젊은 남자의 목소리였다. 처음에는 오빠라고 생각했다. 하지만 오빠는 자신을 저렇게 부르지 않았다. 작은 새, 나의 꼬마 알루에트……

"정신이 들어?"

희망과 현실 사이에서 샤를로트는 잠시 이를 악물고 있다가 이내 포기하고 눈을 번쩍 떴다.

오빠의 금발과는 다른, 잿빛 도는 갈색 머리가 먼저 눈에 들어왔다. 로랑이었다. 머리맡에 선 채로 내려다보고 있었다. 샤를로트는 처음 보는 사람인 것처럼 무미건조하게 로랑을 올려다봤다. 눈이 마주쳤지만 아무런 표정도 떠오르지 않았다. 그런 채로 주위를 천천히 의식했다. 아침 볕이 드는 조용한 방이었다. 나무로 지어진 집이었다. 자신은 침대에 누워 있었다. 수련병의 제복을 그대로 걸치고, 망토와 부츠만 벗어놓은 채로.

잠시 후 로랑이 말했다.

"너, 내가 누군지 잊어버린 것 같다."

로랑은 옆에 놓인 의자에 앉았다. 그의 양손에 붕대가 감겨 있었다. 그는 자기 손을 잠시 내려다보다가 말했다.

"어젠 그렇게 죽기 살기로 살려놓고서."

한참 후 샤를로트가 말했다.

"어떻게 된 건가요."

아무런 감상이 없는 목소리였다. 눈빛은 초점을 잃은 듯도 했고, 어딘가 먼 곳을 보는 듯도 했다. 로랑은 눈썹을 올렸다 내리고, 입술을 한차례 힘주어 다물었다가 빠르게 말했다.

"뭐, 잘된 거지. 너도 살았고, 나도 살았고, 허둥지둥하다가 팔 부러진 녀석 하나를 빼면 다른 녀석들도 다 멀쩡해. 대장님이야 물론 멀쩡하시고말고. 다들 잘 쉬고 있어. 문제는 없지. 그런데 난 왜 짜증이 날까. 참 성격이 이상하단 말이야."

로랑의 시선이 샤를로트의 손으로 내려갔다. 샤를로트의 오른손에도 붕대가 감겨 있었는데 본인은 의식도 하지 못하는 것 같았다. 어제 있었던 일 같은 건 다 잊어버리고 다른 세계에 다녀온 것 같았다.

"여긴 어딘데요."

"이 섬 인간들이 공짜로 빌려주고 싶어서 지어놓은 빈방."

"그 사람들이 우릴 구했나보군요."

로랑의 입가에 기묘한 표정이 떠올랐다가 쓴웃음으로 변했다. 그가 고개를 한쪽으로 기울이며 물었다.

"누가 뭘 했다고? 너, 잊어버린 거야?"

"뭘요?"

"네가 구했잖아."

"네?"

그제야 샤를로트도 슬슬 현실감을 되찾고 의아한 표정이 되었다. 어제의 씩씩하고 다부진 수련병 샤를로트의 얼굴로 돌아왔다. 로랑은 내심 다행스러우면서도 문득 저것은 일종의 가면이 아닐까 싶었다. 그렇다면 자신이 조금 전까지 본 것이야말로 가면 속의 얼굴일지도 모른다. 그런 생각을 하자 약간 씁쓸해졌다. 어제 둘만 남아 서로를 지켜내겠다고 목숨 걸고 싸웠지만, 가면 속의 샤를로트는 그런 것에 아무런 관심이 없었는지도 모른다.

"제가 어떻게요?"

"너, 내 단검 빌려서 벽을 찔러 구멍 냈던 건 기억하지?"

샤를로트가 고개를 끄덕이더니 기억을 더듬듯 천장을 올려다봤다.

"그다음에……"

"그래, 그다음에 음, 그러니까 네가 그 말을…… 외친 다음에 말이야. 그다음은 생각 안 나?"

"외쳐요? 뭘요?"

로랑은 설명해주지 않고 직접 기억해내라는 것처럼 제 시선도 허공으로 보냈다. 그런 말을 한 번도 해보지 않은 건 아니었지만, 공녀 앞에서 입에 담으려니 어쩐지 난감했다. 물론 공녀께서 먼저 하셨지만…… 하여튼 그런 말은 대체 어떤 놈이 가르친 거야?

"그건 생각나요. 부서진 돌들이 뭉쳐져서 커다란 탑 같은 걸로 변했는데. 그런데…… 그다음은 잘 모르겠어요."

"그다음에 많은 일이 있었지. 그러니까, 나도 그게 뭔지는 모르지만 네가 어마어마한 힘을 발휘해서 방안에 있던 놈들을 쓸어버렸단 말이야. 벼락 맞은 것처럼 단번에 다 타버렸어. 그렇게 끝났어."

샤를로트는 어리둥절해진 나머지 하려던 말까지 삼켜버렸다. 잠깐 사이를 두고 겨우 이렇게 물었다.

"진짜요? 제가 그런 게 확실해요? 착각이 아니고요?"

둘의 눈이 마주쳤다. 샤를로트는 순수하게 놀란 표정이었지만 로랑은 어딘가 복잡한 눈빛으로 바라보고 있다가 대꾸했다.

"그래, 너도 뭔지 모르나보네. 어쨌든 덕택에 살았으니까 호위 임무는 성공했네. 백 점 줄게."

"……"

샤를로트는 대꾸하지 않고 눈만 깜빡거리고 있다가 다시 물었다.

"우릴 공격했던 그것들은 뭐였어요? 이제 알게 된 거예요?"

"아니, 몰라. 이 섬에 설명을 똑바로 할 줄 아는 사람이 한 명인들 있겠어? 공용어도 못 하는데? 아니, 한 가지는 알지. 이놈들이 일부러 그랬다는 거."

"이놈들요?"

"이 섬에 사는 놈들 말이야. 유물을 조사해달라는 둥 헛소리 지껄여서 불러들여놓고 이런 미친 짓을 저지른 놈들을 당장 죽여버릴 수도 없고, 정말 상황 더럽네."

말을 하다가 샤를로트가 빤히 쳐다보는 것을 느낀 로랑은 말을 너무 막했나 싶어 멈칫하다가 곧 어제 일을 떠올리고는 '이 무슨 쓸데없는 고민을' 하고 생각했다.

샤를로트는 생각에 잠긴 표정으로 일어나려고 오른손을 짚다가 흠칫하며 얼굴을 찌푸렸다. 그제야 손에 감긴 붕대를 알아차린 모양이었다. 로랑이 마찬가지인 손을 들어 보이며 말했다.

"조심해. 어제는 우리 둘 다 미쳤던 모양이니까."

필사적으로 싸우고 있을 때는 몰랐지만, 둘 다 장갑을 낀 채로도 열상을 입어 손 곳곳이 벗겨지고 상처가 난 상태였다. 어깨와 팔도 뻐근하고 욱신거렸다. 샤를로트는 앉아서 제 손을 잠시 바라보다가 다시 로랑을 보고, 뭔가를 물으려 했다. 그때 노크 소리가 났다.

문이 열리고 나타난 자들은 모두 노인이었다. 그중 맨 앞에 선 늙은 여자는 어깨 부분이 새의 날개처럼 뻗은 붉은 튜닉을 입었고 손에는 제법 큰 나무상자를 들고 있었다. 로랑이 벌떡 일어나 앞으로 나서며 물었다.

"무슨 일이지?"

"……"

대답이 없었다. 공용어를 못 하니 당연한 일인데 로랑도 자꾸 잊어버리곤 했다. 노인들은 말을 하는 대신 샤를로트를 향해 두 무릎을 다 꿇고 고개를 조아려 절했다. 오를란느 궁정에서도 받아본 적이 없는 극도의 복종을 나타내는 절이었다.

"……"

이어 그들이 무슨 말인가 했지만 알아들을 수가 없었다. 샤를로트가 어리둥절한 표정으로 로랑을 보자 로랑이 말했다.

"예전에는 통역이 있었던 걸로 아는데 이번엔 어찌된 셈인지 사라지고 없더라고. 수련병 중에 이자들의 말을 조금 아는 녀석이 있어서 말을 시켜봤지만 이자들이 한 말은 그저 기다리라고, 네가 깨어나면 다 알게 된다는 것뿐이었어. 어제 우리를 동굴에 가둬 죽일 뻔했으면서 해명을 하기는커녕…… 솔직히 너만 깨어나면 우린 그냥 돌아갈 생각이었다. 그런데 저자들은 지금 네가 깨어난 걸 어떻게 알고 득달같이 쫓아온 거야?"

로랑은 다시 노인들을 쏘아봤지만, 말이 안 통하는 상대에게 뭘 따진들 소용이 있을 리 없었다. 그때 뒤쪽에 있던 노인이 뒤를 돌아보더니 그들의 언어로 무슨 말을 했다. 그러자 젊은 여자가 사람들을 뚫고 나와 샤를로트와 로랑 앞에 섰다.

로랑이 한 번도 본 적이 없는 사람이었다. 이 섬에 한두 명이 사는 것도 아닌데 그걸 확신하는 이유는 외모 때문이었다.

저런 모습이라면 여기뿐 아니라 오를란느 어디에 있어도 눈에 띌 것이다. 황갈색 피부에 대충 묶은 은색 머리, 필멸의 땅 너머의 사막에 사는 레코르다블인이 틀림없었다. 대륙 반대편이라 할 만한 그곳 사람이 어째서 오를란느에, 심지어 이런 구석진 섬까지 와 있는 것일까?

맨 앞의 노파가 무어라 말하자 여자가 입을 열었다.

"위대한 피를 이어받은 분을 뵙습니다. 저는 '불을 섬기는 자'입니다."

'저'란 이 여자가 아닌 노파를 가리키는 말인 듯했다. 레코르다블 여자는 간소한 페전트블라우스peasant blouse와 치마 차림인지라 '불을 섬기는 자' 같은 거창한 이름과는 어울리지 않았다.

"당신은 통역인가? 왜 이제 나타난 거야?"

여자는 로랑의 질문에는 대답하지 않았다. 노파가 다시 무어라 느릿느릿 말하자 여자가 이어 말했다.

"그대를 기다리고 있었습니다. 오래전부터, 그대가 태어나기도 전부터, 그대의 어머니가 태어나기도 전부터, 이 나라가 막 태어났던 날로부터 그대는 이곳에 오기로 되어 있었습니다. 그것은 약속이었으며, 구원이었으며, 비밀이었으나 비밀은 이제 드러날 때가 되었습니다. 그대가 그대 안의 힘을 깨닫듯, 세상은 비밀을 깨닫게 될 것입니다."

저렇게 긴 말을 잘도 기억해서 통역하는구나 싶었다. 그런데 저 비슷한 길이의 말을 연달아 하는 동안 점점 여자의 목소리에서 귀찮아하는 투가 역력해졌다. 능력은 있고 성의는 없는 통역이랄까.

노파는 다시 한번, 이번에는 매우 길게 말했다. 여자가 입을 열려다가 움찔하더니 인상을 찡그리며 내뱉었다.

"어휴, 대체 무슨 말인지. 이렇게 구구절절 길어야 하는 이유는 뭔데? 그냥 내가 간단히 줄여줄게. 반갑고, 잘 왔고, 이 상자 안에 중요한 게 들어 있으니까 받으라는 거야. 알겠지?"

제멋대로 줄여서 말했지만 노파가 항의하지는 않았다. 어차피 알아듣지 못해서겠지만. 샤를로트는 잠시 그들을 보고 있다가 상자를 흘끗 보더니 물었다.

"그게 뭔데?"

"난들 알아? 난 그냥 통역을 할 뿐이잖아."

"그러는 넌 누군데?"

"네이."

샤를로트가 고개를 끄덕이더니 말했다.

"좋아, 네이. 난 이 섬사람들의 풍습에는 관심 없어. 그들이 날 뭐라고 부르든 나와는 상관없다는 말이야. 우린 임무 때문에 왔고, 끝나면 돌아갈 뿐이야. 그 상자에 든 것이 감정해달라고 했던 유물이라면 크루파드 대장께 갖다드리면 될 일이야. 날 찾아올 필요는 없어."

그러자 네이라는 여자의 입가에 비웃음 같기도 한 미소가 떠올랐다.

"전혀 놀라지도 않고 아주 침착하시네. 어제 무슨 일이 벌어졌던 건지 궁금하지는 않고? 어제 그 동굴이 당신들을 짓눌러 죽일 뻔했는데?"

로랑이 미간을 찌푸리며 네이를 쏘아봤다.

"아니, 잠깐. 다 알고 있었나? 그런 주제에 뭐가 그리 당당하지? 너희는 요청을 받고 평화로운 사절로서 온 에투알 한 부대를 거의 죽일 뻔했어. 그중에는 장차 이 나라를 다스릴 공녀님도 계셨지. 그게 반역이라는 생각은 안 드나?"

네이가 다시 한번 한쪽 입가를 올렸다.

"반역? 그런 건 모르겠네. 난 이 나라 사람이 아니라서 말이야. 하지만 어제 그 일이 이유 없이 벌인 놀이는 아니었거든. 우리가 너희를 죽여서 뭐하겠어? 이 사람들은 말이야, 예전부터 그럴 기회라면 얼마든지 있었어. 마음만 먹었다면 나라 하나쯤은 간단히 쑥대밭으로 만들었을 거란 말이야. 하지만 안 했지. 왜냐면 그럴 이유가 없으니까. 그럼 어제는 왜 그랬을까? 왜 죽을 지경까지 몰았을까? 그래서 어떻게 됐지? 너도 같이 갇혔으니 아주 잘 봤을 것 아냐?"

"……"

로랑이 선뜻 대답하지 않자 네이가 킥킥 웃어댔다.

"왜, 놀랐어? 그거 아주 근사하지 않았어? 난 얘기만 전해 들었는데도 짜릿해서 혼이 나가겠던데. 으, 너무 좋아."

네이는 다시 샤를로트 쪽으로 고개를 돌렸다.

"자, 기분이 어떠신가요? 끝내주죠?"

샤를로트는 네이를 잠시 보고 있다가 다시 로랑을 쳐다보더니 말했다.

"저 여자, 좀 이상한 것 같지 않아요?"

로랑은 순간 푸훗 하고 웃어버릴 뻔했다. 샤를로트가 너무 효과적으로 상대를 무시했기 때문이다. 그건 물론 네이가 에투알인 로랑을 무시한 것에 대한 보복이었다. 네이도 그걸 알아차린 듯했지만 굴하지 않고 싱글싱글 웃으며 말했다.

"제법 센 분이네. 하긴, 그분의 동생이었지."

순간 샤를로트의 표정이 변했다.

"당신, 오빠를 알아?"

대화의 주도권은 네이에게 넘어갔다. 샤를로트가 침대에서 벌떡 일어날 듯하자 목소리에 한층 여유가 들어갔다.

"잘 알지. 하루이틀 안 사이가 아니라고. 뭐 알다시피 이제 와서 증명할 방법은 없어졌지만 말이야. 그분이 계셨다면 뭐라고 하셨을까 궁금하긴 해. 어제 우리가 당신을 시험한 게 생각 이상으로 성공적이었거든. 혹시 나오려나 추측만 하고 있던 능력이 예상의 백배로 터졌단 말이야. 우린 진짜 놀랐어. 혼자만 갇혔으면 그 정도까진 안 됐을 것 같은데, 공녀님은 에투알을 무척 사랑하시나봐? 하여간 공녀께서는 우리가 기다리던, 반드시 필요한 힘을 갖고 계신 분이야."

"……."

샤를로트가 아무 말도 않고 노려보는 가운데 네이가 입술에 힘을 주어 한 단어를 내뱉었다.

"블러디드."

샤를로트는 로랑을 돌아봤다.

"어제 제가 그 돌로 된 것들을 단번에 없애버렸다고 하셨죠? 태워버렸다고 했던가요?"

"응."

샤를로트는 천천히 고개를 돌려 네이를 보고, 그 아래 엎드린 자들을 눈으로 죽 훑더니 침대에서 일어났다. 옆에 놓인 부츠를 신고 차근차근 끈을 매고, 망토를 집어들어 걸친 뒤 말했다.

"너희가 대공 전하의 백성이라면, 내가 머문 이상 이 방은 내 것이고, 내겐 너희를 들이고 물리칠 권한이 있어. 너희 멋대로 아무때나 들이닥쳐서 하고 싶은 말을 떠들어도 될 리가 없지. 난 내가 듣고 싶을 때, 듣고 싶은 장소에서 들을 거야. 그게 무엇이더라도. 게다가 너희의 말은, 나한테 시끄럽게 구는 것들을 다 죽여버릴 끝내주는 힘이 있다는 뜻이네. 듣던 중 반가운 얘기야. 그럼 이만 무례하게 지껄이는 건 좀 닥쳐 줄래? 진짜로 죽여버리기 전에."

샤를로트는 앞에 부복한 자들을 헤치고 밖으로 나가버렸 다. 너희가 어떤 놀랍고 중요한 이야기를 하든, 내 쪽에서 조 바심을 낼 필요는 조금도 없다는 것처럼.

로랑은 당연한 것처럼 뒤따라 나가면서도 어쩐지 기분이 이상해져서 난감한 미소를 머금었다. 그간 샤를로트는 로랑 이 에투알이고 자신은 수련병이라는 구도를 굳세게 지키려 했다. 하지만 이런 순간이 오자 그녀는 공녀이고, 자신은 공 녀를 지키는 근위병의 역할을 하는 것이 너무나 자연스러워 서 다소 어처구니가 없었다. 심지어 자신에게조차도. 일생 그 런 역할을 싫어했는데.

집은 크지 않아서 짧은 복도를 지나자 바로 입구였다. 열린 문 밖에서 가을볕이 들어와 하얗게 바닥에 번졌다. 그걸 밟으 며 밖으로 나선 샤를로트는 눈가를 찌푸리며 멈춰 섰다가, 주 위를 휘둘러봤다.

파랗게 갠 하늘 아래 비탈진 들판이 펼쳐져 있었다. 방금 나온 집과 비슷한 집들이 질서 없이 십여 채 흩어져 있었고, 히스와 잡풀이 우거진 사이사이로 엉겅퀴와 아이브라이트가 솟아났다. 들판 너머로 벼랑과 바다가 보였다. 샤를로트는 거침없이 벼랑 끝까지 걸어가 아래를 내려다봤다. 검은 바위가 즐비한 해안 너머로 검푸른 바다가 거품을 내뿜었다. 그들이 어제 들어갔던 동굴의 입구로 이어지는 바윗길도 보였다. 저 동굴을 통해서만 이곳으로 올라올 수 있다고 했다. 나오는 통로는 어디인지 보이지 않았다.

샤를로트는 그 자리에서 돌아섰다. 그녀가 선 곳은 고지대여서 주위가 한눈에 내려다보였다. 네이는 바로 뒤따라와 마주서는 참이었다. 노인들도 저만치에서 행렬을 이룬 채 천천히 따라오고 있었다. 샤를로트 옆에 선 로랑이 어처구니없다는 것처럼 한쪽 어깨를 으쓱하며 네이를 봤지만 네이는 못 본 체했다.

바람이 불어닥쳤다. 짧은 머리와 망토가 폭풍 속의 삼각돛처럼 파르르 떨리며 나부꼈다. 한 손으로 허리를 짚고 비스듬히 선 샤를로트가 네이를 내려다보자 네이가 말했다.

"연설은 멋있었지만 공녀님, 당신한테 우릴 죽일 힘이 있진 않아. 블러디드는 프시키를 다루는 힘이니까."

"그래? 하지만 내겐 이 검이 있지. 효과는 완전히 똑같고 말이야."

샤를로트는 검에 손을 얹지도 않고 말했지만 농담으로 들리지는 않았다. 오를란느 대공 가문에는 무인의 전통이 있어서 드물지만 즉결 처분도 일어난 적이 있다고 했다. 정당한 이유만 있다면 문제시되지 않았고, 그 이유도 '무례함' 같은 것이면 충분했다.

그쯤 되자 네이도 움찔하는 기색이었다. 그러나 다시 한번 눈썹을 올리며 미소를 짓더니 말했다.

"오빠가 당신한테 남긴 이야기가 궁금하지 않아?"

"난 내게 존중을 보이지 않는 자와는 대화하지 않아. 날 시험하려 들지 마. 슬슬 머리를 날려버릴지도 모르니까."

"……"

곁에서 듣고 있던 로랑은 열다섯 살 공녀에게 조금 감탄했다. 샤를로트는 네이가 베르나르 대공자를 안다고 하는 순간 온갖 이야기를 캐묻고 싶었을 것이다. 오빠가 실종됐고 단서도 없는 상황인데 아주 작은 정보일지라도 궁금할 수밖에 없었다. 그러나 호기심에 매달리면 상대에게 끌려가게 되고, 무엇보다 상대를 검증할 기회가 사라진다.

상대가 누구인지 모른다면 그자가 하는 말이 진실인지 아닌지 판별할 수 없다. 믿을 만한 사람인지 먼저 확인하고, 그 다음에 듣고 싶은 말을 들어야 한다. 그러지 않으면 듣고 싶었던 말에 휘둘려 믿어선 안 될 사람을 믿어버리는 잘못을 저지르게 되는 것이다. 열다섯 살이 절박함을 참고 실천하기엔 쉽지 않은 진리였다.

샤를로트는 네이보다 키가 작았지만 선 자리의 땅이 높아

샤를로트 연하

둘의 눈높이는 비슷했다. 샤를로트가 더이상 아무것도 묻지 않자 그제야 네이의 태도도 달라졌다. 한 발짝 물러나며 눈을 내리깔았다가 고개를 까딱하더니 말했다.

"눈치를 챘으니까 미안하다고 해야겠네요. 시험을 한 건 사실이에요. 전 당신의 오빠, 베르나르 대공자를 섬겼던 사람이죠. 그분 한 분을 바라보고 이 얼어 죽을 추운 땅에서 버틸 정도로. 하지만 그분은 사라졌고, 전 당신에게도 자격이 있는지 궁금했어요."

"자격?"

"제 충성을 받을 자격."

샤를로트는 잠시 네이를 바라보고 있었다. '충성'과 같은 단어가 열다섯 살과 어울리지는 않는다고 생각했다. 그건 단지 타고난 신분 때문에 받는 예우와는 다른 어감의 단어였다. 누군가의 충성을 받자면 그에 걸맞은 행동을 했어야 하지 않을까. 더구나 이 사람은 오를란느의 백성도 아니다.

샤를로트가 붕대를 감지 않은 왼손을 펴 내밀더니 물었다.

"뭐가 보이지?"

네이는 미묘한 미소를 머금고 있다가 말했다.

"불타는 죽음."

"그래? 내가 이 들판을 다 태워버릴 것 같은가?"

네이가 제 오른손을 내밀어 샤를로트의 손바닥 위 허공을 쓸어내리듯 저었다. 이어 무언가를 붙잡아 뽑아내는 듯한 시늉을 하며 손을 천천히 위로 올렸다. 그러자 놀라운 일이 일어났다.

화륵······

샤를로트의 눈이 커졌다. 반면 네이의 눈은 가늘어졌다. 두 사람의 손 사이에서 희미한, 흰색과 오렌지색이 섞인 불꽃이 느리게 솟아올랐다. 흡사 가느다란 식물처럼, 꽃술처럼 뚜렷해진다. 그러다가 팔다리가 많이 달린 작은 인간의 형태를 띠는 순간 샤를로트는 놀라서 흡 하고 숨을 들이켰다. 그러자 불꽃은 즉각 형태가 흐트러지더니 꽃가루처럼 터지며 사방으로 날려갔다.

샤를로트는 손을 치우는 대신 손끝에 힘을 주며 물었다.

"이게 뭐지?"

"이 들판을 모조리 태우고 우리도 다 태워버릴 에너지를 가진, 그러나 아직 당신이 다루지 못하는 존재들이죠."

샤를로트는 손바닥을 잠시 쏘아보았다. 거기엔 아무 흔적도 남아 있지 않았다. 재 한 점조차도.

"네가 마법을 쓴 게 아닌가?"

네이가 흐흐 하고 웃더니 대꾸했다.

"마법이라. 레코르다블에는 여기 사람들이 생각하는 그런 마법사는 없어요. 우리는 학교에서 마법을 배울 수 있다고 생

각하지 않으니까 말이죠. 어쨌든 저는 그들을 조금 귀찮게 할
수 있을 뿐이에요. 그것들은 당신을 따라다니고, 나는 조금
간질여서 정체를 드러내게 만든 것뿐. 그것들을 지배하고, 소
멸시키는 힘은 오직 당신의 것."

"내게 왜 그런 힘이 있지?"

네이가 양손을 펴 보이더니 쓴웃음을 지었다.

"그것까지 제가 알면 얼마나 좋았겠어요?"

"그들이란 누구지?"

"이곳 사람들은 프시키라고 부르죠. 이 세상을 만들고 남
은 부스러기, 또는 근원. 우리의 형제, 또는 조상들, 또는 미
래. 세상 어디에나 있지만 평소에는 보이지 않고, 온갖 형태
의 에너지를 띠며 변해요. 어제 당신이 본 것처럼 불의 모습
도, 돌의 모습도 띠죠. 우리가 보기에는 이렇다 할 규칙이 없
는데 그들에겐 있는 것도 같아요. 무엇보다 그들한테는 앞일
이 보이는 모양이에요. 그래서 동요하고 있죠. 그런데 크나큰
문제는 우리가 그들의 말을 알아듣지 못한다는 거예요."

거기까지 말했을 때 노인들도 그들 앞에 도달했다. 그러더
니 다시 처음처럼 하나씩 부복하기 시작했다. 거창한 옷을 입
은 사람들이 대략 스무 명쯤 두 줄로 길게 늘어서서 엎드리는
광경은 어찌 보면 장관이기도 했지만, 샤를로트는 그렇게 생
각하지 않았다. 그녀는 즉시 말했다.

"이유 없는 절은 한 번이면 충분해. 할말이 있으면 일어나서 했으면 좋겠어."

샤를로트는 네이에게 통역하라고 하지 않았지만 네이는 당연한 것처럼 노인들을 향해 무어라고 말했다. 그러나 그들은 여전히 일어나지 않았고, 맨 앞의 붉은 옷 노파만이 상체를 들더니 무어라 말했다.

고개를 끄덕인 네이가 샤를로트를 돌아보며 아까보다 훨씬 정중하게 말했다.

"우리는 두렵기 때문에 부복하나이다. 그대는 그대의 힘을 모르고 우리도 모르나이다. 그러나 그들이 때가 왔다고, 그대의 힘이 필요하다고 속삭이고 있나니 우리는 그대에게 알릴 도리밖에 없나이다."

샤를로트가 물었다.

"'그들'이 프시키인가? 프시키와는 말이 통하지 않는다면서?"

"대화는 안 통하지만 그들이 불안해한다든가, 뭔가 원하는 게 있다든가 하는 건 알 수 있다고 해요. 이들이 믿는 바에 따르자면 프시키는 닥쳐오는 위기를 누구보다 빨리 알아차리는 존재예요. 마치 집이 무너질 걸 알고 자취를 감추는 쥐들처럼. 하지만 그게 프시키만을 위협하는 위기인지, 사람에게까지 영향을 주는 것인지는 아직 알 길이 없네요."

"여기 사람들은 어떻게 그런 걸 알지?"

"이 섬사람들은 보이지도 않는 프시키들을 오랫동안 보살펴왔거든요. 저들이 프시키를 섬기는 제사장이라고 생각하는 모양이에요. 프시키들이 불안에 떨며 문제를 일으키면 달래고 가라앉히는 것이 이들의 일이에요. 그냥 내버려두면 지진이나 폭풍 같은 재해로 이어지기도 하니까. 언제부터 섬겼는지는 저도 몰라요. 수백 년? 수천 년? 전 본래 여기 사람이 아니라서. 그저 대공자께서 여기 몇 년 처박았더니 저절로 이들의 말을 알아듣게 된 이방인일 뿐이죠."

"잘 알았어. 그럼 내 의견을 말해줄게."

자신한테 지금껏 꿈에도 생각 못한 능력이 있다는 이야기를 막 들은 참이었다. 그러나 샤를로트는 신기할 만큼 놀라지도, 당황하지도 않았다. 그리고 설명이 충분하지 않은데도 구구절절 묻는 대신 적당히 끊어버리고는 말했다.

"너희의 설명은 어딘가 이상해. 프시키라는 눈에 보이지 않는 존재들이 있고, 나한테 그걸 불러내거나 없애버릴 힘이 있다는 건 알았어. 엊그제까지 없던 힘이 갑자기 생겨나다니 잘 납득은 안 되지만, 어쨌든 무슨 뜻인지는 알았단 말이야. 그런데 너희는 어제 나를 비롯한 에투알을 일부러 위험에 빠뜨려서 내 능력을 끌어냈다고 했지. 그 결과 나는 프시키라는 것들을 죽여버렸어. 그럼 프시키들이 원한 건 뭐야? 내 손에 죽는 거야? 프시키가 두려워한다는 위기의 정체가 바로 나란 말이야?"

그때 붉은 옷의 노파가 고개를 들었다. 그러더니 무릎걸음으로 다가와 상자를 샤를로트의 발밑에 놓았다. 검은 나무로 만든 상자는 귀퉁이 보강쇠와 고리쇠에 일일이 문양을 세공한 고풍스러운 물건이었다. 노파는 직접 주머니에서 열쇠를 꺼내 자물쇠를 열어놓았다. 이어 몇 마디 하자 네이가 말했다.

"이 안에 당신이 궁금해하는 것을 알려줄 물건이 들어 있다고 하네."

샤를로트가 다가가려 하자 로랑이 팔을 뻗어 가로막더니 말했다.

"잠깐, 내가 여는 편이 낫겠는데."

바로 어제 그런 일이 있었는데 이들이 하는 말을 완전히 신뢰하지 못한다고 판단한 것은 로랑도 마찬가지였다. 샤를로트도 고개를 끄덕였다. 로랑이 상자 뚜껑을 잡자 노파가 기분 나쁜 눈빛으로 쏘아봤으나 샤를로트가 고개를 끄덕인 것을 보았기 때문인지 다른 말은 하지 않았다.

덜컥, 뚜껑이 열렸다.

로랑은 뚜껑을 젖혀놓고 재빠르게 물러났으나 상자 안에서 별다르게 위험한 것이 나오지는 않았다. 오히려 전혀 기대하지 않았던 내용물이었다. 상자에는 빨갛게 익은 사과가 가득

들어 있었다.

"이건……"

샤를로트가 설명을 요구하는 눈빛으로 네이와 노파를 번갈아 보았다. 기가 막힌 표정이 된 건 로랑도 마찬가지였다. 고작 사과를, 그것도 저런 상자 속에 넣어뒀다니? 게다가 갓 딴 듯 싱싱해 보이는데, 오늘 아침에 수확해서 굳이 저기다가 넣고 자물쇠를 잠가놓았단 말인가?

"사과를 왜 이런 데 넣어놓은 거야?"

로랑이 중얼거리자 네이가 킥킥 웃더니 말했다.

"그야 오늘 저녁 식탁에 올리려고 그런 건 아니지 않겠어?"

"그럼? 저기다가 넣어두면 내후년쯤에도 먹을 수가 있고?"

"보기보단 추리력이 있네? 그럼 조금만 더 해봐. 저 사과는 언제 땄을까? 힌트는 저 사과의 수효야."

'보기보단'이라는 말이 거슬렸을 테지만 로랑은 발끈하는 대신 머리를 천천히 쓸어넘기고 나서 말했다.

"수수께끼에는 관심 없어. 공녀께서 질문을 하실 때는 분명하게 답해라. 대공자께서는 네가 그런 식으로 굴어도 용납하시던가?"

"응, 그분은 너보다 유머 감각이 있으셨거든. 그래서 그분을 좋아했지."

네이는 다시 샤를로트를 보며 기계적인 미소를 지어 보였다.

"하지만 저도 새로운 환경에 적응을 해야겠군요. 저 사과는 비밀스러운 장소에서 자라는 단 한 그루의 나무에서만 열리죠. 대공자께서는 매년 새롭게 사과가 열릴 때마다 한 개씩 따다가 저곳에 넣어두도록 명하셨습니다. 언젠가 이런 날이 왔을 때 공녀님께 드리도록 준비시키신 것이지요. 공녀님께서 세 살 무렵일 때부터의 일입니다."

그렇다면 대략 십이 년이나 사과가 상하지 않고 보존됐다는 뜻이다. 물론 보존 마법을 매번 새로 걸어서 억지로 유지시킬 수는 있겠지만, 대체 왜 그런 일을?

"그렇게 보관할 이유가 있다면 평범한 사과는 아닐 테지."

"물론이죠. 저 사과 속에는 많은 비밀이 들어 있지만 한 번에 얻으실 수는 없답니다. 아주 천천히, 세월을 주고 얻으셔야 하죠. 대공자께서도 그렇게 하셨고요. 궁으로 돌아가시면 저 사과를 하나씩, 밤에 머리맡에 두고 주무시도록 하세요. 그러면 꿈속에 비밀이 나타날 것입니다. 대공자께서는 당신에게 잠재된 힘을 알고 계셨지만 당신이 아직 어리기 때문에, 준비가 되는 날까지 이 위험천만한 비밀을 대신 수호하고자 하셨습니다. 그러나 모든 것이 계획대로 되기란 참으로 어렵지요."

샤를로트는 가만히 사과를 쏘아보다가 불쑥 물었다.

"그 비밀 중에는…… 오빠가 어디로 갔는지에 대한 것도 있나?"

네이는 웃었다. 씁쓸한 웃음이었다.

"어쩌면요. 정말로 있을지도 모르지요. 하지만 저는 알지 못합니다. 저 같은 자에게는 열리지 않는 비밀이니까요. 혹시 언젠가 알게 되신다면 제게도 알려주셨으면 합니다. 진심으로, 저 또한 알고 싶기 때문입니다."

그렇게 말한 네이는 샤를로트를 향해 절했다. 만난 후로 처음 하는 제대로 된 절이었다. 말투 역시 줄곧 빈정거리듯 하던 것과는 어딘가 달랐다. 문득 네이가 오빠를 섬겼다던 말은 진실인 것 같다고 생각했다. 아직 확신할 수는 없지만, 자신의 이런 직감은 보통 맞아떨어지곤 했다.

바다 쪽에서 칼바람이 불어왔다. 흩날리는 머리를 훑어 짚으며 샤를로트는 옛일을 생각했다. 아마 아홉 살 무렵이었을 것이다. 오빠가 대공이 되면 나는 오빠를 지켜줄 거라고, 그렇게 말했다. '후원의 뱀' 사건에 대해 들은 직후였을 것이다. 그 사건 이후로 아버지가 예전처럼 어린 딸과 함께 말을 달리지 못하게 되었음을 알았기 때문이다.

그때 베르나르는 웃으면서 꼭 그래달라고 대답했다. 샤를로트가 사랑해마지않던 발레를 그만두고 검을 배우기 시작한 것도, 이 년 뒤 에투알에 들어간 것도 그날의 대화 때문이었다. 그쯤 되자 오빠는 오히려 괜찮다며 말렸지만, 샤를로트가 고집을 꺾지 않았다. 오빠는 대공이 되고, 자신은 오빠를 지킨다.

그날 결정해버린 미래에 지금껏 일말의 후회도 해본 일이 없었다. 공녀라는 이유로 훈련에 특혜가 주어질라치면 악착같이 거절했다. 그래서는 제대로 된 에투알, 그중에서도 가장 뛰어난 에투알 브릴랑테가 되지 못하니까.

에투알 브릴랑테는 오직 일곱 명뿐이다. 누가 브릴랑테인지는 비밀에 부쳐졌다. 오직 단장과 부단장, 그리고 대공만 알았다. 자신이 브릴랑테가 되는 날, 대공인 오빠에게 달려가 자랑스럽게 밝히고 싶었다. 이제 오빠는 안전하다고, 누구도 에투알 브릴랑테가 지키는 사람을 건드리지 못한다고.

오빠는 그런 날이 오기까지 기다려주지 않았다. 정체 모를 비밀만을 남겨놓고 사라졌다. 게다가 지금껏 샤를로트에게 자신이 무엇을 하고 있다고, 한 번도 얘기해준 적이 없었다. 아마 오빠도 몰랐겠지. 오늘이 이렇게 갑자기 닥칠 줄은.

날 위해 그랬다고? 내게 말해주지도 않고? 난 오빠를 지키려고 했는데, 오빠는 날 지켜주려 했다고? 난 조금도 고맙지 않은데? 그냥…… 아무것도 하지 않고 곁에 있어주는 편이 훨씬 좋았을 텐데?

"……"

눈을 몇 번 깜빡이고, 바람을 핑계로 몇 번 비볐다. 이를 악물었다. 이들 앞에서 눈물을 보일 순 없었다. 그래도 되는 상대가 아니었다.

곁에서 로랑의 목소리가 들렸다.

"대장님이 오시는데."

앞이 잘 보이지 않았지만 힘주어 눈을 바로 뜨고 비탈을 내려다봤다. 저만치에서 크루파드가 수련병 둘과 걸어오고 있었다. 크루파드의 손에 뭔가 흰 것이 들려 있었다.

이윽고 샤를로트 앞에 도착한 크루파드가 들고 온 봉투를 내밀며 말했다.

"이걸 받으십시오."

샤를로트가 흠칫하더니 말했다.

"대장님, 저한테 왜 이러세요. 전 아직 에투알이 아니잖아요."

수련병은 정식 에투알이 되어야만 고유한 신분과 경칭을 되찾는다. 그러나 크루파드가 고개를 흔들더니 말했다.

"아닙니다. 공녀님께선 이제 에투알이 아니십니다."

두 말은 언뜻 같은 것 같아도 뜻이 전혀 달랐다. 샤를로트가 미간을 찡그리며 되물었다.

"그게 무슨 말씀입니까?"

"이것은 단장님이 보내신 명령서입니다. 저희보다 먼저 이곳에 도착해 있었습니다. 대공 전하께서 공녀님을 대공녀로 봉하고자 하시니 한시바삐 궁으로 모셔 오라고 명하셨습니다. 전하의 뜻이 밝혀진 이상 저희는 공녀님을 주군의 계승자로 예우해야 할 것입니다.”

“……”

현실감이 일순 사라졌다. 머리가 조금 어지러웠다. 몰랐던 것은 아니다. 이번이 마지막 임무가 될 줄도 알고 있었다. 하지만 아버지는…… 이제 오빠의 죽음을 받아들였단 말인가?

샤를로트가 굳어져 있는 가운데 크루파드가 한쪽 무릎을 꿇더니 고개를 숙이며 말했다.

“공녀 연하, 저희의 검은 연하의 것입니다.”

연하^{輦下}라는 경칭은 공녀와 공자도 쓸 수 있었지만 일반적으로는 대공녀 대공자만이 그렇게 불렸다. 그랬기에 오를란느에서 지금껏 연하라고 하면 늘 베르나르를 가리켰다. 직후, 로랑도 제자리에서 한쪽 무릎을 꿇었다. 이어 크루파드를 따라온 두 수련병도 무릎을 꿇었다.

샤를로트는 우뚝 선 채로 그들을 굽어보았다. 사실 그들을 본다기보다는 허공을 보고 있었다. 열한 살부터 고귀한 신분을 상자에 넣듯 잠가버리고 어린 수련병으로 살아왔지만 대공의 딸로 태어난 이상 그건 언제든 도로 손에 넣을 권위였다. 그렇게 예고되어 있었지만 제 힘으로 에투알이 되지도 못한 채, 이런 식으로 되찾고 싶지는 않았다.

그리고 아직은 오빠가 죽었다고 받아들일 수가 없다.

샤를로트는 크루파드를 내려다보며 말했다.

"좋습니다. 대공 전하의 명은 돌아가서 받들겠습니다. 그러니 여기서는 저를 연하로 칭하지 말아주시길 바랍니다."

"알겠습니다."

그것까지는 방법론적인 문제에 불과했다. 그러나 이어진 말은 달랐다.

"그리고 전 에투알이 되는 것을 포기하지 않겠습니다."

로랑은 문득 생각했다. 저 말의 뜻은······

"사 년간의 노력을 수련병으로 끝내고 싶진 않습니다. 그날이 오면, 다시 수련병으로 돌아가 마지막 시험을 치를 테니 그때까지 일시적 신분 유예를 허락해주시기 바랍니다."

그날이 무슨 뜻인지 누구도 즉각 이해하지 못했다. 언젠가 대공녀의 역할을 그만두거나, 또는 대공의 역할을 그만둘 날이 온단 말인가?

몰랐지만, 크루파드는 약간의 이해를 담아 고개를 끄덕이며 답했다.

"허락합니다."

샤를로트는 고개를 끄덕였다. 이어 고개를 똑바로 들고 비스듬하던 자세를 고치며 꼿꼿이 섰다. 그러는 사이 눈빛도 달라졌다. 아니, 목소리까지 달라졌다.

"모두 일어나라."

오를란느 대공 가문은 이 땅을 천 년 가까이 다스려왔다. 한 가문이 그토록 오랫동안 군주권을 유지한 경우는 대륙의 어느 나라에도 없었다. 신정 일치로 유명한 산스루리아조차 그러지 못했다. 누군가는 이 북부의 땅에 침략자가 거의 없었기 때문이라고 했다. 일찌감치 대국 아노마라드를 섬기며 왕이 아니라 대공이 되기를 자처한 영리함 때문이라고 하는 사람도 있었다.

또다른 누군가는 최초의 여왕으로부터 대공 가문을 수호하는 신비한 힘이 내려오기 때문이라고 했다. 오를란느는 대륙 어디보다도 음산한 전설이 많이 남아 있는 땅이었다. 학문의 형태를 갖추게 된 마법과는 다른 주술과 민간전승, 기괴한 요정과 괴물 들이 아직도 곳곳에 남아 이야깃거리로, 또는 존중해야 할 존재로 받들어졌다. 그랬기에 프시키에 대해 처음 들은 샤를로트가 크게 놀라지 않은 것이기도 했다. 비슷한 이야기는 곳곳에 많으니까.

여러 민간 주술사들은 가장 강한 주술이 대공 가문에 남아 있다고들 했다. 그래서 저주도, 반란도 통하지 않는다는 것이었다. 그건 축복이라기보다는 두려움에 가까웠다. 누구도 대공 가문에 덤벼들려 하지 않는다. 고대로부터 내려오는 두려운 힘이 그 가문을 수호하기 때문에.

하지만 샤를로트는 이제 그런 것을 믿지 않았다. 그랬다면 아버지에게도, 오빠에게도 이런 일이 벌어졌을 리 없다. 장차 대공이 된다면 자신의 자리는 제 힘으로 지켜내야 한다. 전설 같은 것에 기대어 방심할 여유는 없다.

샤를로트는 일어난 자들을 둘러보며 말했다.

"대공 전하께서 귀환을 명하셨지만, 날짜는 내가 정한다. 여기서 사흘 동안 머물며 정보를 수집할 것이다. 크루파드 대장, 정오에 열병식을 준비해라. 신분 변경을 알려야 하니까."

크루파드는 지체 없이 대답했다.

"네, 알겠습니다."

크루파드와 두 수련병이 자리를 떠나자 샤를로트는 네이를 봤다.

"이곳에 통역은 너뿐인가?"

네이는 여전히 빙그레 웃으면서 대답했다.

"한 명 더 있었으나 얼마 전에 멋대로 죽어버려서."

"어쩔 수 없군. 베르나르 대공자와 관련된 정보를 구술할 사람을 찾아 기록을 해줬으면 해. 가능하겠어?"

네이는 의아한 것처럼 눈썹을 올렸다.

"어째서 제게는 명령하지 않으시고요?"

"넌 오빠를 개인적으로 섬겼던 사람일 뿐 에투알도, 오를란느 사람도 아니니까. 내게 복종할 의무 같은 건 없지."

네이의 입가에 미묘한 미소가 떠올랐다.

"대공자께서는 저의 주군이 되길 원치 않으셨죠. 그분은 주군과 같은 개념을 싫어하셨어요. 하지만 동생분께선 충분히 그럴 의지가 있어 보이네요. 그리고 저도 그쪽을 좋아해요. 주군이 없는 인간은 떠돌이 짐승과 다를 바가 없으니까."

그러나 샤를로트의 대답은 뜻밖이었다.

"내가 주군이 되고자 하는가와는 상관없어. 너는 오빠가 남겨둔 자이니 내게도 거둘 의무가 일부는 있을 거야. 하지만 내게 충성할 자격이 있는지는 아직 모르지. 난 그런 자격을 아무한테나 주진 않아."

네이는 웃음을 거두고 샤를로트를 빤히 보았다. 그러더니 말했다.

"공녀님이 담대하다던 이야기가 사실이었네요. 동생을 두고 하는 말이라 객관성이 없으려니 여겼는데. 좋아요. 그럼 공녀님의 선택을 받도록 노력하죠. 시간은 사흘밖에 없겠지만."

몸을 돌린 네이는 노인들을 향해 무어라 말했다. 그러자 그제야 노인들이 자리에서 일어났다. 첫번째 노파가 다시 무슨 말을 하자 네이가 샤를로트를 돌아보며 말했다.

"그대의 주위에 얼어붙은 꽃들이 모여들고 있나이다."

네이와 노인들도 그 자리를 떠났다. 그러고 나자 샤를로트의 곁에는 로랑만 남았다. 샤를로트는 제 손바닥을 펴서 잠시 들여다보고 있었다. '얼어붙은 꽃'이라는 것은 무엇일까? 그건 어떻게 끌어내는 걸까?

로랑이 바라보자 의외로 샤를로트가 피식 웃더니 말했다.

"이거 어렵네."

로랑은 대꾸 없이 잠깐 눈을 내리깔았다. 마음속에서 뜻밖의 혼란이 솟아났다. 그는 제 가문에 지워진 의무를 떠나고 싶어 에투알이 되었다. 수직적 위계가 거의 없는 에투알은 그에게 대단히 잘 맞는 곳이었고, 그래서인지 그는 혹독하다는 훈련과 시험도, 에투알이 된 후 수행한 임무들도 그리 어렵게 느끼지 않았다. 좋아할 가치가 있는 사람들과 같은 고난을 헤쳐나가는 행위에는 일종의 쾌감이 있다. 그는 아직 젊었지만, 이 일이 자신의 천직이라고 믿었다. 평생을 이렇게 보내게 되리라고 생각했다.

그러나 모든 현상에는 이면이 있기 마련이다. 비록 끔찍한 망나니를 섬기며 더러운 뒤치다꺼리를 해야 하는 운명을 피하려 했던 것이지만, 로랑이 고향을 떠남으로써 그의 아버지는 아들이 넘겨받았어야 할 일을 노구를 이끌고 좀더 오래 해야만 할 것이다. 그런 부분을 의식할 때면 그의 마음 한구석도 의무를 저버린 자의 가책 같은 것으로 따끔했다. 아버지는 아직 강건했지만 언제까지나 그렇지는 않을 테고, 자콥 뒤푸아는 서른이 가까워져도 난봉질을 멈출 기미를 보이지 않았다.

뒤푸아 남작은 로랑이 에투알 중에서도 뛰어나다는 소문을 듣더니 장차 브릴랑테가 될 테고, 그런 뒤에 제 아들을 섬기러 돌아올 거라고 뻔뻔스럽게 떠들고 다녔다. 마치 자기가 후원해서 유학이라도 보냈다는 투였다. 아버지는 가신으로서 그런 말에 반박하지는 않았지만 아들에게 보내는 편지에는 돌아올 생각은 조금도 할 필요가 없다고 적곤 했다. 그런 편지를 받은 날이면 아버지가 무슨 헛소리를 들었을지 저절로 상상이 되어 입맛조차 뚝 떨어졌다.

아주 가끔은 언젠가 가문으로 돌아가야 할까 생각하기도 했지만, 아직까지는 자신이 없었다. 그건 자신이 권위를 싫어하고 무엇보다 누군가를 섬긴다는 것 자체를 못 견디는 성미여서라고, 그렇게 믿어왔다. 그런데 조금 전 샤를로트가 네이를 향해 충성할 자격을 아무한테나 주지는 않는다고 말하는 것을 듣자 문득 '나한테는 있을까?' 하는 생각이 들었던 것이다. 그게 마치 특권 같고, 심지어 갖고 싶다는 생각이 들었던 것이다.

다시 생각해봐도 여전히 어처구니가 없었다. 일생 한 번도 그런 생각을 한 적이 없었는데. 의무를 강요당할 때는 줄곧 달아나고 싶다가 이게 웬일이람.

로랑은 음험한 성미가 아니었기 때문에 그런 생각을 마음

속에만 넣어두지는 않았다. 그는 한 발짝 걸어나와 샤를로트를 향해 돌아서더니 고개를 짧게 숙여 보이며 말했다.

"공녀님, 뭐 하나 여쭤보아도 되겠습니까?"

샤를로트가 고개를 끄덕였다. 고작 십 분 전에 역전된 관계가 어색할 법도 하련만 둘 다 겉으로는 아무렇지도 않았다.

"저한테는 안 물어보십니까?"

"뭘?"

로랑은 아무렇지 않은 것처럼 굴려고 했지만, 실제로 그렇게 되지는 않았다. 저도 모르게 입술을 한 번 안쪽으로 말았다가, 미간을 찡그리고는 희한하게 진지해진 얼굴로 말했다.

"음, 뭐랄까, 자격이 있는지 말입니다."

샤를로트는 그게 뭐냐고 되묻지 않았다. 로랑의 얼굴을 물끄러미 볼 뿐이었다. 무슨 생각을 하는지 모를 말간 눈으로.

알게 된 지 고작 이틀이었지만 함께 죽을 뻔하고 서로를 살려내려고 분투한 사이여서일까, 그 눈빛에서 한 갈래만이 아닌 생각이 느껴졌다. 샤를로트 공녀는 고작 열다섯 살이고, 그러나 뛰어난 수련병이었고, 갑자기 오빠를 잃었고, 어제 죽을 뻔했고, 그 결과 불가사의한 능력을 가졌음을 알았고, 오늘 대공녀로 봉해지리라는 예고를 받았다. 그 많은 일이 잘도 한꺼번에 벌어졌다. 어떻게 한 사람이 다 받아들일까. 어떻게 그런 채로도 고요하게 서 있을까.

이윽고 생각한 시간에 비해 가볍게까지 느껴지는 대답이 튀어나왔다.

"에투알이잖아."

"에투알인가 뭔가, 그거 너무 믿는 거 아닙니까? 에투알에도 별별 녀석이 다 있거든요?"

마치 자신은 에투알이 아닌 것처럼 그런 소릴 하는 로랑을 향해 샤를로트가 눈을 가늘게 뜨며 웃더니 대꾸했다.

"나야말로 그 별별 녀석 중 하나야. 그런 내가 에투알을 안 믿으면 누굴 믿겠어?"

바람이 다시 불어왔다. 해는 어느새 자오선으로 다가가는 중이었다. 눈을 바로 뜨기 힘든 햇빛 때문에 찌푸린 얼굴로, 세찬 바람에 어긋나려는 망토를 한 손으로 붙들어 여민 채로, 먼지투성이 수련병 제복과 부츠 차림인 샤를로트는 웃었다. 아마 오늘 이후 다시는 그런 모습이 아닐 것이다. 그래서일까, 어쩐지 잊지 못할 모습이었다.

"그런 의미에서 이 사과 상자 좀 부탁할게. 그리고 어제는 고마웠어. 잊지 못할 거야."

샤를로트는 그 자리를 떠났다. 비탈을 내려가는 조그마한 뒷모습을 잠시 보고 있던 로랑이 어깨를 으쓱하더니 중얼거렸다.

"응, 그 '개새끼들아'는 죽을 때까지 못 잊을 것 같고 말이
지."

프시키

"여기예요."

그날 밤, 샤를로트는 어제 빠져나왔던 동굴 앞에 와 있었다. 네이와 함께였다. 밤이 되자 섬은 칠흑같이 캄캄해졌다. 그리 깊은 밤도 아닌데 아무도 불을 켜지 않아서 그들이 들고 나온 램프 주위로 몇 걸음이 마치 섬의 전부인 듯했다. 머리 위로 금가루 같은 별들이 반짝이고 있을 뿐이었다. 멀리서 꺾어진 풀과 소금 냄새가 불어왔다.

눈앞에는 어제까지만 해도 돌로 된 문이 달려 있던 입구가 있었다. 멀쩡히 열린 채로. 돌문은 간곳없었다. 비탈 아래로 비스듬히 뻥 뚫린 구멍에서는 조금 습하면서 서늘한 공기가 올라왔다. 갯가의 냄새랄까.

동굴은 물론이고 주변의 바위는 조금도 움직일 것 같지 않은 모습을 하고 있었다. 그걸 보고 있자니 조금 기가 막혔다. 어제는 밀가루 반죽보다 쉽게 움직인 주제에……

어제 일을 떠올린 샤를로트가 중얼거렸다.

"땅이 그렇게 제멋대로 움직여서야, 어떻게 이런 데서 사는지 모르겠네."

"살자면 적응하기 마련이죠."

오늘 낮에 둘러본 섬은 지각변동이 날마다 일어났을 것 같은 풍경은 아니었다. 흙은 검은 편이었고, 식물은 꽤 잘 자라서 안정감 있는 숲을 형성하고 있었다. 북쪽 해안에는 주상절리가 있었지만 언제 생겨났는지 모를 정도로 오래된 것이라 했다.

샤를로트는 네이를 돌아봤다.

"이런 일이 처음은 아니란 거잖아?"

"그럼요. 북쪽 바다로 나가면 이름이 징검다리라나 뭐라나 하는 바위섬들이 흩어져 있는데 계속해서 나타났다 없어졌다 한대요. 어떨 때는 수십 개였다가, 어떤 날은 하나도 없고."

"밀물 때문이 아니고?"

네이가 고개를 저었다.

"밀물 썰물로 나타났다 사라졌다 할 규모가 아니에요. 저도 가봤는데 상당히 크더라고요."

"그걸 프시키들이 만들었다가 없앴다가 한다는 거야? 왜?"

네이는 버릇처럼 고개를 갸우뚱하며 말했다.

"전들 알겠어요? 말씀드렸다시피 말이 안 통한다니까요. 섬사람들 말로는 프시키들이 겁이 나서 소란을 피우는 거래요. 또 가끔은 밤중에 그 섬들에서 불이 켜지기도 한다는데, 물론 거기 사는 사람은 한 명도 없죠."

번개를 맞은 나무가 불타다 꺼진다든가 그럴 수는 있을 것이다. 그러나 그런 일이 자주 일어날 리는 없다.

"그런데 돌문은 어디로 치운 거야?"

네이가 킥킥거리더니 대꾸했다.

"문요? 그런 건 본래 없었어요. 여기 사람들은 날마다 평범하게 쓰는 통로거든요. 문이 있을 필요가 없죠. 그날 프시키들이 멋대로 만들었던 건데 필요가 없으니 이제 없애버렸나봐요."

샤를로트가 하 하고 어처구니없어하는 탄성을 내뱉더니 말했다.

"우리를 가두려고 없던 문까지 만들었다고? 정말로 죽일 작정이었던 건 아니고?"

"말씀드렸잖아요. 그들은 공녀님이 '블러디드'를 각성해주길 바랐다고요. 저들의 죽음을 감수해가면서까지."

샤를로트가 고개를 저었다.

"솔직히 믿어지지가 않아. 프시키들은 내게 힘이 있을 줄 알고 있었다는 거잖아. 대체 어떻게? 그냥 딱 보면 아는 거야? 아니면…… 혹시 오빠한테도 그런 힘이 있었던 건가?"

"아뇨, 베르나르 대공자께는 그런 힘이 없었지만 그분은 공녀님의 타고난 힘을 알고 계셨어요. 물론 그분도 처음부터 아셨던 것은 아니고, 또 모든 것을 아시지도 못했죠. 시간이 너무 부족했어요."

샤를로트는 여전히 이해가 안 간다는 표정이었다.

"오빠는 대체 어떻게 안 건데? 나 같은 사람이 어딘가에 또 있어서?"

네이가 기묘한 미소를 지어 보였다.

"어떻게 아셨는지 그것까지는 저도 모르네요. 블러디드가 또 있는가…… 있을 수도 있겠지만 제가 만나본 적은 없어요. 대륙이 넓으니 어디에 또 무엇이 숨어 있는지는 모를 일이지만."

네이가 손을 뻗어 주위를 가리키는 시늉을 했다.

"프시키는 여기뿐 아니라 세상 어디든 있거든요. 하지만 이곳의 프시키들도 오래전에는 정말 조용했다고 해요. 여기 섬사람들도 진짜로 존재하기는 하나 미심쩍어했을 정도로. 그러다가 대충 삼십 년 전부터 수상쩍은 조짐이 보이기 시작하더니 십여 년 전부터 폭발적으로 늘어나 거의 천 배로 불어났다고 해요. 전 대륙의 프시키들이 여기로 몰려들고 있다는 뜻이죠. 그런데 프시키들은 어린애 같아서 많이 모일수록 시끄러워지는데다 또 변덕스럽거든요? 이젠 사람들도 대충 적응한 것 같긴 한데, 그래도 자고 일어나면 없던 절벽이 불쑥 솟아 있고, 숲이 불타는 것 같아 달려가보면 멀쩡하고. 이런 일이 계속 벌어지면 무척 신경이 곤두서겠죠."

"그런 지경인데 왜 섬을 떠나지 않는 거야?"

"이 섬사람들은 몽타뉴하고도 교류를 안 할 정도예요. 게다가 말도 안 통한다고요. 어딜 가겠어요?"

오를란느에서 이곳만큼 고립된 지역도 달리 없을 것이다. 샤를로트는 납득해서 고개를 끄덕이다가 다시 물었다.

"도움을 청할 순 있었을 것 아니야?"

"대공 전하께 호소해서 프시키들을 싹 잡아달라고 하지 그랬냐고요? 말씀드렸다시피 여기 사람들은 자기들이 프시키를 돌보는 제사장이라고 생각해요. 프시키를 보지 못하던 시절부터 그랬다고 하니까 그들에겐 이 모두가 감수해야 할 일인 거죠. 그리고 프시키는 의외로 사람을 직접 해치지는 않는답니다. 프시키한테 물어본 건 아니지만 어쨌든 지금까지는 그랬다는 거예요."

그렇게 말한 네이는 킬킬 웃어댔다. 캄캄한 산비탈에서 듣기에는 다소 음산하게. 이런 곳에 오래 머물러서 그렇게 된

111
—
프시키

건지, 레코르다블 사람은 원래 그런 건지 모르지만 네이는 살짝 미친 것 같은 데가 있었다.

"말리바 할머니가 그러더군요. 낮에 빨간 옷 입은 할머니 보셨죠? 프시키의 뜻을 가장 잘 알아듣는다는 할머니인데, 최근에 프시키들이 난폭해져서 거의 미쳐 돌아갔대요. 그런데 공녀님이 오시니까 순식간에 얌전해졌다나요. 블러디드는 프시키를 지배하니까. 그리고 프시키들도 그걸 원하니까. 어제 동굴 속에서 벌어진 일도 누군가가 시킨 게 아니에요. 프시키들이 자발적으로 벌인 일이었다고요. 다시 말해 블러디드는 우리 같은 사람이 봐서 아는 게 아니라 프시키들만이 알아보는 것 같아요."

샤를로트가 미간을 찡그렸다.

"지성이 있는지조차 모를 자들인데 지배를 원하고, 나를 두려워하면서 나를 불러다주길 원하고, 살고 싶어하면서 자기들을 죽여버리는 내 힘을 각성시키고, 대체 왜? 왜 그렇게 모순적으로 구는 거야? 내가 그들에게 뭘 해줄 수 있는데?"

네이가 고개를 끄덕거리며 키득키득 웃었다.

"그거야말로 프시키들만이 알겠죠. 참 이상하지만 조금 애처롭기도 하달까. 공녀님을 몹시 사랑하는, 그래서 공녀님 손에 죽고 싶어하는 작고 찬란한 새들 같네요. 이 세상에 무슨 일인가가 닥친다는 걸 알아차린 카나리아들 같기도 하고요.

그래서 돌벽에 제 머리를 부딪쳐가면서까지 뭔가를 알리고 싶은가봐요. 그게 뭘까."

네이는 그렇게 말하며 앞치마에 달린 커다란 주머니에 손을 넣더니 무언가를 꺼내어 내밀었다. 받아들고 보니 돌덩이였다. 꽤 큰데도 그리 무겁지 않았다. 마치 속이 빈 것처럼.

"어제 동굴에 들어가서 찾아낸 거예요. 깨뜨려보세요."

샤를로트는 돌을 쥐고 바위벽에 한차례 부딪쳤다. 그러자 겉 부분이 과자처럼 부서져내리더니 안에서 살구씨만한 검고 반들거리는 덩어리가 나왔다. 돌에서 나왔지만 꼭 과일 씨앗처럼 보였다.

"그걸 프시키의 '심장'이라고 해요. 어제 거대하게 뭉쳐졌던 프시키들이 죽을 때 나온 것이죠."

까만 덩어리를 손끝에서 굴려보던 샤를로트가 의아한 표정을 했다.

"심장이라고? 프시키는 생물이 아니잖아? 아니, 물론 살려는 의지를 가진 것 같긴 했지만……"

샤를로트는 덩어리를 집게손가락으로 집어 램프에 비춰보았다. 손에 검은 것이 조금씩 묻어나는 걸 보면 역청을 뭉친 것 같은 느낌이었지만 촉감 자체는 딱딱했다. 기분 탓인지 몰라도 미세한 온기가 느껴지는 듯했다.

"물론 생물은 아니죠. 음식을 먹지도 않고, 번식하지도 않고, 수명도 없고, 어제처럼 그런 식으로 죽지 않는다면 사실상 영원히 사니까. 그런데 두려움도 있고, 예지도 있고, 저들끼리 자리다툼도 하고, 그런 걸 보면 무생물은 또 아니네요. 하여튼 심장이라는 걸 모든 프시키가 갖고 있진 않아요. 사실 대부분 없죠. 어제처럼 서로 합쳐져서 거대하게 변했을 때에만 생겨나는 것 같아요. 그래봤자 이렇게 작디작지만. 그런데……"

네이의 목소리가 낮아졌다.

"대공자께서는 이것과 차원이 다른 것을 갖고 계셨어요."

네이가 두 손을 벌리더니 어린애 머리통만한 크기를 만들어 보였다. 샤를로트의 눈이 약간 커졌다. 네이가 속삭이듯 말했다.

"크고, 뜨겁고, 끊임없이 속삭이는 심장."

"그런 것이…… 어디서?"

네이의 목소리가 더욱 낮아졌다.

"모르지만, 한 가지만은 분명해요. 심장에는 틀림없이 주인이 있고, 되찾으러 돌아오리라는 것. 언젠가, 아니 멀지 않은 날, 어쩌면 조만간."

"심장이 없는데 주인이 죽지 않았다는 거야?"

"그 심장은 살아 있었어요. 아까 말씀드렸잖아요. 끊임없이 속삭인다고, 그리고 뜨겁다고. 심지어 뛰고 있었다고요!

생긴 건 늪에서 파낸 덩이 식물 같은 주제에, 막 도살된 소의 심장처럼 뛰었다고요. 그래서 그걸 심장이라고 부르게 된 거예요. 하지만 그것에 인간이나 소의 심장과 같은 기능이 있는지는 누가 알겠어요? 프시키는 우리가 아는 생물들과 생존 방식이 조금도 같지 않답니다."

샤를로트는 생각에 잠긴 채 손에 든 검은 심장을 만지작거렸다. 검은 기름 같은 것이 손바닥 전체에 묻어났다. 검긴 했지만 피 같기도 했다. 누르면 터져나올 것만 같다. 그걸 보며 스스로 맥동하는 거대한 심장을 상상하자 섬뜩하니 느낌이 썩 좋지 않았다.

"그 심장으로 미루어 짐작해보면 프시키들 중에는 저 혼란스럽게 지저귀는 작은 새들과는 전혀 다른, 크고 무시무시한 힘을 가진 존재가 있는 것 같아요. 프시키들이 그자를 두려워하는지도 모르죠. 그자가 올 것이 두려워서 프시키를 죽여버릴 블러디드를 찾았는지도 모르죠."

샤를로트는 검은 덩어리를 네이에게 도로 건네주었다. 그리고 말했다.

"네 말은 프시키들이 내 힘을 두려워하면서도 찾았다는 부분에 대한 설명이 되기는 하지만, 결국 추측이잖아. 그래서 그 심장은 어디 있지?"

"대공자께서 감춰버렸어요. 없애버렸다고 해도 되겠네요."

샤를로트는 흠칫 놀라 네이를 쳐다봤다.

"없애버렸다고? 어떻게?"

"대공자께선, 심장을 조각조각 잘라버리셨죠……"

상상만으로도 오싹해지는 설명이었다. 살아 있는 것처럼 뛰고 있는 심장을 조각조각 잘랐다라……

"그런 다음 관련 없는 물건들 속에 감춰서, 대륙 곳곳으로 보내버리셨어요. 주인이 돌아오더라도 찾지 못하도록."

"바다 밑이나 땅 밑에 넣어버리는 편이 나은 거 아니야?"

"그 모든 곳에는 프시키가 있답니다. 프시키들이 그 심장을 얼마나 무서워하는지 모르시죠…… 만약 그걸 땅 밑에 묻는다면, 얼마 안 가 땅이 뒤흔들려서 큰일이 벌어질 거예요. 프시키들이 미친 벌떼처럼 달아나려 할 테니까."

샤를로트는 고개를 끄덕이다가 문득 미간을 찡그리며 말했다.

"그 문제가 그렇게 해결된 거라면 프시키들이 지금껏 나를 찾고 있을 리가 없잖아. 그건 근본적인 해결책이 못 됐는지도 모르겠네."

"네. 근본적인 해결책은, 공녀께서 타고나신 힘에 있죠. 아직은 전혀 다루지 못하시는 것 같지만. 저 찬란한 새들을 앞으로 수천 번쯤 죽여버리세요. 그러면 잘 아시게 될 거예요."

참 잔혹한 해결책 같았지만 사실을 말하자면 프시키들 자신이 원해서 어제 같은 일을 벌인 것이다. 정말로 그 방법밖에 없다면, 그렇게 해주기를 더 원할지도 모른다.

"대공자께서는 공녀님이 이 일에 말려드는 것을 원치 않아서 마법을 배워 해결해보려 하셨지만 블러디드는 마법과 다른 힘이어서 그렇게는 되지 않더군요."

"잠깐, 오빠가 마법을 배웠다고? 그런 이야기는 처음 듣는데?"

네이가 샤를로트를 흘끔 보더니 기가 막힌다는 표정으로 혀를 찼다.

"나 참, 대공자께서는 과보호도 지나치시지. 뭘 말해준 게 없잖아. 공녀님이 어떤 분인지 너무 모르셨던 거 아니에요?"

그때 등뒤에서 목소리가 들렸다.

"공녀님께선 에투알에 사 년이나 계셨는데 뭘 기대하는 거야."

돌아보니 어둠 속에서 실루엣만으로 다가온 로랑이 그 둘을 지나쳐 입구 옆의 바위벽에 기대서는 것이 보였다. 언제부터 거기에서 지켜보고 있었는지 모를 일이었다. 네이가 비꼬듯 말을 건넸다.

"저런, 시키지 않아도 조용히 잘 따라다니네. 아니면 볼일이라도?"

"응, 과보호하려고."

샤를로트가 소리 없이 웃음을 터뜨렸다. 로랑이 샤를로트를 보더니 다소 정색한 목소리로 말했다.

"호위도 없이 이렇게 혼자 나가버리시면 저희가 곤란합니다."

그 말은 물론 네이를 믿지 못하겠다는 뜻이었다. 네이가 눈썹을 올리더니 삐딱한 웃음을 머금었다.

"설마, 그래서였을까? 내가 보기엔 공녀님을 짝사랑하게 돼서 쫓아다니는 것 같은데?"

로랑도 지지 않고 내뱉었다.

"너야말로 베르나르 연하께 대단한 미련이 남은 것 같군그래."

"아하, 너무 자기 기준으로 생각하는군. 레코르다블 사람에 대해서 전혀 모르니까 말이야, 안 그래?"

"너야말로 에투알에 대해서 전혀 모르는 것 같은데?"

더 심한 말이 나오기 전에 샤를로트가 끼어들어 말을 잘랐다.

"둘 다 그만둬."

네이도 로랑도 입을 다물었지만 눈빛으로 더한 악담을 주고받는 듯했으므로 샤를로트는 그만하라는 의미로 입구 옆의 바위를 한차례 걷어찬 다음 말을 이었다.

"네이, 아까 멈춘 데부터 다시 말해봐."

네이는 로랑을 흘끔 보더니 말했다.

"이제부터 하는 이야기는 반드시 지켜져야 하는 비밀인데 괜찮으시겠어요?"

"응."

"뭐, 저도 저분의 충성심을 못 믿는다는 건 아니지만 비밀이란 건 지키고자 하는 의지만으로는 지키지 못하는 것이라서요."

여전히 놀리고 있는 게 분명했지만 이 말만은 로랑의 신경을 상당히 건드렸다. 로랑은 바로 뭐라고 대꾸하려다가 꾹 참고 샤를로트를 봤다.

"공녀님, 그만두라고 하셨지만 한마디만 해도 될까요?"

샤를로트는 웃음이 나는 것을 꾹 참고서 대꾸했다.

"응, 한마디만."

"비밀을 잘 지키는 법을 알고 싶으면 에투알에 들어와. 특별훈련 코스가 있으니까."

로랑도 젊어서 혈기를 못 참는 면모가 있었지만 네이도 마찬가지였다. 네이가 킥킥 웃더니 말했다.

"아, 그래? 그거 되게 신기하네. 기억력 저하 훈련 같은 거야? 물론 넌 통과했으니까 하는 소리겠지? 와우, 어깨에 붙은 휘장이 그런 뜻인 것 같은데?"

에투알의 제복 어깨에는 자신이 마친 훈련의 종류에 따라 여러 종류의 휘장을 달도록 되어 있었다. 즉, 잘난 체하고 싶어서 그 말 꺼낸 줄 다 안다, 고 말한 셈이었다. 로랑은 '뭐 이런 인간이 다 있지?' 하는 표정이 됐고, 네이는 '더 할 테면 해보시지?' 하는 표정으로 딴전을 피웠다. 결국 샤를로트가 말했다.

"이제 진짜로 그만해. 더이상 내 앞에서 다투면…… 그때부터 둘이 손을 맞잡고 다니게 하겠어. 이 섬을 떠날 때까지. 알아들었어?"

"네?"

"뭐라고요?"

상상도 못해본 소리를 들은 둘의 표정은 무척 볼만했다. 이런 식의 처벌은 한 번도 들어본 적이 없었지만 상상만으로도 효과는 확실했다. 이윽고 둘이 얼굴을 찌푸리며 시선을 피하자 샤를로트가 고개를 끄덕이며 말했다.

"됐지? 자, 그럼 네이."

네이는 괴이하게 엄숙해진 표정으로 눈을 내리깔며 말했다.

"말씀드리지요. 대공자께서 실종되셨다는 소식을 듣고부터 저는 줄곧 이유를 생각해보았습니다. 여기부터는 저의 추측이니 믿든 말든 그건 공녀님의 선택입니다만, 저는 어쩌면 심장의 주인이 돌아와 대공자님을 해쳤을지도 모른다고 생각합니다."

"……"

샤를로트의 미간에 힘이 들어갔다. 베르나르는 확실히 불가사의하게 실종되었다. 그게 정말로 초자연적인 존재가 저지른 일이라면?

"추측이 맞는다면 우리에겐 시간이 별로 없어요. 그자는 자신의 심장을 되찾기 위해 수단 방법을 가리지 않을 테니까요. 그래서 공녀님이 빨리 블러디드의 힘을 다루실 수 있게 되어야 한다고 말씀드리는 것입니다. 최근 프시키들이 공녀님을 이리로 불러달라고 집요하게 요구한 이유도 그래서였다고 생각하고요. 그 힘이 있어야만 공녀님이 안전하십니다. 만약 그자가 심장을 되찾는다면, 그자는⋯⋯"

어렴풋한 램프 속에서 네이의 어두운 눈이 자못 기괴한 빛을 띠었다.

"반드시 공녀님을 해칠 것입니다. 그자는 프시키들의 악몽이며, 그자가 가진 힘을 막을 사람은 블러디드뿐이니까요."

사흘 뒤.

크루파드 대장이 이끄는 에투알 분견대가 탄 배는 사과의 섬을 떠난 지 한 시간 만에 회오리 곶 밑의 항구에 닿았다. 항구에는 몽타뉴를 다스리는 몽트루아 백작이 보낸 영접단이 기다리고 있었다. 영접단을 이끄는 사람은 몽트루아 백작의 맏딸 잔이었다. 잔 드 몽트루아는 백여 명에 달하는 군대까지 이끌고 와서 자신이 샤를로트 공녀를 직접 모시고 수도로 갈 예정임을 알렸다.

"이제 공녀 연하께서는 에투알이 아니시므로 몽트루아 가문이 모시는 것이 격에 맞는 예우일 것이다."

그러나 크루파드는 한때 반역의 땅이기도 했던, 그리고 강대한 세력을 가진 지방 영주인 몽타뉴의 군대에 대공위 계승자를 넘겨주고 물러날 정도로 안이하지 않았다.

"공녀 연하께서는 에투알에 오래 몸담으셨기 때문에 계속해서 에투알의 호위를 받는 것이 가장 편안하시리라 생각합니다. 물론, 공녀님의 뜻이 다르시다면 그대로 따르겠습니다."

'가장 편안하다'는 말은 듣기 좋게 돌려 한 말이고, 실제로는 그러는 편이 안전할 거라는 뜻이었다. 호위 능력으로든, 반역의 가능성으로든. 잔도 크루파드의 말뜻을 모르지 않았다. 그녀는 입가에 삐딱한 웃음을 머금은 채로 "그럼, 연하의 뜻을 들어보자"고 말했다.

그러나 샤를로트와 마주선 잔은 당황했다. 공녀의 모습 때문이었다. 샤를로트는 새하얀 예장용 에투알 제복을 입고 있었다. 그건 정식 에투알에게만 주어지는 옷이고, 갑자기 짓기에는 꽤 장식이 많아서 미리 준비해 오지 않았더라면 당장 입고 있기란 불가능했다.

"연하, 지금 입고 계신 의복은 혹시……"

"이것 말인가?"

샤를로트가 어떠냐는 것처럼 한 팔을 펴 보이더니 말을 이었다.

"최종심을 통과하지 못했으니 난 명예 에투알로 남게 된 셈이지. 그렇다면 이 옷이 어울리지 않을 이유는 없지 않겠는가?"

"……"

에투알 최종심을 통과하지 못한 공자 공녀들이 명예 에투알이 되던 시대는 수십 년도 더 전이었다. 지금은 에투알이라는 사실이 별다른 명예를 더해주지 않는 만큼 그럴 필요가 없었다. 하지만 그렇게 따져보면 샤를로트가 에투알에 들어갈 필요도 전혀 없었다. 같은 이유로, 샤를로트가 명예 에투알이 되겠다는 결정도 누가 굳이 말리겠는가?

"그 말씀이 옳습니다. 다만 이제 궁으로 돌아가실 것이니 어울리는 예복을 준비하도록 하겠습니다."

"아니, 이거면 충분해. 이 또한 예복이니까."

오랫동안 아버지를 보필하며 정무 감각을 익혀온 잔은 공녀의 행동이 의미하는 바를 느끼고 불안해졌다. 샤를로트 공녀는 에투알의 명예를 회복시키고 싶은 모양이다. 예전에 그랬듯 대공을 밀착 호위하는 엘리트 근위대로서 복권시키려는 걸까? 그것까지는 모르지만 에투알에 소속되어 사 년이나 보냈으니만큼 공녀가 에투알에 심정적으로 동화된 것이 예상 못할 일은 아니었다.

그건 몽트루아 백작 같은 지방 귀족들에게 매우 불리한 전개였다. 그들은 오랫동안 에투알이 콧대가 높아진 나머지 대공의 위엄마저 침범한다고 주장하며 대공이 그들을 멀리하도록 애써왔다.

이 사태는 샤를로트가 에투알이 되려 할 때부터 예견되었을지도 모르고, 그걸 예상했다면 처음부터 막았어야 했다. 하지만 당시에는 어린 공녀가 에투알에서 일 년이라도 버틸 거라고 생각한 사람은 아무도 없었다. 게다가 베르나르 대공자가 갑자기 그렇게 될 줄은 또 누가 알았겠는가?

무엇보다 지금 하필, 마치 이렇게 될 줄 알았다는 것처럼 에투알 예장 제복을 준비해 온 사람은 누구일까. 잔은 열다섯 살에 불과한 샤를로트가 그랬으리라고는 생각하지 않았기에 크루파드와 로랑, 그리고 뒤에 선 수상쩍은 여자를 노려본 다음 말했다.

"연하의 뜻이 그러하시다면 삼가 따를 뿐입니다."

호위 문제는 크루파드가 이끄는 에투알 분견대가 샤를로트를 호위하고, 잔이 이끄는 군대가 그 뒤를 따르는 형태로 결론이 났다. 잔은 몽타뉴에서 하룻밤 머무르시라고 권했으나 샤를로트는 대공께서 빨리 귀환하라고 명하셨다며 그 청마저 물리쳤다.

그날 오후, 기묘할 정도로 기다랗게 늘어선 기마행렬이 회오리 곳을 떠났다. 선두에서 나아가던 크루파드는 정찰 목적으로 행렬을 끝까지 돌아본 로랑이 말을 가까이 몰아 오기를 기다렸다가 말했다.

"어때?"

"뭐, 반역의 조짐은 없습니다."

농담인 줄은 알고 있었지만 크루파드는 심각하게 미간을 찌푸려 보였다.

"삼 대 일이라서 기분이 영 별로야. 빠른 녀석을 하나 골라 단장님께 지원 요청을 보내둬. 에르노 우물 근처에서 합류할 수 있도록."

"그러죠. 그나저나 아까부터 궁금했는데 저 예장 제복은 어디서 난 거죠?"

크루파드가 뒤쪽을 향해 슬쩍 턱짓하더니 말했다.

"저 여자."

섬에서 사흘 머무는 동안 네이가 섬사람들에게 짓도록 해서 바친 옷이라 했다. 디테일이 완벽히 똑같지는 않았지만 에투알이 아닌 사람의 눈에는 구별되지 않을 터였다. 네이가 돌아갈 때 입으실 옷을 지어 왔다며 상자를 바쳤을 때 샤를로트는 이해가 안 간다는 표정이었지만, 막상 꺼내보고는 웃음을 터뜨렸다. 그리고 기꺼이 그 옷을 입었다. 또한 네이는 샤를로트를 따라오게 되었다.

"범상치 않네요."

"계속 지켜봐. 수상한 짓을 하지 않는지."

로랑은 고개를 끄덕였다. 사과의 섬에서도 그랬지만 떠나오고 나서는 더더욱 한시도 긴장을 늦추지 않고 공녀 주위를 경계해왔다. 공녀를 모시고 대공 앞에 나아가 설 때까지는 마음을 놓아선 안 되었다. 어쩌면 그뒤에도. 잔이 알아차린 것 이상으로, 로랑과 크루파드는 샤를로트가 앞으로 에투알과의 관계를 어떻게 만들려 하는지 느끼고 있었다. 그건 에투알에게 생각지도 못했던 기회였다. 이 기회를 잘 잡는다면 향후 에투알은 옛 지위를 되찾는 것은 물론, 더 큰 전성기를 누리게 될 수도 있었다.

샤를로트에게도 이것은 중대한 선택이었다. 샤를로트 공녀가 장차 대공이 되자면 혈통적 정당성은 충분했지만 어머니 가문의 뒷받침이 없는 까닭에 귀족 사회에서는 지지 기반이 없는 거나 다름없었다. 여러 귀족 중 어느 계파를 택해 숙이고 들어가 도움을 청하면 누구든 환영하긴 하겠지만 필연적으로 다른 계파와 적이 된다. 그러는 대신 내부 사정을 잘 알고 있으며 사 년이나 호감을 쌓아온 에투알을 등에 업고 새로운 세력을 구축한다. 그만큼 영리한 선택이 또 있을까? 동시에, 이보다 더 파란을 부르는 선택이 또 있을까?

이건 거대한 도박이다. 실패한다면 양쪽 다 치명상을 입을 것이다.

"너, 동굴에서 들었던 목소리 기억하지."

로랑이 고개를 끄덕이자 크루파드가 말을 이었다.

"네이라는 여자가 해준 얘기, 솔직히 잘 믿어지는 얘기는 아니지. 연하께 특별한 힘이 있다는 거 말이야. 구석진 섬사람들에게 무슨 전설이 있고, 프시키인가 뭔가 하는 걸 섬긴다는 둥, 그런 얘기라면 그냥 그런가보다 넘기겠지만 이건 그런거랑 다르잖아."

"연하께선 그 힘을 다시 불러내지는 못하셨고 말이죠."

로랑의 말대로였다. 사흘 더 머무는 동안 샤를로트는 힘의 정체를 알아내려 애썼지만 네이의 도움이 있을 때만 아주 작은 흔적을 보았을 뿐, 동굴에서처럼 거대한 힘이 나타나는 일은 없었다. 그 정도라면 샤를로트가 아니라 네이가 마술사라고 해석하는 편이 더 타당할 정도였다.

"네이는 프시키가 말을 하는 일은 없다고 했어. 프시키를 섬긴다는 섬사람들도 직접 들은 적은 없다고 했거든. 그런데 우린 들었단 말이야. 나 혼자 들었으면 꿈이라도 꾸었나 하겠지만, 너도 들었으니까 말이지. 대체 왜였을까?"

"저희가 아니라 공녀님께 하려던 말이 아닐까요? 다만 공녀님께선 기절하셔서 못 들은 거고."

"그럴까? 하지만 말이야, 나도 그날 싸워봐서 아는데 동굴의 지형을 완전히 바꿔버리고 공격적인 존재를 만들어내는 힘이 분명 장난은 아니었단 말이야. 그런 어마어마한 걸 해내는 존재가 우리한테 들리도록 말한 게 우연 같지는 않거든. 어쩌면 말이야, 그놈들은 우리한테도 할말이 있었던 게 아닐까?"

"……"

로랑이 얼른 대답하지 않자 크루파드는 잠시 말없이 말을 몰다가 불쑥 말했다.

"이번에 돌아가면 단장님께 연하를 보필할 항구적 분견대를 만들자고 건의할 건데……"

크루파드도 이런 생각을 하고 있었단 말인가? 로랑이 뜻밖이라는 듯 쳐다보자 크루파드가 빙그레 웃더니 다음 말을 던졌다.

"너, 들어갈래?"

"……"

무슨 생각을 하는지 모를 표정이 잠깐 스쳐갔다. 그러나 곧 피식 웃어버린 로랑이 대꾸했다.

"아니, 당연히 제가 1번 아닌가요? 전 경력자라고요. 벌써 공녀님을 한 번 구해드렸단 말입니다."

"그것참 믿음직한 경력이네. 내가 알기론 공녀께서 널 구하셨던 것 같지만."

"뭐, 그것도 사실이긴 한데요. 어쨌든 이런 경력은 향후로도 저밖에 없어야 하지 않을까요?"

"그래, 그러길 기원해보자."

크루파드는 고개를 돌려 앞을 쏘아보았다. 가을걷이가 끝난 누르스름한 구릉이 끝없이 뻗은 지평선과 그 위에 비스듬히 걸린 해를 보았다. 곧 져버릴 줄 알았던 해를 한 사람이 붙들었으니 한바탕 달려볼 일만 남았다. 그러자면 최우선 임무는 샤를로트 연하를 안전하게 보위하는 것이다.

"연하께서 먼저 손을 내밀어주셨으니 에투알의 운을 한번 걸어보자고."

2

장

CONCEAL

공녀의 잘못된 예상

사 년 뒤.

열아홉 살이 된 샤를로트는 여전히 대공녀가 아니었다. 그렇다고 에투알로 돌아가지도 않았다. 베르나르 대공자 또한 돌아오지도, 그렇다고 시체로 발견되지도 않았다.

열다섯 살에 에투알의 호위를 받으며 궁으로 돌아왔던 샤를로트는 대공과 독대하기를 청했다. 딸과 단둘이 대화한 이후 대공은 베르나르의 장례를 치르되 샤를로트의 대공녀 책봉은 유예하겠다고 뜻을 바꾸었다. 그날의 독대는 무려 세 시간이나 계속됐지만 아버지와 딸 모두 어찌나 입이 무거운지 밖으로 알려진 내용은 고작 한두 마디에 불과했다.

"스무 살이 될 때까지만 기다려주십시오. 그뒤로는 분부대로 대공녀의 위位를 받들겠습니다."

사람들은 대공녀가 되면 책임이 막중해질 것이 부담스러워 샤를로트가 그런 청을 한 모양이라고 여겼다. 대공은 아직 건재하니 계승은 먼일이었고, 자식도 하나뿐이라 경쟁이 벌어질 이유도 없었으므로 대공녀로 봉해졌는지의 여부가 중요한 문제는 아닐지도 몰랐다. 그러나 모든 사람이 그렇게 생각하지는 않았다.

오를란느 궁정 사람들이 세상을 보는 관점은 이러했다. '어떠한 명백한 미래도 성취되는 날까지는 모른다.' 그런 생각은 때로 변덕스러운 운명이 미래를 멋대로 주무른다는 냉소적인 관점으로 나타났고, 때로는 아무리 가망이 없어 보여도 지레 포기할 필요는 없다는 근성 넘치는 관점이 되기도 했다. 약한 틈새를 오랫동안 집요하게 파고들면 안 되는 일이란 없다고 생각하는 자들은 종종 수십 년이 걸리는 음모를 아무렇지도 않게 꾸몄다.

반면 드러내놓고 싸움을 벌이는 일은 모두 피했다. 전면전을 벌이면 이기더라도 몰려든 구경꾼들에게 전력이 노출되기 마련이고 그 과정에서 약점도 파악되기 때문이다. 그리고 그중에 반드시 진짜 칼을 품은 자가 숨어 있기 마련이다. 그래서 오를란느 궁정은 겉으로는 평화로웠다. 표면적 평화를 유지하는 데는 다들 명수들이었다.

베르나르 대공자가 죽었다고 선언된 후, 샤를로트는 단 한 번 새해맞이 행사에 나타났다. 궁전 테라스 밑에 모인 사람들에게 은화와 사탕을 흩뿌리는 날, 샤를로트는 전처럼 드레스를 입는 대신 에투알 예장 제복에서 에투알의 휘장만을 뺀 예복 차림으로 나타났다. 허리에는 베르나르가 남긴 묵직한 세이버saber를 차고 있었다. 공녀의 모습은 당연히 어마어마한 수군거림을 불러왔다.

"아마도…… 대공자 연하를 기리고자 하는 뜻이셨겠지요?"

"글쎄요. 제가 보기에는 공녀 연하께서 아직도 에투알을 그리워하시는 것이 아닐까 싶은데요."

에투알 단장 발레리 드 알레망은 백작 가문 출신이었지만 단장이 되는 동시에 에투알의 전통대로 작위를 동생에게 넘기고 가문과의 관계를 끊었다. 즉, 에투알은 귀족 계파와 손을 잡지 않는 것을 이상으로 했다. 공녀 역시 어느 계파와도 인연이 없었고, 어느 쪽으로도 기울어지지 않는 것 같자 귀족들의 행동은 두 갈래로 갈렸다.

어떤 자들은 이제부터라도 공녀와 친해보려 들었지만, 다른 자들은 대공녀로 봉해지지 않았으니 계승도 확정된 것이 아니지 않냐며 상상력을 발휘하려 들었다. 대공의 자식은 샤를로트뿐이었지만 대공에게는 동생이 둘 있었고, 그들의 자식들도 있었고, 선대 대공의 누이가 남긴 자식도 있었다. 그

공녀의 잘못된 예상

들 중 누구도 계승 순위로는 샤를로트를 앞지르지 못했지만 사람들의 그런 상상을 부채질하는 데 이유가 없지는 않았다.

샤를로트의 어머니, 델핀 대공비 때문이다.

델핀 대공비는 오를란느 궁정에서 매우 불편한 존재였다. 출신부터 그랬다. 귀족이기는 해도 재산도 영지도 없는데다 이렇다 할 친족조차 없었다. 대략 백여 년 전에 혈통이 끊겼다고 알려진 오데른 백작의 방계 혈족이라 했는데, 부모가 타국 아노마라드에서 태어나 자란지라 오를란느로 돌아오기 전까지 자신이 가문의 마지막 후손이 됐다는 것조차 몰랐던 모양이다. 이런 상황이니 대공이 그녀를 대공비로 삼기 위해 혈통을 조작한 것 같다는 소문이 당연한 듯 따라붙었다. 대공 앞에서는 누구도 감히 입 한번 뻥긋하지 못했지만.

대공은 오를란느 궁정의 생존 방식을 완벽히 체현한 듯한 인물로 일상에서조차 속내를 거의 드러내지 않았다. 그렇다보니 귀족들은 대부분 대공을 두려워했다. 대공이 어떤 성품인지 무슨 생각을 하는지 파악이 되지 않으니 사건이 닥칠 때마다 갈팡질팡해야 했기 때문이다. 주의깊은 관찰을 통해 장기 계획을 세우기 좋아하는 오를란느 궁정 사람들에게 그런 혼란만큼 두려운 것도 없었다.

외국에서 태어나 자란 델핀은 오를란느 문물을 잘 몰랐다. 자신을 딱히 오를란느 핏줄로 느끼는 것 같지도 않았다. 대공비가 되었을 당시 나이도 고작 스무 살에 불과했다. 그때 대공은 서른두 살이었고, 베르나르 대공자를 낳았던 마르그리트 대공비가 죽은 지 막 사 년째가 되던 해였다.

마르그리트 대공비는 흠잡을 데 없는 가문 출신이었고 죽은 이유는 지병으로 알려졌으나 암암리에 도는 소문은 달랐다. 궁정 암투에 휘말려 모살당했다는 것이었다. 누가 그랬는지에 대해 도는 이야기도 갖가지였다. 대공비가 대공의 막냇동생 알베르 공을 미워했는데, 그에 위기감을 느낀 알베르 공이 손을 썼다더라, 대공의 육촌 나탕송 백작이 대공비의 아버지인 상리스 후작과 원수지간이라 은밀히 복수한 것이라더라, 둘이 원수가 된 이유는 젊어서 한 여자를 두고 다투었기 때문인데……

새로운 대공비로는 누가 좋겠다는 둥 누구는 절대 안 된다는 둥 의견이 분분해질 무렵 대공은 갑자기 새 대공비 이야기를 꺼내지 말라고 못박았다. 이유도 말해주지 않았다. 궁정 사람들은 놀랐지만, 어느 계파에서든 새롭게 대공비를 들이면 한쪽의 편을 드는 셈이 되므로 궁정 암투에 신물이 난 대공이 냉각기를 가지려 한다는 추측만 주고받을 뿐이었다.

대공의 엄명이 내려진 후로 다들 눈치만 보는 가운데 사 년이 흐르고, 갑자기 출신도 모호한 델핀이 나타났다.

델핀을 처음 본 사람들은 당황하곤 했다. 그녀의 눈이 어딜

공녀의 잘못된 예상

보는지 파악하기 힘든 까닭이었다. 사시가 있는 것 같다고 했지만 그보다는 상대방에게 초점을 잘 맞추지 않았다. 혼자만 아는 꿈속을 헤매고 있는 것 같았다.

전설에 나오는 강의 요정처럼 희다못해 파리한 얼굴에 허리 밑까지 기른 새카만 머리, 늘씬한 키에 얼음 조각처럼 파랗게 빛나는 눈을 가진 미녀였지만 델핀은 모든 것이 서툴렀다. 평민으로 자랐으니 궁정 예법을 모르는 것까지는 그럴 수 있다 했다. 그러나 누구나 아는 이야기도 노래도 몰랐고, 바늘도 검도 쓸 줄 몰랐다. 잘 웃지도 않았고, 말도 거의 하지 않았다. 아버지가 마법사여서 마법을 배웠다고 했지만 쓰는 걸 보여준 적도 없었다. 몇몇 사람은 글도 모르는 것 같다고 수군댔을 정도였다.

좋게 말해 강의 요정 같다고 했지만 사실 많은 사람은 델핀을 보며 사람들을 물구렁텅이 속으로 끌고 들어간다는 음산한 물의 요정 닉스를 떠올렸다. 분명 아름답긴 한데 인간적인 질서를 밀어내는, 인외의 아름다움이었다.

그럼에도 불구하고 대공이 그녀와 결혼하겠다고 했을 때 대놓고 반대한 사람은 없었다. 반대했다가는 계속해서 대공비가 없는 채로 수십 년을 보내야 할 것 같았기 때문이다. 대공이라면 충분히 그러고도 남을 듯했다.

대공은 어디서 델핀을 만났는지, 왜 그리 빨리 결혼 결정을 내렸는지 전혀 말해주지 않았다. 그저 그녀를 궁에 머물게 하더니 얼마 뒤 결혼하겠다고 했을 뿐이다. 그럼에도 불구하고 사람들은 대공이 사랑에 빠져서 결혼을 강행했다고는 생각하지 않았다. 그들이 아는 대공은 냉혈동물처럼 차가운 사람이어서 도저히 그럴 것처럼 보이지 않았던 것이다. 대공이 사랑에 빠지다니, 이 무슨 황무지에서 장미꽃 피는 것 같은 얘기란 말인가?

그래서 사람들은 델핀이 어느 계파와도 연결점이 없는, 명맥이 끊긴 가문의 여자였기 때문에 대공비로 선택되었다고 생각했다. 뭐, 아름다운 것도 약간은 영향이 있었겠고.

그렇게 대공비가 된 델핀은 샤를로트를 낳았고, 삼 년 뒤 사라져버렸다.

마치 처음 나타났던 때처럼 그렇게 사라져버렸기에 사람들은 대체 무엇 때문인지, 어디서부터 조사해야 할지, 누구를 의심해야 할지 갈피를 못 잡았다. 하지만 그런 건 모두 쓸데없는 고민일 뿐이었고, 결국 어떻게 하든 델핀은 발견되지 않았다. 대공비가 죽은 것도 아니고 실종이라니. 그것도 가출인 것 같다니. 사건 자체가 지나치게 모독적이었기 때문에 공식적으로 델핀은 죽었다고 알려졌다.

두 살 먹은 샤를로트는 어머니에 대한 기억조차 없이 자라게 되었다. 대공의 명으로 궁에서 델핀의 흔적은 초상화 한 점까지 모조리 치워졌고, 사람들은 그 이름을 언급조차 하지 않았다.

그래서 샤를로트는 다섯 살이 될 때까지 어머니가 마르그리트 대공비인 줄로만 알았다. 오빠와 어머니가 다르다는 사실을 처음 알았을 때는 대단한 충격을 받았지만, 그건 어느 쪽이든 얼굴도 본 적 없는 어머니 때문이 아니라 오빠 때문이었다. 오빠와 내가 완전한 남매가 아니라니!

하지만 얼마 안 가 그런 충격도 사라지고 샤를로트는 그저 자신에게 어머니 같은 건 처음부터 없었으니까 앞으로도 없으리라고, 명백한 사실만을 이해하기로 결심했다. 어쨌든 대공은 더이상 재혼하지 않았던 것이다.

어머니가 어떤 사람인지, 그게 무슨 의미를 갖는지를 어렴풋이 알게 된 것은 좀더 자라고 나서였다. 더 분명해진 것은 베르나르가 사라진 후였다. 간단했다. 그건 걸림돌이었다. 델핀이 대공비가 될 때 반대하지 않았던 사람들도 델핀이 낳은 자식이 대공이 되어도 좋다고 생각했던 것은 아니었다. 그 사실은 해가 갈수록 분명해졌다.

휘장 없는 에투알 예장 제복을 입고 테라스에 선 후, 이듬해부터 샤를로트는 테라스에도 나타나지 않았다. 마치 자신을 계승자로 간주하지 말아달라는 것처럼. 대신 별궁 지하에 마련된 검술 연습실에 틀어박혔다. 공녀가 그곳에서 무엇을 하고 지내는지 정확히 아는 사람은 없었다. 그저 검술에 몰두하나보다 하는 추측만 돌았다. 연회 같은 자리에는 대공의 탄신일쯤 되어야 겨우 나타날 정도였고, 심지어 혼담조차 오가지 않았다.

대공국의 공녀이자 제1계승권자로서 그 나이에 혼담이 오가지 않는다는 것은 갖가지 억측을 불러왔다. 그런 소문을 공녀는 눈썹 하나 까딱하지 않고 무시했다. 그리고 놀랍게도 대공조차 각료들이 표하는 우려를 못 들은 체했다.

샤를로트의 옛 모습을 기억하는 사람들은 가끔 소곤거렸다. 공녀께서 어려서는 그렇게 활짝 웃고 다니셨는데. 다정하고 귀여운 말을 하루에 백 번씩 하셨는데. 꽃잎 같은 발레 튀튀를 입고 복도를 작은 단풍새처럼 뛰어다니셨는데. 그런 이야기가 나오면 사람들은 그제야 베르나르를 떠올리며 다투어 아는 체했다.

'대공자께서 살아 계실 때는 저런 분이 아니셨는데.'

'그 사건이 공녀님을 바꿔놨잖아.'

쉬운 결론이 존재하는 것만큼 진실을 숨기기 쉬운 방법도 없다. 샤를로트는 온갖 소문에 아무 반응도 하지 않았다. 다들 알아서 상상하도록 내버려두었다.

이렇듯 계승자다움도, 숙녀다움도, 혼인 상대도 없는, 도무지 고귀한 신분답지 않은 공녀는 이상하게도 몇몇 무리에게 컬트적인 인기를 끌었다. 그중 오를란느 왕립 마법 학교 학생들의 열광은 특히 유명했다. 그들은 매해 10월, 공녀의 탄신일에 맞춰 여름꽃인 작약을 마법으로 키워 온 교정을 뒤덮어버렸다. 작약은 오를란느를 다스렸던 옛 여왕의 상징이기도 했다.

그들이 왜 샤를로트 공녀를 좋아하는지는 뚜렷하지 않았다. 공녀는 에투알을 그만둔 뒤 그 학교에 잠깐 입학했다가 사흘 만에 자퇴한 인연밖에 없었다.

"왜긴 왜겠어. 공녀 연하께서 빼어나게 매력적이시니까 그렇지."

슈니발트 백작, 이곳에서는 간단히 콜레트라고 불리는 여자가 작약꽃 이야기를 들으며 킥킥 웃어댔다. 올해는 한층 규모가 커져서 교정과 강의실은 물론이고 건물 지붕과 담벼락까지 꽃으로 뒤덮은데다, 분수대에 흙을 채워 꽃을 피우는 등 미친 행태가 극에 달했다는 소식이었다.

"끝내주는 장관을 못 봐서 아쉽네. 지금쯤은 치웠겠지? 걔네들이 또 사흘 지나면 싹 치우잖아."

흑녹색 로브 차림의 남자가 고개를 절레절레 저었다.

"직접 못 보셨으면 말을 마시죠? 꽃 쓰레기가 손수레로 서른 대분이 나왔어요. 청소부도 수십 명은 불렀을걸요. '작약 농부'인가 뭔가 하는 또라이 학생 말이에요. 걔가 지금 2학년 인데 확 조기 졸업시켜버리자는 교수가 한둘이 아니에요.”

“그런 걸 일자리 창출이라고 하는 거야, 마리 루이. 그리고 작약 농부 걔가 입학하기 전부터 있던 놀음인데 걔 손에서 커 진 것뿐이잖아. 이제 와서 걔가 나간다고 끝나겠어?”

“그래서 이게 잘된 일로 보이세요? 제가 보기엔 이상한 주 목만 끄는 것 같은데.”

“어쩌겠어? 연하께서 검술복만 걸쳐도 이 난리니 드레스 라도 차려입으셨다간 전 오를리가 꽃 쓰레기로 뒤덮일 판이 라는 걸 멍청이들한테 납득시키라고. 알았어?”

콜레트와 마리 루이가 대화하고 있는 곳은 공녀가 며칠씩 틀어박히는 곳으로 알려진 별궁 지하였다. 그곳은 검술 연습 실이라는 말대로 무도회장처럼 넓을 뿐 텅 비어 있었다. 그들 은 홀 한쪽의 맨바닥에 주저앉아 있었다.

백작 니콜레트 폰 슈니발트는 보랏빛 드레스를 무릎까지 걷고 흰 스타킹을 신은 다리를 쭉 뻗고 있었다. 마법사 마리 루이 틸랑드는 치마처럼 펼친 로브 위에 땅콩 한 주먹을 얹어 놓고 손끝으로 하나씩 튕겨 올려 받아먹는 중이었다. 그들 곁 에는 거의 빈 포도주병도 하나 있었다.

콜레트가 포도주를 홀짝이다 말고 하품을 했다.

“아, 포도주도 바닥나고 인내심도 바닥난다. 연하께선 언제 오신담."

그들이 앉은 홀의 바닥에는 기묘한 무늬가 그려져 있었다. 언뜻 보면 여섯 개의 마름모로 만든 꽃, 또는 별이 반복되고 있는 것 같지만 자세히 보면 모두가 하나하나 달랐다.

다양한 빛깔의 돌과 반짝이는 마흔여덟 가지 안료만이 아니었다. 마름모 안에는 또다른 삼각형, 타원, 별과 점이 패턴을 이루고 있었는데 하나하나가 다르게, 동시에 조화롭게 짜맞춰져 있었다. 그 모두는 커다란 원 안에 들어 있었고, 그 원도 또다른 모자이크 조각들로 빼곡하게 채워져 있었다. 콜레트는 모자이크의 중심 쪽을 줄곧 흘끔대고 있었다. 뭔가를 기다리듯이.

"공녀께서 당장 오실 것 같다면 술판부터 걷어치워야죠."

"야, 연하께서 이런 건 이해하셔. 걸린다 치면 네이가 더 무섭지."

"그건 아예 파멸 시나리오고요. 하여튼 다 드셨으면 그만 치웁니다."

"야, 야, 안 돼. 남았어. 서른 방울 정도."

"쓸데없는 데 집착하지 마세요. 네이가 서른 방울을 사혈 바늘로 팔뚝에 넣어주겠다고 나설지도 모릅니다. 말려줄 카스티유 경도 없다고요."

그러면서 막 술병을 낚아채려던 마리 루이가 갑자기 허둥지둥 손을 치웠다. 새로운 목소리가 들려왔다.

"뭐해? 지하실로 소풍 나왔어?"

콜레트는 얼른 발끝으로 포도주병을 당겨 치맛자락으로 덮었다. 하지만 마리 루이의 로브 자락에서 땅콩이 굴러떨어지는 바람에 노력은 수포로 돌아갔다. 콜레트는 마리 루이를 향해 윙크를 하며 동시에 혀를 찼다.

"쯧쯧, 넌 아직 멀었어."

마리 루이는 콜레트에게 반격할 겨를이 없었다. 그가 모자이크 쪽을 돌아보며 쩔쩔맸다.

"그게 말이죠, 공녀님. 저희가 여기서 다섯 시간이나 기다리고 있다보니까……"

샤를로트는 모자이크 한가운데에 서 있었다. 문을 통해 들어온 게 아니었다. 그냥 그곳에 있었다. 심지어 작약 꽃잎처럼 하늘거리는 시폰을 수십 장 겹친 크림색 드레스를 입고 있었다. 왕국의 누구든 한 해 한 번도 보기 힘든 모습이었다. 만약 '작약 농부와 친구들'이 봤더라면 심장마비로 쓰러졌을지도 모른다.

매끈하지만 힘을 품은 흑발, 빛을 빨아들이고 때로 한꺼번에 내뿜는 눈, 탄탄한 어깨와 대조적으로 가녀린 목. 공작 깃털로 그려낸 맹수처럼 우아한 공녀는 대꾸 없이 단 두 번의 손짓으로 드레스를 벗어 연습실 구석에 내던졌다. 갑옷 안에

받쳐 입는 푸르푸앵pourpoint과 짧은 바지 차림이 된 그녀는 두 사람 앞으로 성큼성큼 걸어오며 말했다.

"술이 필요하면 네 살롱에 남아 있었어야지, 콜레트."

이어 샤를로트는 베일 두른 모자를 벗고 에메랄드 귀걸이를 떼어내 구석에 내던졌다. 허벅지에 매달린 두 뼘 길이의 세검도 끌러 손에 쥐었다. 콜레트와 마리 루이가 절을 올리자 고개를 끄덕여 인사를 받았다.

콜레트와 마리 루이는 공녀 앞에서 몸가짐을 삼갔지만 바짝 굳어지지는 않았다. 무엇보다 공녀가 돌아오자 다행스러워하는 기색이 역력했다. 샤를로트가 빈병을 손가락질하며 물었다.

"한 병뿐이야?"

"아, 네. 물론 딱 한 병……일 리가 있나요."

공녀의 목소리에서 기분을 감지한 콜레트가 생긋 웃으며 얼른 연습실 벽장 앞으로 갔다. 뒤에 남은 마리 루이가 우물거렸다.

"저, 죄송합니다."

"그럼 어떻게 해야 하는지 알겠지?"

"네?"

마리 루이는 어깨를 움츠린 채 샤를로트의 눈치를 살피더니 슬쩍 떠보았다.

"네이한테……"

"들키지 마."

샤를로트는 벽장 앞으로 다가가 어느새 새 포도주를 꺼내 따른 콜레트에게서 잔을 받아들었다. 장갑 낀 왼손으로 두 사람이 남겨둔 잔을 가리키자 그제야 둘도 자기 잔을 가지고 왔다. 샤를로트는 한쪽 벽에 기대선 채로 잔을 내밀고, 검은 눈썹을 올려 보였다.

"빌어먹을 네냐플을 위해."

콜레트와 마리 루이는 마주 잔을 내밀다 말고 흠칫했다. 콜레트가 물었다.

"정말 거기까지 가셨던 거예요?"

네냐플은 대륙 남부에 있는 마법 학교였다. 정확히는 아노마라드 왕국의 남부였다. 아노마라드는 오를란느와 비할 수 없이 컸고, 여기서 남부까지 가자면 말을 타고도 한 달 넘게 걸렸다. 샤를로트는 목 근육을 풀려는 것처럼 고개를 좌우로 비틀다가 이윽고 한 모금 마셨다. 그리고 말했다.

"아니, 근처까지만. 근사한 야외 연회였지. 남부는 참 따뜻하더라. 젖과 꿀이 넘치는 땅이던데."

샤를로트가 걸친 푸르푸앵은 민소매였다. 드러난 공녀의 팔은 탄탄한 근육질이었다. 열한 살 이래로 한 번도 검을 놓지 않은 사람다웠다.

"그래서요? 만났어요? 그 탐정이라는 사람?"

콜레트가 캐묻자 샤를로트의 입가에 쓴웃음이 걸렸다.

"탐정이라. 그렇게 불러도 될지 모르겠네. 만나진 못했어. 만날 수가 없더라."

"왜요?"

"오후 세시인데 아직 잠에서 안 깨어났다지 뭐겠어. 남의 집에 초대를 받은 주제에. 네냐플 학생들은 다들 그렇게 한가롭나? 언제 깨어날지도 모르겠고, 거기까지 찾아가느라 시간도 다 썼고 해서 그냥 돌아왔어."

"네?"

마리 루이가 어처구니없다는 표정으로 다가와 고개를 들이밀었다.

"탐정이란 사람이 어떤 일을 하는지는 정확히 모르겠는데, 꿈에서 예지를 받고 일합니까?"

콜레트가 말을 받았다.

"그럴 리가 있겠어? 어디서 밤샘 조사라도 하고 왔나보지. 탐정이란 직업은 주도면밀하면서 부지런해야 해. 사건을 하나라도 망쳐버리면 명성이 땅에 떨어져서 먹고살기 힘들단 말이야."

이어 공녀를 바라보며 말했다.

"탐정이란 종종 사기꾼과 같은 뜻이기도 하지만, 그 사람은 대공자님이 가장 주의깊게 숨겼던 오토마톤을 찾아냈어요. 평범한 사람은 절대 아니겠죠."

샤를로트가 고개를 끄덕였다.

"그래서 말인데, 네냐플에 직접 가봐야겠어."

연습실 바닥의 모자이크에는 몇 군데의 장소로 단숨에 보내주는 힘이 있었지만, 오래 머무를 수는 없었다. 길어야 몇 시간 정도였다. 그 이상 머무르자면 직접 여행하는 수밖에 없었다.

마리 루이가 고개를 갸웃대며 물었다.

"어떻게요? 네냐플은 '안고니나의 커튼'으로 보호되고 있어서 신분을 숨기고는 못 들어갑니다."

"괜찮아. 내가 아니고 '이스핀'이 갈 거니까. 정식으로 허가를 받아 들어갈 거야."

'이스핀'은 샤를로트가 일찌감치 만들어놓은 가짜 신분이었다. 가짜라고는 하지만 공들여 유지한 덕에 아노마라드 북부 린베르크에 사는 양봉업자 '티베리 샤를'의 아들 '이스핀 샤를'을 안다고 믿고 있는 사람들이 수십 명이나 있었다. 콜레트는 생각에 빠진 기색으로 눈을 깜빡깜빡했다.

"말씀하신 허가 말인데, 제가 듣기론 보통 일이 아니라더라고요."

콜레트는 오를란느의 부유한 가문 출신으로 휴양지에서 만

공녀의 잘못된 예상

난 아노마라드의 슈니발트 백작과 결혼했다. 그후 남편이 죽자 유언장을 근거로 백작이 되어 다 쓰러져가던 저택을 근사하게 고쳐놓고 살롱을 열었다. 남편의 육촌인가 칠촌이라는 누군가가 시비를 걸어왔지만 그녀의 살롱이 성공하자 오히려 태도를 바꾸어 덕을 보고 싶어했다. 경쟁이 심한 켈티카에서 성공한 살롱을 갖는다는 것은 이만저만한 권력이 아니기 때문이다.

세련된 취향과 감식안을 갖추고 온갖 칭송자와 아부꾼으로 둘러싸인 그녀는 세상에서 가장 제멋대로 사는 것 같은 귀부인이었지만, 실제로는 주군인 샤를로트 공녀를 위해 인맥과 정보를 모으는 일에 열정을 바치고 있었다. 콜레트의 공녀님은 장차 대공이 되고, 언젠가 오를란느를 왕국으로 만들 것이다. 아노마라드를 섬기는 대공국이 아니라. 오를란느인들은 아노마라드 이야기만 나오면 유난히 제 나라에 대한 자부심이 강해지는 경향이 있었지만, 콜레트는 그중에서도 유난했다. 아노마라드에서 살롱까지 열었으면서 어찌 숨기고 사는지 용하다고 할 정도였다.

그 목표를 이루자면 샤를로트 공녀가 무사히 대공이 되는 것이 첫째였다. 하지만 목표를 향해 가는 과정은 공녀가 정하는 것이다. 콜레트는 공녀를 믿었고, 공녀의 열정적인 가신인 자신을 좋아했다. 다만 가장 열정적인가 하는 부분에는 스스로 답을 유보했다. 모두가 알다시피 이 그룹에는 약간 미친 인간이 하나 있기 때문이다.

어쨌든 지금 공녀는 네냐플 학생 한 명을 만나고 싶어한다. 그걸 가능하게 하려면 누구의 도움을 끌어내야 할까?

높은 신분이라고 무조건 될 일은 아니었다. 네냐플은 대륙 최고의 마법 학교답게 정체를 숨긴 인간을 들이지 않았으며, 속임수를 식별할 능력도 충분했다. 그렇다고 오를란느 공녀 자격으로 공식 방문하는 것은 지나치게 이목을 끌기 때문에 결과적으로 무의미했다. 네냐플과 손이 닿을 만한 온갖 인맥을 떠올리고 있는 콜레트에게 샤를로트의 목소리가 들렸다.

"아니, 간단해."

"어떻게요?"

"입학하면 되지."

"네에?"

콜레트와 마리 루이는 동시에 같은 말을 내뱉고는 서로의 얼굴을 봤다. 샤를로트는 평온한 표정이었다.

"왜 그렇게 놀라? 나, 오를란느 왕립 마법 학교에도 들어 갔었잖아."

마리 루이가 난감한 얼굴로 관자놀이를 문질렀다.

"그리고 사흘 만에 도로 나오셨죠. 거기야 우리 나라 학교 니까 그래도 되죠. 네냐플은 달라요. 시험이 엄정하다고요.

공녀의 잘못된 예상

엄청 어렵고."

"왜, 내가 떨어질까봐?"

샤를로트가 빤히 바라보자 마리 루이는 얼굴을 붉히며 우물쭈물했다.

"그런 뜻은 아니고…… 다만 그런 수고까지 하실 필요가 있을까 싶어서……"

샤를로트가 얼굴을 확 풀며 웃음을 터뜨렸다.

"괜찮아, 시험 과목 중에 검술이 있거든. 마법 과목이 걱정되면 마리 루이가 개인 교습이라도 해줄래? 오를란느 왕립 마법 학교를 수석으로 졸업한 사람한테 사흘만 특훈을 받으면 어떻게 안 될까?"

마리 루이는 점점 더 어쩔 줄 몰라했다. 콜레트까지 낄낄 웃으며 끼어들었다.

"야, 이걸로 두 학교의 쓸데없는 자존심 싸움은 완전히 잠재울 수 있겠네. 오를란느 왕립 마법 학교 수석 출신 마법사한테 사흘간 개인 교습 받고도 네냐플 입학에 실패하면 네냐플 수준이 더 높은 걸로. 어때?"

"슬슬 그만하시죠, 콜레트?"

마리 루이가 눈썹을 치켜올리고 쏘아보자 콜레트가 놀라는 시늉을 해 보였다.

"내가 뭘? 난 공녀님의 실력을 믿는데?"

"그러십니까? 대국 아노마라드의 백작이 되셨으니 이제 오를란느 시골 학교 같은 건 안중에 없으신 게 아니고요?"

각 나라를 대표하는 마법 학교들은 경쟁심이 있어도 겉으로는 드러내지 않았다. 왜냐하면 네냐플이 확고한 우위라는 것을 알기 때문이다. 알지만, 인정하긴 싫은 법이다.

"그렇게 들렸다면 미안한데……"

콜레트가 말끝을 끌다가 마리 루이의 기색을 살피고는 샤를로트에게 도와달라는 눈빛을 보냈다. 샤를로트가 포도주를 한 모금 마시더니 고개를 한쪽으로 까딱했다.

"걱정 마. 교습은 이틀만 받지, 뭐. 이틀 받고 합격하면 오를란느가 이긴 걸로."

"다들 왜 이러세요? 제가 뭘 잘하든 못하든 그게 왜 출신 학교랑 관계가 됩니까? 네냐플 시험이 어려운 건 저하고 아무 상관이 없거든요?"

결국 정색하고 만 마리 루이를 향해 샤를로트가 미소를 보냈다.

"알아. 난 단지 마리 루이를 믿는 것뿐이야. 그리고 오를란느 왕립 마법 학교도 믿고 있지. 내가 가서 네냐플 수준이 어느 정도인지 확인하고 오지, 뭐. 내 생각엔 별거 없을 것 같은데?"

"그게…… 그렇진 않습니다."

공녀의 잘못된 예상

마리 루이의 표정은 복잡했다. 그는 모교를 사랑했지만, 네냐플이 모교보다 수준 높은 학교라는 것은 부인할 수 없는 사실이었다. 네냐플의 수준이 별것 아니라면 온 대륙의 수많은 마법사가 매달리는 마법이라는 학문 자체가 별것 아닌 셈이 된다. 그러나 동시에 그는 샤를로트에게 그런 말을 할 자격이 있다는 것도 알고 있었다. 공녀는 마법사가 아니었다. 주문 하나 배운 적이 없었다. 그런데 어떤 마법으로도 구현할 수 없는, 설명조차 불가능한 힘을 갖고 있다.

"어쨌든 결정하셨다면 제3분견대에 연락 넣겠습니다. 두 명 정도 차출하면 될까요?"

에투알 제3분견대는 샤를로트의 호위를 최우선 임무로 하는 부대였다. 그러나 몇 달 전에 샤를로트가 지시한 임무 때문에 현재 오를란느에는 절반도 남아 있지 않았다. 샤를로트가 고개를 흔들었다.

"이런 시기에 위험 지역으로 가는 것도 아닌데 에투알을 두 명이나 차출하다니, 낭비야. 혼자 가면 돼. 양봉업자의 아들이 호위를 받는 것도 웃기잖아."

"그래도, 아노마라드는 타국인데 아무래도 연하의 안전이……"

그러자 이번에는 콜레트가 고개를 흔들었다.

"공녀께서는 신분만 감추면 어디에서도 위험하지 않으시

단다. 너도 다 알면서 그래. 이동중 편안하게 머무르실 곳은 내가 다 마련해놓을 거고. 그것만큼 내가 잘할 일도 없지 뭐겠어."

마리 루이는 에투알 수련병 출신답게 선뜻 동의하지 못하고 입속으로 웅얼거렸다.

"연하의 뜻은 알겠습니다만…… 카스티유 경이 알았으면 절대로 가만있지 않았을 텐데요."

샤를로트가 생긋 웃었다.

"그래, 몰라서 잘됐네. 로랑이 바빠서 꼼짝 못할 때 나도 재미있는 구경 좀 하러 다녀야지. 네냐플에는 대륙 모든 나라 사람들이 다 있다면서? 신분 차별도 두지 않고 섞여서 공부한다지? 재밌는 곳인 것 같아."

마리 루이는 진심인가 미심쩍어하는 표정으로 샤를로트를 건너다보더니 물었다.

"공녀님, 혹시…… 당분간 네냐플에서 공부하실 겁니까?"

"그건 아니고."

샤를로트는 잔을 창턱에 내려놓고 맞은편의 또다른 벽장 앞으로 갔다. 손끝으로 벽장문을 열어젖히고 잠시 들여다보다가 동그란 모자를 꺼내 썼다. 그런 다음 춤추듯 모자이크를 한 바퀴 돌더니 두 사람 앞으로 돌아왔다.

"그냥 흥미롭다고. 공부 말고 사람들이. 어차피 입학 자격

공녀의 잘못된 예상

만 따면 출입은 문제없잖아. 사람 만나려면 출입하는 걸로 충분하지 공부는 뭐하러 해. 마법사가 될 것도 아닌데. 그냥 그 사람, '막시민 리프크네'라는 탐정만 만나고, 얘기가 잘 풀리면 바로 돌아올 거야."

그렇게 말하는 목소리는 조금 전과 확연히 달랐다. 약간 높긴 해도 허스키한, 소년에 가까운 목소리였다. 샤를로트 공녀가 아닌 이스핀 샤를이 되었기 때문이다. 얼굴에서도 우아함과 위엄이 사라지고 앳되고 건방진 분위기가 풍겼다. 여기에 약간의 분장까지 더하면 놀랍도록 다른 모습이 되었다.

샤를로트는 각각 다른 두 가지 목소리를 낼 줄 알았고 그에 맞춰서 표정과 태도도 달리했다. 기본적인 얼굴은 같지만 그 정도만으로도 사람들은 쉽사리 착각에 빠졌다. 한 사람에게 두 모습을 연달아 보여주지만 않는다면.

콜레트가 고개를 끄덕거렸다.

"경로와 숙소를 마련하는 대로 보고를 올릴게요. 리프크네라는 학생이 사건을 다 해결했다고 하니까 보상을 두둑이 지급하기만 하면 간단히 마무리되지 않을까요?"

마리 루이는 시큰둥하게 어깨를 으쓱했다.

"뭐, 그 사람, 탐정이면서 네냐플 학생이라니 어마어마하게 똑똑한 사람이 아니겠습니까? 그럼 말귀도 잘 알아듣겠죠."

"진짜로 말귀를 잘 알아들으면 좋겠네. 그런 사람이 있으면 앞으로도 탐색하기가 수월해질 것 같거든."

"고용하시게요?"

샤를로트는 고개를 옆으로 까딱했다.

"그 비슷한 거지. 말했다시피 얘기가 잘 통하면. 빨리 출발하면 11월 말쯤에는 도착하겠지? 네냐플 입학시험이 그 무렵이라면서?"

마리 루이가 고개를 끄덕거렸다.

"입학시험은 12월 초일 겁니다. 11월은 승급 시험하고 졸업 시험이고요. 그러고 보니 그즈음에는 네냐플 학생들이 살짝 미쳐 있다던데 감안하세요."

샤를로트가 고개를 갸웃거렸다.

"시험 스트레스 때문에?"

"걔들한텐 인생이 걸린 일이라고요. 하긴 똑똑한 학생이라면 시험쯤이야 별것 아닐지도 모르죠. 혹시 말귀 못 알아듣는다고 공녀께서 성격대로 해버리시지만 않으면 될 겁니다."

마리 루이가 마지막으로 한 말은 어딘가 예언에 가까운 면이 있었다. 간단한 출장이 될 줄 알았던 일은 생각대로 쉽게 풀리지 않게 되는데, 이유는 간단했다.

상대를 완전히 잘못 판단했던 것이다.

부적절한 사은품

샤를로트 공녀가 가보기로 결심한 네냐플 마법 학교에는 과연 흔치 않은 구경거리들이 있었다. 위대한 마법사들과, 고대의 진귀한 기록들과, 희귀한 실험 재료들과, 만든 지 팔십 년쯤 된 최첨단 수도 시설과, 오 년에 한 번 주기로 폭발하는 보일러와, 처음에는 교수들을 저주하다가 마침내 온 세상과 함께 어제 막힌 수도관까지 저주하는 낙서로 가득한 책상들이 있었고, 야심 찬 젊은이들이 있었다.

그들 중에는 위기를 틈타 세상을 뒤흔들어보려는 자도, 그 위기를 막아보려고 결심한 자도 있었다. 전설이 되려는 자도, 한몫 단단히 벌어 부귀영화를 누리려는 자도 있었다. 다만 그들은 몇 가지를 모르고 있었다.

첫째, 세계는 대평화 시대였다.

둘째, 전설이 됐는지 알려면 죽고 나서 백 년은 기다려봐야 했다.

셋째, 연금술의 비의에 도달한 마법사들은 개기월식의 밤에 태어난 까마귀 머리 깃털 같은 희귀한 재료나, 콩 한 알이 떨어지는 힘으로 수차를 돌려보겠다든가 하는 정신 나간 실험 설비에 돈을 퍼붓느라 절대로 부자가 되는 일이 없었다.

물론 그곳에는 상대적으로 덜 야심 차고 현실적인 젊은이들도 많았다. 그러나 그들도 이렇게는 생각했다. 드디어 네냐플에 입학했다! 이렇게 힘들게 들어왔으니 어찌저찌 졸업만 하면 내 인생은 활짝 피겠지? 왕과 귀족들이 다투어 모셔 가려 하겠지?

그들은 모두 신입생이라는 특징이 있었다.

삼 년차(3학년과는 다르다) 즈음이 되면 한때의 비범하던 꿈은 지평선 너머로 사라지고, 네냐플 출신들만 사랑한다고 알려진 미친 맛의 '린디즈 절임'이나 '로글랑탱 파이' 따위를 하루종일 씹으며 삶의 막바지에 이른 약쟁이 도박꾼 같은 태도가 되고 만다.

"자, 2학점만 삐끗하면 나도 이제 퇴학이거든? 거기 너, 비싸게 굴지 말고 노트 좀 종류별로 줘봐라. 대신 절임이랑 파이랑 종류별로 배달해줄게. 무슨 맛이 좋냐? 새로 나온 폭탄

맛?"

"첫 퇴학 주제에 뭘 그리 죽겠다고 빌빌거리냐? 난 두번째 퇴학까지 5학점 남았다. 근데 우리 데리케 교수님이 '고급 주문 수련'에 또다시 D를 때려주실 것 같고 말이지."

"그래? 그럼 나갈 때 너희 빌라에 있는 안락의자, 그거 나 주고 가면 안 되냐?"

"뭣? 이 안락의자 뒷다리로 엎어치기 메치기를 해버릴 놈이?"

이러한 어두운 면이 있긴 했지만 네냐플은 역시 대륙 최고의 학교였다. 밝은 면을 보자면 네냐플 학생이라고 밝힐 때 나오는 반응은 보통 이러했다.

"와, 네냐플에서 공부하신다고요? 거기 천재들만 다니는 학교 아닌가요?"

이러한 빛의 세계의 모범생들은 얌전히 좋은 점수를 받으며 졸업한 뒤 연구생과 조교 생활을 거쳐 정말로 괜찮은 직업을 골라잡게 된다. 연말연초에 불꽃놀이밖에 할일이 없는 궁정 마법사, 뭐든지 검으로 해결하는 귀족들의 마법 보좌관, 구구단 이상 가르칠 필요가 없는 학교의 교수직 등등, 놀고먹는 자리들은 모두 그들의 차지였다. 그뿐 아니라 학창 시절에는 노트를 빌려주고 간식을 얻어먹으며, 족보를 만들어 용돈도 번다. 그들이야말로 입학 목적에 맞는 사 년을 보내는 이

160
—
블러디드 1

학교의 주인공들이었다. 네냐플을 단순한 의미의 학교로 본다면.

그러나 이면을 들여다보면 사정은 달라진다. 세계를 구하거나 전설로 불리거나 금화가 남아돌아 의자 다리 밑에 괴어놓는 존재들은 먼 미래에 나타날 예정이 아니었다. 그런 존재들은 가까운 곳, 그들의 주변에 있었다.

이자들은 평소에는 수업 시간에 교수의 눈을 피해 졸고 있거나 인간적으로 과제를 깜빡해 C학점도 받고, 가끔은 낙제를 하기도 하고, 의자 다리 밑에 괴어뒀던 금화를 꺼내 로글랑탱 파이 백 개를 사서 남의 빌라를 정성스럽게 인테리어 해주는 등 살짝 정신이 나간 듯한 행동도 했다.

그랬기에 이들의 정체는 쉽사리 밝혀지지 않았다. 약간의 친구와 약간의 적, 그리고 '마스터'로 불리는 종신직 교수들만이 알고 있었다. 태평성대처럼 보이는 오늘날에도 대륙을 멸망시킬 뻔한 사건이 몇 가지 벌어졌으며 상당수는 그들과 관계가 있다는 것을.

마지막으로 네냐플에는 이런 비밀을 누구보다도 잘 알기 때문에 조용히 지내려는 자도 있었다. 이자는 어떤 혹독한 조건에서도 당당하게 놀고먹을 수 있는 재주를 가졌지만 어쩐 일인지 세상은 그를 내버려두지 않았다. 피곤한 몇 년을 보낸 후 본의 아니게 네냐플까지 들어오게 된 그는 다시는 그런 일에 말려들고 싶지 않았다.

그의 이름은 막시민 리프크네.

자칭 시골 거지, 타칭 '네냐플 최고의 상류층'으로 불리는 녀석이었다.

"아, 막시민 리프크네요? 네냐플 역사상 최고의 낙제왕?"

"시험 성적 나오는 날 점심식사 2인분 드시는 분은 그 선배가 유일하죠."

"따라 하진 못하겠지만 호연지기는 존경합니다. 돈도 성적도 교수들의 눈총도 초월하다니."

"사실 이해는 잘 안 돼요. 모든 과목에 C나 D를 받으려면 학교에는 왜 들어온 거죠? 우리 학교 학비가 애들 장난은 아니잖아요?"

"어차피 졸업은 못하겠지. 그런데 정체가 궁금하긴 해. 아주 멍청한 것 같진 않던데."

"정체가 왜 궁금하냐? 걔를 둘러싼 친구들을 봐. 아주 번쩍번쩍 기라성 같잖냐? 막시민은 그냥 친구들하고 한가롭게 놀려고 여기 들어온 거야. 돈 걱정 같은 건 없겠지."

"야, 친구들은 몰라도 막시민 꼬락서니가 돈이 있게 생겼냐? 걔가 저번에 그랬잖아. 자기 '시골 거지'라고."

"넌 그 말을 믿냐? 시골 거지가 어떻게 공작 가문의 후계자를 친구로 사귀는데?"

다른 학생들이 뭐라고 쑥덕거리든 막시민은 신경쓰지 않았
다. 그들을 무시해서는 아니고 단순히 귀찮았던 것이다. 그래
서 '시골 거지'와 '네냐플 상류층'이라는 상반된 별명에도 개
의치 않았다.

몇몇 학생은 막시민의 정체를 두고 내기를 하기도 했다. 리
프크네 가문이 남쪽 바다 어딘가에 보물섬을 갖고 있다는 소
문을 증명하는 자에게 4학년 졸업시험 삼 년 치 족보라는 희
귀한 상품도 걸려 있었다(세 번이나 졸업시험을 치러야 했던
자가 만들었을 것이다). 교정의 어느 바위에는 막시민의 퇴
학까지 남은 학점을 세는 카운트다운 낙서도 있다는 모양이
다. 이런 식으로 점점 더 학교의 불가사의가 되어갔지만 막시
민은 네냐플에서 최고로 한가롭게 지내겠다는 당초의 의지를
고수했다.

그런 소원이 꿈만은 아니었다. 그에게는 돈 많고 무관심한
후원자라는 적절한 조건이 있었다. 이 자비로운 후원자는 막
시민과 피 한 방울 섞이지 않았지만 천문학적인 학비를 모조
리 내주고 있었고, 그러면서 성적표도 요구하지 않는 고상함
까지 갖추고 있었다.

안타깝게도 막시민에게는 부적절한 조건도 있었다. 대충
살려고, 수상한 낌새를 모르는 체하려고 아무리 발버둥을 쳐

도 결국 전말을 알아채고야 마는 뛰어난 직감과 명석한 두뇌를 갖고 있었던 것이다.

젠장! 왜 이런 쓸데없는 사은품이 끼어 와가지고!

그래서 그걸 막시민은 쿠션이 두 군데나 꺼진 소파에 가장 편안하게 자빠지는 자세 같은 걸 찾는 데나 썼다고 한다.

11월 말, 네냐플의 학년말 승급 시험이 막 끝난 늦은 오후였다.

학교 근처의 헤이마치 마을은 간식거리를 사러 나온 학생들로 북적거렸다. 며칠 밤을 지새운 결과 극한의 보상 심리에 사로잡힌 학생들은 맛있는 것을 갈구했다. 뇌수가 마론 크림으로 변해버릴 만큼 달거나, 혀를 육포로 절일 만큼 짜거나, 작년 한정판 '열 배 칠리페퍼 절임'의 사상자 기록을 경신할 만큼 맵거나, 그런 강렬한 간식 말이다.

스트레스가 심한 날에 특히 인기 있는 린디즈 절임 가게는 학생들로 꽉 차서 발 디딜 틈도 없었다.

"여기요, 단맛 살구 절임 두 병 주세요!"

"저는 올리브랑 라임 주세요. 시고 짜고 매운 거요!"

"저도요! 전부 세 병씩요!"

'세 가지 맛 린디즈 절임'에는 세 가지 수수께끼가 있었다. 두고두고 아껴 먹으려고 샀던 절임병이 학교 문 앞에 도착할 무렵이면 텅 비어 있는 이유를 도저히 알 수 없다는 것이 그중 첫째였다. 세 가지 맛이란 단맛, 시고 짠맛, 시고 짜고 매운맛이라는 엄청난 조합인데 어느 것을 사도 효과는 똑같았다.

시험이 끝난 날이면 가게는 문짝이 부서져나갈 지경이 되었다. 줄을 선 학생들이 자기가 노린 절임이 품절될까봐 조바심을 내는 풍경은 어딘가의 경매장을 연상케 했다. 그런데 그걸 고향에 가져가면 누구나 혀를 대자마자 욕을 하며 뱉어버린다는 것이 두번째 수수께끼였다. 그리고 그걸 사 간 본인조차 고향에서는 뚜껑을 여는 것조차 잊어버려 종종 곰팡이 덩어리가 되곤 한다는 것이 세번째 수수께끼였다. 물론 휴가가 끝나고 학교로 돌아온 그들은 이튿날 오후 즈음이면 미친 듯이 린디즈로 달려가 "시고 짜고 매운맛 세 병요!"를 외치는 무리에 끼게 된다.

좀더 온건한 학생들은 아몬드 누가, 산딸기 파테, 초콜릿 알밤 같은 것들에 용돈을 흩뿌렸다. 뭘 먹고 있든 간에 모든 학생의 화제는 한숨과 불평, 그리고 시험 결과에 대한 으스스한 전망이었다. 서로 답안을 맞춰보다 비명을 지르는 소리도 심심찮게 들려왔지만 이 무렵이면 늘 있는 일인지라 가게 주인들은 못 들은 체했다.

다만 한 명, 십자로를 한가롭게 걷고 있는 막시민만은 달랐다. 빗기는 하는지 의심스러운 갈색 머리에, 구겨진 셔츠 자락은 허리춤 밖으로 반쯤 빼놓고, 뒤축이 너덜거리는 구두를 슬리퍼처럼 구겨 신고, 교복 재킷 대신 추레한 갈색 코트를 걸친 모습은 평소와 같았지만 오늘은 챙이 우글쭈글한 모자까지 덮어썼다. 그렇게 적당히 상한 듯한 상태지만 얼굴만 떼어놓으면 꽤 날카로운 지성인처럼 보이기도 했다. 어쨌든 최고급품 안경을 쓰고 있었던 것이다.

네냐플 학생은 누구나 그를 알아봤다. 곧 후배들이 큰 소리로 인사를 건네왔다.

"막시민 선배! 안녕하세요? 시험은 어땠어요? 개똥 같았죠? 그죠?"

"오우, 선배. 우리 내년에도 만날 수 있는 거예요? 아니라면 지난달에 가져간 제 우산은 주고 가시죠?"

"학기 초에 빌려 간 20엘소도 잊으시면 안 돼요."

어쩐지 모두가 막시민이 내년엔 학교에 없을 거라고 확신하는 듯했다. 승급 시험 결과는 다섯 등급으로 나뉘는데 5등급을 받으면 퇴학, 4등급이나 3등급을 받으면 유급하게 된다. 막시민은 첫 해에 4등급을 받아 도로 1학년이 되었다. 이번에도 4등급을 받으면 그나마 1학년을 한번 더 다닐 수 있지만 5등급이면 바로 퇴학이다.

후배들이 이따위로 말을 걸어오면 불쾌하기도 하련만 막시민은 아무렇지도 않게 대꾸했다.

"온 세상이 다 개똥이고, 우산은 잃어버린 자아를 찾아 떠났고, 20엘소는 2학년 발렌틴한테 물어봐라. 걔가 나한테 18엘소 빌렸다."

"그럼 2엘소는요?"

"우산이 떠나는데 2엘소라고 못 떠날 이유가 있겠냐?"

"그야 물론……"

잠깐 말문이 막혔던 후배 숀이 곧 소리쳤다.

"무슨 소리예요! 2엘소면 린디즈 절임이 네 병이거든요?"

"아하, 거기로 떠났군."

막시민은 숀이 손에 든 절임병을 가리키고는 계속 걸어갔다. 숀은 병을 내려다보며 머리를 긁다가 곁에 선 친구 벨라를 봤다.

"저게 뭔 소리야?"

"나도 뭐가 뭔지 모르겠다……"

그때 곁에서 낯선 목소리가 말을 걸어왔다.

"린디즈로 돌아가서 아까 그 선배 이름을 대고 절임 네 병을 달라고 하라는 의미네요."

"어?"

세 학생, 숀, 벨라, 패트리샤가 동시에 돌아본 곳에는 암녹색 체크무늬 반망토를 걸치고 검정 새들백을 멘 소년이 있었다. 동그란 검정 모자에 같은 빛깔의 단발, 커다랗고 또렷한

부적절한 사은품

눈을 가진 소년은 '귀여운 후배'라는 이름과 딱 맞는 모습이었다. 하지만 그들에게는 후배가 없었다. 그들이 1학년이었던 것이다.

"누구더라?"

"모르는 사이입니다."

"그런 신선한 이름은 처음 들어보네. 그런데 왜 선배라는 거야?"

소년이 싱긋 웃었다.

"전 신입생이에요."

"신입생은 우린데?"

입학한 지 한 해가 되어가긴 해도 새 신입생은 아직 들어오지 않았으니까 어쨌든 그 말은 맞았다. 소년이 아 참, 하는 것처럼 손가락을 쳐들어 보이며 말했다.

"아, 그렇네요. 내년 신입생이라고 해야겠네요."

"내년 입학시험은 치러지지도 않았는데?"

소년은 아무렇지도 않게 고개를 끄덕거렸다.

"알아요. 저도 그 시험을 봐야겠죠. 그나저나 아까 그 선배 이름이 막시민 리프크네 맞나요?"

"맞긴 한데 왜? 아직 입학도 안 한 주제에 벌써 돈 빌려줬냐?"

소년이 피식 웃었다.

"그럴지도 모르죠. 그럼 선배님들, 내년에 학교에서 뵈어요."

소년은 한 손을 가볍게 들어 보이고는 돌아서서 십자로를 총총 건너갔다. 숀은 어처구니가 없어 벨라를 봤다.

"너 들었냐? 쟤는 우리 학교가 입학시험으로 스무고개라도 하는 줄 아나본데?"

벨라는 멀어지는 소년을 건너다보다가 어깨를 으쓱거렸다.

"뭐 어떠니. 어린 맘에 자기가 좀 똑똑하다 싶은가보지."

"똑똑한 꼬맹이면 '오우, 잠재력이 있으시네요' 하고 입학시켜주는 데가 네냐플이냐? 어휴, 하필이면 11월 시험 본 날에 별게 다 와서 웃겨."

"뭐 모르지, 의외로 엄청난 집안 아들내미일지."

"무슨 소리야? 우리 학교는 돈 바르고 들어오는 특례 같은 거 없잖아! 시험 세 번씩 보고도 입학에 실패한 고귀하신 가문의 아들딸들은 다 뭔데?"

"하지만 아노마라드 최고 공작가의 후계자께서도 공부하고 계시잖니?"

"그분도 시험 봤거든? 그리고 그분은 진짜로 똑똑하시거든?"

벨라가 킥킥 웃었다.

"그래, 학교에 왜 다니는지 모를 정도긴 해. 우리 학교에 그런 수상한 사람들이 몇 명 있어. 그런데 다 잘생겼다는 게 특징이야. 그런 기준이라면 쟤도 합격해야겠다. 엄청 귀엽잖아."

그때 둘이 이야기하는 틈에 린디즈 절임 가게에 갔던 패트리샤가 돌아왔다. 그러더니 숀에게 절임 네 병을 내밀었다.

"야, 이거 받아. 막시민 선배 이름을 대니까 진짜로 주더라."

숀은 어리둥절하게 병을 받아들었다. 벨라가 휘파람을 불며 소년이 사라진 쪽을 곁눈질했다.

"휴유, 난 쟤가 내년에 진짜로 입학한다는 데 걸어야지."

숀이 고개를 내저으며 말했다.

"난 다신 볼 일 없다는 데 올리브 절임 한 병 건다. 넌 뭘 걸 건데?"

"음, 자아를 찾아 떠난 내 우산?"

십자로 끝까지 걸어간 막시민은 '오렌지나무'라는 이름의 주점 앞에 멈춰 섰다. 문짝에는 사슴뿔처럼 생긴 나무에 시커먼 석탄이 주렁주렁 열린 듯한 그림이 그려져 있었다.

"어서 옵쇼!"

막시민이 문을 밀고 들어가자 주인 '오렌지 벅'이 혼자 카드점을 치고 있다가 반사적으로 소리쳤다. 이어 고개를 들고 네냐플 최고의 단골인 막시민 리프크네를 발견한 것까지는 놀라지 않았지만, 그가 덮어쓴 모자를 보자마자 손가락질을 하며 낄낄댔다.

"어이, 저 모자 꼴 봐라. 올봄에 비 맞고 손질도 안 한 채 처박아놨다가 오늘 갑자기 필요해져서 꺼내 썼겠다? 누구 눈에 띄면 안 될 짓이라도 했냐?"

막시민은 모자를 벗어 뒤쪽의 곰팡이 자국을 보더니 인상을 썼다. 이어 모자를 바 위에 던져놓으며 대꾸했다.

"아저씨는 추리에 소질 없다고 말했잖아."

"그럼 이 멀쩡한 날씨에 굳이 썩은 모자를 덮어쓰고 온 데 다른 고귀한 이유라도 있겠냐? 이 퇴학 지망생아."

"고귀한 이유가 있고말고. 아저씨가 치고 있는 적중률 삼 퍼센트짜리 연애점보다는 훨씬 중대하지."

"이거 연애점 아니다. 연애는 상대가 있어야 연애인 거다."

"아, 그래. 그럼 연애 성사 기원 대부흥회라고 부르든가."

오렌지 벅은 키들키들 웃었다.

"그거 좋네. 그나저나 시험은 보고 왔냐?"

"아아, 그럼."

"건실한 학생의 자세네. 그나저나 너한테 편지 왔다. 이상하게 요샌 배달원들이 네 편지는 여기다가 두고 가더라?"

언제부터인가 학교보다 술집에서 찾는 것이 훨씬 빠른 인간이 돼버린 결과였다. 오렌지 벅은 바 안쪽의 잡동사니 틈새를 뒤져서 봉투를 찾아냈다. 거기에 걷어치우던 카드에서 뽑아낸 카드 한 장을 끼워서 막시민에게 건네줬다. 그걸 받아든 막시민이 이맛살을 찌푸렸다.

"이건 또 뭔데?"

"네놈의 승급을 기원하는 행운의 카드다."

"무슨 놈의 행운이야. 행운이 시험 보나?"

"왜, 찍신이라는 것도 있잖아."

"주관식이거든요?"

"너란 놈은 주관식으로도 헛소리를 잘하잖냐."

"아저씨가 헛소리라고 부를 정도니 교수가 듣기엔 어떻겠슈?"

막시민은 봉투를 절반으로 접어 바지 주머니에 대충 쑤셔 넣었다. 오렌지 벅이 납득한 듯 고개를 끄덕거리더니 애도하는 시늉을 했다.

"저런, 그럼 내년에는 단골 하나가 없어지겠군. 안타깝네, 안타까워."

오렌지 벅의 뇌까림은 진심이었다. 물론 대부분이 외상인 쓸모없는 단골에 대한 아쉬움은 아니었다. 그는 사소하지만 까다로운 문제로 막시민에게 몇 번 신세를 졌다. 린디즈의 주인아주머니도 마찬가지였다. 직간접적으로 따져보면 마을 사람의 절반쯤은 될 듯했다. 올해부터 주변 장원들로 소문이 퍼져서 초청하는 사람도 생기는 중이었다.

그렇듯 막시민을 찾는 사람이 늘어나고, 그게 술집의 매상에 영향을 끼치기 시작하자, 오렌지 벅은 이 일에 사업성이 있음을 깨닫고 이름을 붙이기로 했다.

위대한 네냐플을 특례 입학한 전액 장학생의 상담소

막시민은 그 이름을 듣자마자 들고 있던 술잔을 부술 뻔했지만, 사실 틀린 말은 없었다. 입학시험 날짜를 놓치는 바람에 학장과 독대해서 특례 입학했고, 후원자가 수업료를 내주고 있으니 장학금이라고 부르면 안 될 건 뭔가.

옆에서 웃다가 의자에서 떨어진 룸메이트 덕택에 그 이름은 채택을 면했지만, 이름은 필요한 사람들이 알아서 붙이기 마련이었다. 그후로 막시민은 '술집 구석 탐정'이라는 적절한 별명을 갖게 되었다.

의뢰자가 마을 사람일 때는 공짜 술이나 절임 몇 병보다 더한 사례를 요구하지 않는 점까지 포함해서, 막시민은 그들에게 꽤 고마운 일을 해주었다. 다만 막시민 자신에게는 별다른 의미가 없었다. 단순한 놀이였을 뿐이다. 가끔씩은 운동삼아 머리를 돌려보는 것도 나쁘지 않으니까. 그러니까, 소파를 면밀히 살펴봐도 꺼진 곳이 없을 때 말이다.

하지만 마을 사람들의 입장은 달랐다. 당장 가게 매상이 관련된 오렌지 벅은 특히나 그랬다.

"혹시 4등급 받아서 한 해쯤 더 다닐 계획은 없냐? 어차피 네 학비는 어딘가의 호구가 말편자 붙이고 남는 금화로 대신 내준다며?"

"거참, 이미 시험을 봤는데 어떻게 4등급을 받나요."

"하이고 넌 참, 너란 놈의 가치를 몰라요. 내가 여기서 할 아버지 대부터 살아왔지만 네냐플 다니는 애들 중에 너처럼 쓸모 있는 놈은 처음이거든? 마법 실험한답시고 남의 창고 지붕이나 날려먹고, 뭔지 모를 애완동물을 잃어버렸다고 울고 짜고 다니고, 그런 놈들이 널렸는데 넌 차원이 다른 놈이었다고. 한마디로 네냐플 사상 한 번도 없었던 타입의 학생이야. 틀림없어. 교수들도 알 거야."

"네, 그렇게 차원이 달라서 이만 조기 졸업합니다. 사탕발림 그만하고 뭐 할말 있는 것 같으니 빨리 말씀하슈."

벅은 입꼬리를 쭉 내리며 막시민의 눈치를 살피더니 얼른 말했다.

"그래, 넌 참 눈치도 빨라요. 로렐딘 교수님이 내가 지난번에 구해드린 최상급 모베니크 찻잎의 양이 너무 적다고 화가 잔뜩 나셨거든. 내가 차를 빼돌렸다고 생각하시는데 난 배달받은 그대로 봉랍도 안 뜯고 갖다드렸다고! 오해를 풀 방법이 없을까?"

막시민은 심드렁하게 카드를 손끝으로 돌리다가 불쑥 물

었다.

"그거 주황색 꽃 봉인이 찍힌 통인가?"

"응, 맞아 맞아. 너 그거 봤냐?"

"애런이 건드렸네."

단정적인 말투에 오렌지 벅이 턱을 쑥 내밀었다.

"애런? 걔가 거기서 왜 나와?"

"애런이 새 망아지 샀더라. 모르긴 해도 일 년은 긁어모았겠네."

"뭐, 일 년?"

오렌지 벅은 어처구니없다는 얼굴이었다. 애런은 아랫마을 목재소 집 아들이었다. 그 집은 목재소다보니 앞마당이 넓어서 외지에서 오는 짐마차들이 그곳에 곧잘 짐을 부려놓았다. 거기부터 네냐플로 올라가는 길이 좁아지기 때문에 짐마차에 싣고 온 짐을 나귀에 옮겨 싣거나 등짐으로 바꿀 필요가 있었다.

"짐마차들이 그 집을 들르긴 하지만……"

다른 사람이 한 말이라면 비웃어넘길지 몰라도 상대는 막시민이었다. 넘겨짚는 것 같아도 이런 종류의 추리가 빗나간 적은 한 번도 없었다. 오렌지 벅은 머리를 긁어대며 생각하다가 결국 포기하고 물었다.

"야, 설명 좀더 해봐. 난 머리가 나빠서 도저히 모르겠다.

근거가 있어야 나도 교수님한테 뭔 말을 할 거 아냐."

"애런한테 왜 소매에 봉랍을 자꾸 묻히고 다니는지나 물어봐. 엊그제도 묻어 있더구먼."

"그게…… 그랬나?"

"목재 보관소 어딘가에 걔의 보물 창고가 있겠지. 돈 되는 것만 건드리는 교활한 놈이야. 지난달에 내 친구가 주문한 주니퍼 베리 봉지에서도 나무 가루가 떨어지더구먼. 그때 경고 보낸 걸로 손 털었을 줄 알았더니."

"그, 그래? 네 친구분은 어떻게 했는데?"

"한 번만 더 걸리면 반년짜리 소화불량으로 보답해준다고 했어. 걔 보기보다 무섭다. 특히 마법 시약 재료에 장난칠 때는."

"어, 쥬스피앙 양 말이지? 맞아, 저번에 주정뱅이 파올라가 닭들을 가둬놓고 굶기던 거 기억나냐? 근데 어느 날 누군가가 울타리를 뜯어버리고 쇠로 된 문짝을 수첩 모양으로 이쁘게 착착 접어놨잖아. 그거 네 친구분 작품 맞지?"

"공식적으로는 아니거든?"

오렌지 벽은 고개를 끄덕거리며 도둑놈을 어떻게 혼내줄지 열심히 구상하기 시작했다. 막시민은 기지개를 켜더니 테이블을 톡톡 쳤다.

"그럼 슬슬 밀린 빚 좀 갚아보시면 어때?"

"옙, 뭘로 갖아드릴깝쇼? 위스키? 아니면 오랜만에 시원한 파스티스로 한 잔 드려?"

"그런 거 말고. 엊그제 반들반들 이쁜 거 들여왔다고 들었는데 솔직담백한 브리핑 부탁해."

오렌지 벅은 눈을 동그랗게 뜨더니 마구 손사래를 쳤다.

"어이쿠, 그런 헛소문은 어디서 들으셨습니까? 여긴 싸구려 맥주나 팔거든요."

"아라종 블루 28년짜리 들여온 거 다 알거든? 안 상했나 맛 좀 보자."

벅이 막시민의 머리를 쥐어박는 시늉을 하며 킬킬 웃었다.

"냄새는 기차게 맡는다. 이놈아, 그게 얼만데. 방울 수로 세어서 팔거든?"

그렇게 말하면서도 오렌지 벅은 카운터 뒤쪽의 진열장 귀퉁이를 슬쩍 밀어 비밀 선반이 드러나게 하고는 술이 반쯤 남은 병을 꺼냈다. 막시민이 흘끔 보니 같은 모양의 병이 다섯 개 더 놓여 있었다.

"많네. 어느 놈 코트 주머니에 한 병쯤 찔러넣어 보내도 되겠네."

"그렇지, 너 같은 놈 말고 소공작 각하 같은 분 주머니라면."

"그 자식은 술 안 해."

"상관있냐? 그분이라면 스물여덟 살 이쁜이를 오크통으로 들여놓을 값쯤은 쳐주실 텐데?"

"그 자식이 언제부터 아저씨한테까지 호구로 찍혔지."

벅이 포도주를 잔에 찔끔 따르는 동안 막시민은 좀더 따르라고, 벅은 이것도 많다고, 눈짓으로 격론을 벌였다. 합의안은 극적으로 타결되어 막시민은 4분의 1 정도 채워진 잔을 집어들고 막 입가에 대려다가 움찔했다. 등뒤의 문이 열리면서 누군가 들어오는 모습이 술잔의 곡면에 비쳤던 것이다.

상류층답게 막시민에게는 적이 많았지만 이런 날 이런 곳에서 마주쳐선 안 될 적은 한 가지 종류였다. 교복이 아닌 실루엣을 보건대 학생은 아니고, 이 시간에 술집에 들어오는 걸 보면 동네 주민도 아니고, 그렇다면 교수일 가능성이 반은 넘는다는 건데 나머지 반은……

뒤를 돌아본다는 간단한 해결책 대신 뛰어난 추리력을 쓸데없는 곳에 쓰고 있는 막시민의 어깨를 한 번 꾹 눌러주며 오렌지 벅이 말했다.

"어서 옵쇼."

교수에게는 저런 식으로 인사하지 않는다. 막시민이 도로 어깨를 펴며 벅을 향해 감사인지 비난인지 모를 눈짓을 날렸다. 새로운 손님이 막시민과 두 좌석 떨어진 자리에 앉자 오렌지 벅이 고개를 갸웃거렸다.

"그런데 손님, 이런 데 오시긴 좀 이른 것 같습니다만?"

"그렇지는 않아요."

그 목소리가 진짜로 어리게 들려서 막시민은 그쪽을 흘끔 봤다. 소년은 막 반망토를 벗어 곁에 내려놓는 중이었다. 막시민이 보기에도 소년은 열일곱 살 정도로밖에 보이지 않았다. 물론 막시민은 열일곱 살 때 술집을 뻔질나게 들락거린 입장이라 참견할 생각은 전혀 없었다. 그러나 소년이 이어 한 말 때문에 관심을 끊으려던 일차 시도는 실패했다.

"저분한테 술을 파시는데 저한테 못 파실 이유는 없거든요."

오렌지 벅은 '으잉?' 하는 표정으로 막시민을 봤다가 다시 소년을 봤다.

"그게 어찌 그렇게 됩니까요?"

"동갑이라서요."

이젠 막시민도 고개를 들 수밖에 없게 됐다. 미간을 찡그린 채 안경을 밀어올리는 막시민과 턱을 당기고 눈을 살짝 치뜬 소년의 시선이 마주쳤다. 삼 초 뒤, 소년이 먼저 싱긋 웃어 보였다. 크고 동그란 눈, 보조개가 파인 도톰한 뺨, 살짝 올라간 입매까지, 저렇듯 호기심 많은 아이 같은 얼굴로 동갑이라니 위화감이 이만저만이 아니었다. 일생 겉늙어 보인다는 평으로 살아온 막시민에 비하면 세 살쯤은 어려 보이는데. 하지만 중요한 건 그게 아니고……

"누군데 날 아쇼?"

주의깊은 관찰의 최종 결론은 '진짜로 모르는 사람'이라는 것이었다. 소년이 눈썹을 올리며 희미하게 웃었다.

"전 이스핀 샤를이라고 합니다."

"난 그런 사람 모르는데?"

"물론 그렇겠죠. 하지만 전 보자마자 선배가 누구인지 알았어요."

이스핀은 막시민의 근사한 패션을 훑어보며 말을 이었다.

"사람들이 선배에 대해 한 설명이랑 진짜로 똑같이 생기셨거든요. 이런 사람이 두 명 다니는 학교는 상상할 수가 없네요. 이 주점에서 탐정 일을 한다는 특례 입학 장학생 선배 맞죠?"

나중에 추론해봤을 때 이 부분이 둘 사이가 삐걱거린 첫번째 원인이었다. 막시민도 내성이 생겨서 그 말을 듣고 술잔을 부술 뻔하지는 않았다. 반면 이스핀 입장에서는 막시민이 그 별명을 싫어한다는 사실을 알 길이 없었다. 지금까지 만났던 모든 사람이 막시민을 그렇게 불렀던 것이다. 막시민은 기분이 나쁜데다 방해를 받아 귀찮고 잘못된 정보를 일일이 바로잡기 번거로운 나머지 지엽적인 문제를 지적했다.

"선배? 난 댁 같은 후배가 없는데."

"내년에 생길 거예요."

"그래? 그럼 내년에 불러."

막시민은 그만 포도와 알코올의 세계로 돌아가려 했다. 하지만 이스핀이 눈을 한층 동그랗게 뜨더니 말했다.

"저런! 안 돼요. 저 선배한테 물어보고 싶은 게 있어서 꽤 멀리서 찾아왔거든요. 잠깐만요. 아 참, 저도 저분이랑 같은 걸로 주세요."

느닷없이 엄청나게 비싼 주문을 받은 오렌지 벅은 뒷머리를 긁적거리다가 말했다.

"저거요? 아이고 어쩌나. 저게 마지막 잔이라서 말입죠."

나이로 보나 차림새로 보나 아라종 블루를 사 마실 사람으로는 보이지 않았기 때문이다. 그런데 이스핀이 주머니를 뒤지더니 고블룬 금화 두 개를 테이블에 얹어놓고는 생글생글 웃으며 말했다.

"뒤뜰에서 포도 수확해서 새로 한 병 빚어다 주실 수 있죠?"

오렌지 벅은 눈이 둥그레졌지만 곧 고개를 흔들며 정신을 차렸다. 저 소년에게 냄새만 맡고 술값을 정확히 파악하는 신비한 능력이 있든, 단순히 돈이 썩어나서든, 돈이 돈이라는 사실은 변치 않는다. 마법사와 마법사 지망생으로 둘러싸여 사는 마을의 주민이 이만한 일로 놀라선 곤란하지.

"아, 네. 뭐, 세상엔 그런 기적도 종종 일어나곤 합니다."

금화를 냉큼 집어든 벅은 휘파람을 불며 병을 가지러 갔다. 이스핀은 다시 막시민을 향해 고개를 돌렸다.

"탐정님, 뭐 좀 질문해도 될까요?"

"질문은 영업시간에."

"오늘은 언제 영업 시작해요?"

"이미 끝났어."

"그래요? 그럼 내일 예약할 수 있나요?"

"아니, 예약 꽉 찼어."

"모레는요?"

"모레는 정기 휴일이다."

이스핀은 눈을 약간 가늘게 떴다.

"아아, 그래요? 그렇군요. 그럼 언제가 좋을까요? 가능한 날짜를 말씀해주시죠, 엄청 바쁜 탐정님."

"내년 이맘때."

기분이 나쁘고 만사가 귀찮을 때면 아무 말이나 막 던지는 막시민의 버릇을 이스핀이 알 리 없었다. 마침내 이스핀의 입가에서도 웃음기가 사라졌다.

"이런 말씀은 좀 그렇지만 사람을 너무 무시하시는 것 같네요. 제가 시시한 얘길 꺼낼 것 같아서 그러시나요? 평소에는 엄청난 대사건만 맡으셔서요?"

"응, 맞아. 그거 죽고 사는 문제냐? 아니면 대충 넘어가. 나도 술 좀 마시자. 여기 원래 술집이거든? 일은 저기 있을 때만 한다."

막시민은 손을 뻗어 술집 구석을 가리켜 보이더니 완전히 몸을 돌려버렸다.

"……"

이스핀은 잠시 말문이 막혔다. 정확히는 어리둥절했다. 상대에 대해 예상한 것이 모조리 틀렸던 것이다. 이런 인간일 줄은 몰랐고, 이런 반응일 줄은 더더욱 몰랐다. 아니, 일생 이렇게 어처구니없는 무시를 받아본 적도 없었다. 그때 오렌지 벽이 이스핀이 주문한 술잔을 앞에 내려놓더니 몸을 약간 기울이며 위로하듯 속삭였다.

"마침 안 좋을 때 오셨네. 쟤가 폐업 예정이라 그래요."

이스핀이 미간을 찡그리며 벽을 올려다봤다.

"폐업이라고요?"

"그게, 사업이 망한 건 아닌데 귀찮아져서 그만한다네요. 나한테 좋은 생각이 있는데, 저놈한테 이 술 한 잔 더 사줘보세요. 일하고 싶은 마음이 갑자기 폭발할 것 같은데."

이스핀은 두 놈만 좋아지는 수작에 넘어가지 않았다. 그러는 대신 제 앞에 놓인 술잔을 들어 가볍게 세 모금쯤 마셔버리고는 막시민의 옆자리로 옮겨가 앉았다. 예측이 틀렸으니 태도도 달리할 때였다.

"탐정님, 잠깐만."

막시민은 귓구멍을 파는 시늉을 했다. 이스핀은 개의치 않고 고개를 까딱했다.

"죽고 사는 문제가 필요하다니 하나 찾아다 줄까 하는데, 어때?"

이스핀은 주위를 한 바퀴 휘둘러보다가 바 구석에 매달린 램프를 발견했다. 그걸 뚫어져라 보더니 이윽고 엄지를 들어 가리키며 말했다.

"이 속에도 있거든? 보여?"

막시민은 그쪽을 흘끔 보긴 했지만 하품을 하고는 말했다.

"그렇네, 저걸 마룻바닥에 내던져서 술집에 불이 나면 죽고 사는 문제가 되긴 하겠지. 미친놈 한 명이 추가로 필요하긴 하지만 말이야. 원래 이 세상 무엇에든 미친놈을 합치면 죽고 사는 문제가 되잖냐? 혹시 그게 너라고 말하려는 거야?"

"......"

이스핀의 한쪽 입끝이 말려올라갔다. 웃음은 아니었다. 붙임성 있는 표정이 사라지자 귀여워 보이던 인상도 지워졌다. 마치 가면을 벗는 듯한 변화였다. 자리에서 일어난 이스핀은 손을 뻗어 램프를 떼어냈다. 오렌지 벽이 미심쩍은 눈빛을 보냈다.

"뭘 하려는 거요?"

이스핀은 대꾸 없이 가볍게 손을 휘둘러 램프를 마룻바닥에 내던졌다.

쨍그랑!

오렌지 벅이 펄쩍 뛰어 일어나고, 막시민이 의자에서 뛰어 내린 건 거의 동시였다. 외침도 동시에 터졌다.

"무슨 짓이야!"

램프가 깨지면서 불이 화르륵 번졌다. 그러나 램프 속에 든 기름이 얼마 되지 않아 큰불은 아니었다. 허둥지둥 코트를 벗어 불 위로 내던진 막시민이 막 밟으려고 달려들 때였다. 바 뒤로 숨어버린 오렌지 벅이 긴장한 얼굴로 손가락질했다.

"야, 저건 뭐냐?"

코트 밑에서 무언가가 불쑥 솟아올랐다. 처음에는 덩어리 같더니 금세 형체를 갖춰갔다. 이윽고 벌떡 일어나 주위를 두리번거렸다. 코트를 들쓴 채여서 생김새는 보이지 않았지만 머리와 어깨를 갖췄고, 직립하고 있었다. 크기는 곡마단에서 어깨에 올려놓고 다니는 원숭이 정도? 막시민은 들었던 발을 멈칫했다가 후다닥 뒤로 물러났다. 그리고 이스핀을 돌아보며 소리쳤다.

"야, 지금 저거 뭐야? 어디서 나온 거야?"

이스핀은 팔짱을 낀 채 삐딱하게 서서 손가락을 까딱거려 보였다.

"램프 속에 뭔가 있다고 설명해줬던 것 같은데."

말다툼할 틈이 없었다. 그것은 펄쩍 뛰어올랐다. 코트에 커다란 구멍을 남긴 채로, 막시민의 머리를 향해서. 그와 함께 형체도 분명히 드러났다. 비쩍 마른 팔다리에 불타는 머리를 가진, 온몸이 불꽃으로 이뤄진 존재였다. 이건 뭐지? 불꽃 괴물? 정령?

"젠장!"

막시민은 본래 임기응변에 강했다. 그리고 이런 상황일수록 잽싸지는 재능이 있었다. 그는 바 뒤로 뛰어들어 벽에 걸린 프라이팬 하나를 빼들었다. 그걸로 자신을 향해 날아드는 생물을 후려쳤다. 깡!

캭!

비명 같은 것이 울렸지만 그 생물은 얻어맞고 날아가는 대신 그대로 프라이팬에 달라붙었다. 놀랄 법도 하련만 막시민은 즉각 전략을 바꿔 프라이팬을 부뚜막에 내리쳤다. 한 번! 두 번! 그래도 떨어지지 않자 세번째는 화덕 문을 걷어차 열었다.

"꺼져!"

놈이 붙어 있는 프라이팬을 화덕 속에 던져넣고, 문을 닫아버리고, 부지깽이를 뽑아들어 빗장까지 질렀다. 그런 다음 눈을 크게 뜬 채로 헐떡거리며 돌아섰다.

"후……"

한숨을 길게 내쉬고 이스핀을 봤다. 이스핀은 고개를 비스듬히 기울인 채 막시민의 대처를 흥미롭다는 듯 구경하고 있었다. 그 꼴을 보니 부아가 치밀어올랐다.

"저건 뭐야? 넌 뭐야? 방금 무슨 짓 한 거야? 빨리, 세 마디로 설명해."

이스핀은 대답 대신 집게손가락을 세워 화덕을 가리켰다.

"저거, 도로, 나온다?"

아니나다를까, 돌을 쌓아 만든 화덕 속에서 쾅, 쾅 하고 요란하게 부딪치는 소리가 나기 시작했다. 오렌지 벅은 가게문 앞까지 달아났지만 차마 나가지는 못하고 머뭇거리며 눈치를 살폈다. 그러다가 문득 눈을 반짝이며 소리쳤다.

"잠깐만! 학교에서 누구든 불러올게!"

그러더니 문도 열어놓은 채 휑하니 내빼버렸다. 막시민은 어처구니가 없어 입을 벌렸다.

"뭐? 잠깐만!"

동시에 이스핀도 소리쳤다.

"뭐? 아무도 불러오지 마!"

이스핀은 문가로 달려가 밖을 내다봤다. 오렌지 벅은 젖 먹던 힘을 다해 도망갔는지 이미 보이지 않았다. 그러는 동안 쿵쾅대는 소리는 더 커지고 빨라졌다. 마치 쇠로 된 공이 사방으로 튀는 것 같았다. 부뚜막은 무너질 것처럼 들썩거렸다.

막시민은 뭐가 뭔지 모르겠고, 화가 나고, 마시던 술을 못마셔 억울했지만 침착한 판단을 했다.

"너도 나가!"

그런 다음 앞질러 뛰어나가는데, 이스핀이 문가에 선 채 따라나오지 않았다. 막시민은 문밖까지 나갔다가 뒤를 돌아보고는 인상을 팍 구겼다. 그리고 도로 들어가 이스핀의 손을 낚아챘다.

"뭘 해? 나가!"

"내가 나가면 저건 어쩌려고?"

"뭐?"

순간 화덕 경첩이 터지며 문짝이 날아가 그릇장에 처박혔다. 동시에 불덩이 하나가 맹렬한 속도로 뛰쳐나왔다. 아까보다 작아지긴 했지만 반면 엄청나게 빨라졌다. 그대로 천장에 부딪칠 기세였다.

이스핀은 막시민의 손을 뿌리치고 한 걸음 앞으로 나섰다. 오른손을 몸 쪽으로 넣었다가 홱 내뿌렸다. 그러자 허공에 동그란 빛이 나타났다. 막시민은 멈칫하다가 눈을 크게 떴다.

"저건…… 또 뭔데?"

지름 한 뼘이 조금 넘는 그 빛은 이글거리지도 열을 내뿜지도 않았다. 반면 너무 또렷해서 허공에 뚫린 기묘한 창문처럼 보였다. 아니, 다른 세계로 통하는 열쇠 구멍 같았다. 그 너머에서 광채가, 희미한 연기처럼 새어나왔다.

그러더니 팍 깨졌다.

불꽃놀이처럼 산산이 흩어졌던 빛은 화덕에서 튀어나온 불덩이로 날아가 달라붙었다. 이어 뒤엉키고, 모양이 흐트러지더니 순식간에 줄어들었다.

키아아악!

괴성이 빨려들어가듯 지워졌다. 빛과 불덩이는 동시에 소멸했다.

"……"

술집 안은 아무 일도 없었던 것처럼 고요해졌다. 시커멓게 변한 프라이팬이 나동그라진 가운데 기묘하게 하얀 잿가루가 날릴 뿐이었다.

웬만한 사람이었다면 털썩 주저앉기라도 했을 테지만 막시민은 그러지 않았다. 그간 어떤 친구놈 때문에 온갖 기묘한 일을 겪어본 그는 빠르게 냉정을 되찾고 이스핀을 봤다.

"넌 뭐냐? 무슨 짓 한 거야? 네가 저놈을 만들어냈지?"

이스핀이 냉담하게 눈썹을 올렸다 내렸다.

"아닌데."

"그럼 왜 갑자기 나온 거야? 네가 램프를 내던지니까 튀어나왔잖아!"

"나오도록 약간의 도움을 준 건 사실이지. 하지만 내가 없을 때 갑자기 튀어나오는 것보다는 훨씬 나았을걸?"

이스핀이 그걸 불러냈든 아니든 없애준 것도 사실이었다.

부적절한 사은품

하지만 평범한 램프 속에 저런 놈이 드글거리고 있다는 소리는 역시 믿기가 힘들었다.

"난 이 술집에 이 년 넘게 드나들었지만 저런 건 한 번도 본 적이 없거든?"

"그야 저놈들이 때와 상대를 고르니까 그렇지."

"웃기시네. 저놈이 오늘따라 프라이팬에 얻어맞고 화덕에 처박히고 싶어서 나타난 게 아니라면 결국 너 때문이라는 거 아니냐?"

이스핀이 날카로운 웃음을 터뜨렸다.

"좋은 추리네, 잘나신 탐정님. 아직 사람들 앞에 잘 나타나지 않아. 언제까지나 그렇진 않을 테지만."

"그런 중대한 얘기를 귀기울여 들어야 하는데 내가 술이나 처먹으면서 들은 척도 안 하니까 이 얼간이 같은 놈아 엿이나 먹어봐라 하고 한 마리 불러봤다 그거네?"

지나치게 요점을 잘 집어내서 상대방의 말문을 막는 것도 막시민의 재주 중 하나였다. 결국 이스핀은 짜증을 냈다.

"그런 거 아니고! 경각심을 불러일으키려고 그런 거라니까!"

"이거나 그거나! 하여튼 넌 화덕 문짝은 물어내고 가라, 알았지?"

"왜, 프라이팬도 사다 내놓으라고 하지!"

"아 참, 깜빡할 뻔했네. 그것도 사 오고! 반들반들 길이 잘

든 무쇠 팬으로 꼭 사 와라?"

둘이 서로를 맹렬히 쏘아보고 있을 때 열린 문 너머에서 한 사람이 고개를 내밀었다. 오렌지 벅이었다.

"어이?"

막시민과 이스핀은 동시에 몸을 돌려 그를 사납게 노려봤다. 오렌지 벅은 흠칫 몸을 젖히더니 말했다.

"어이쿠, 둘이서 날 잡아먹겠네. 나 없는 동안 힘들었어? 다행히 안 죽었네? 막시민 너 앞머리가 시커멓다? 근데 그 키약거리는 놈은 어디 갔어? 내가 학교에 알려달라고 사람은 보냈는데 아직 아무도 오질 않네."

벅은 가게 주인인 주제에 들어올 생각도 않고 줄곧 문가에서 힐끔거렸다. 막시민이 코를 벌름거려 보이더니 말했다.

"궁금하서? 댁이 가고 나서 계속해서 삼백 마리쯤 나오더라. 여기가 마음에 든 것 같더라고. 우리 둘이 프라이팬으로 튀겨서 바 뒤에 차곡차곡 쌓아놨으니까 이따가 깨어나면 너네 나라로 돌아가라고 잘 타일러보시든가."

그런 다음 휘적휘적 문밖으로 나갔다. 벅이 저게 몇 퍼센트짜리 개소리인가 궁금해 이스핀을 쳐다보자 이스핀도 코웃음을 치더니 말했다.

"참, 추가로 이백 마리 정도 더 나올 것 같으니까 그전에 화덕 문을 수리하세요. 최대한 빨리."

그런 다음 이스핀도 나가버렸다.

오렌지 벅은 자기 가게 앞에서 들어가지도 나가지도 못하고 머뭇대다가 엉거주춤하게 고개를 들이밀었다. 그때 화덕 쪽에서 뭔가가 툭 떨어지는 소리가 났다.

"으엑!"

오렌지 벅은 문도 열어둔 채 줄행랑을 쳐버렸다.

얼마 후, 세 사람을 거쳐 소식을 전해들은 네냐플의 소환술 마스터 킨 교수가 술집 앞에 나타났다. 텅 빈 홀에는 재 몇 톨과 함께 쓰레기통에서 주워 온 것처럼 생긴데다 구멍까지 뻥 뚫린 코트, 졸다가 태워먹은 듯한 프라이팬 하나가 나동그라져 있을 뿐이었다. 킨 교수는 팔짱을 낀 채 안을 둘러보고는 고개를 갸웃거렸다.

"지옥 불 속에서 이글이글 불타는 괴물이 튀어나왔다던 곳이 여기야? 별일은 없어 보이네. 다 잡아먹혔나?"

오토마톤

지옥 불에서 튀어나온 불타는 괴물은 아니고, 술병만한 램프에서 기어나온 원숭이만한 괴물을 함께 처치한 두 사람은 십자로를 향해 걷고 있었다. 어쩐지 일행 같은 분위기로. 막시민은 생각했다. 내가 왜 이 녀석이랑 같이 가고 있지? 이름도 모르는 놈인데.

린디즈 절임 가게 앞에서 걸음을 멈춘 막시민은 옆을 봤다. 그때 이스핀이 먼저 입을 열었다. 가게를 손가락질하면서.

"저거 말이야, 정말로 맛있어?"

몇 시간 전만 해도 그득하던 절임 진열장은 어느새 텅 비어 있었다. 막시민이 흘끔 보더니 대꾸했다.

"공부 열심히 하는 놈한테만 맛있지. 궁금하면 내일 와서 사 먹어보든가."

"그래? 너한텐 맛없나봐?"

막시민이 한쪽 눈썹을 찌푸렸다.

"그래, 난 안 먹는다. 그나저나 넌 어딜 가는데 날 따라오냐? 난 잠자러 학교 가는데."

이스핀이 검지를 쳐들어 자기 관자놀이를 톡톡 치며 말했다.

"내가 아까 한 말은 벌써 잊어버렸어? 그런 머리로 탐정은 어떻게 하는데?"

"머리가 뭐…… 어쨌다고?"

이 말이 이렇게 기분 나쁘게 들리기도 한다는 것을 어려서는 잘 몰랐던 듯했다. 다시 말해 제 입으로 무척 자주 내뱉었던 기억이 났다. 이스핀은 막시민의 감상은 아랑곳 않고 침착하게 상대를 올려다봤다.

"의뢰할 게 있다고 했잖아. 이제 슬슬 들어봐야 하지 않겠어?"

막시민은 저도 모르게 소리를 지르고 말았다.

"영업 끝났다고 했잖아!"

"아, 그랬지? 오늘은 영업 끝났고 내일은 예약 꽉 찼고 모레는 정기 휴일이랬지? 그럼 글피에라도 만나야 하지 않겠니?"

"내가 왜? 싫으면 안 볼 수도 있는 거지. 나한테 뭐 맡겨놨냐?"

이스핀이 코웃음을 치더니 입꼬리를 잔뜩 올리며 동그란 눈을 깜빡였다. 하지만 강아지처럼 귀여운 표정에서 나오는 말은 신랄하기 이를 데 없었다.

"아, 그래? 그렇긴 하네. 근데 그렇게 사람 가려가며 탐정 노릇 해서 먹고살 수는 있어? 내가 너를 왕국 8군에 잠입시킨다 그랬니, 필멸의 땅에 보낸다 그랬니? 뭘 그렇게 지레 겁먹어? 5 더하기 8보다 어려운 거 물어볼까봐 겁나?"

막시민은 순간 말문이 막혔다. 화가 나서이기도 했지만, 그보다는 이스핀이 말하는 방식이 자신과 무척 비슷했던 것이다. 친구에게 비슷한 말을 곧잘 퍼부었던 것 같다. 그게 이 정도로 화를 돋우는 말투였던가?

하지만 그런 깨달음과 관계없이 막시민의 유능한 혓바닥은 작동을 멈추지 않았다.

"오늘 처음 마주쳐서 이름도 모르는 놈이 내 업무 적합성과 기대 수익 및 폐업 가능성까지 걱정해주니 감동의 눈물이 솟구쳐오르네. 네가 인류 최후의 의뢰인일지라도 내가 지금 자빠져 자고 싶으면 그만이라는 게 이해가 그렇게 어렵냐?"

이스핀도 약간 움찔했다. 새로운 판단도 완벽하지는 못했던 모양이었다. 다시 말해 둘은 적어도 한 가지 점에서 비슷했다. 입을 놀리는 걸로 밀려본 적이 없다는 것.

"왜 그렇게 날 피하려 애쓰는데? 마시던 술을 마저 못 마셔서 원한이 맺혔니?"

"그래, 알코올이 부족하면 말이 귀에 안 들어오는 체질이다. 그런 놈한테 무슨 중대한 의뢰 같은 걸 하냐? 포기하고 딴 데 가서 알아봐. 알았냐?"

막시민은 몸을 돌려 휘적휘적 비탈길을 올라가기 시작했다. 뒤에 남은 이스핀은 어처구니가 없어 입을 벌렸다가, 허공을 노려봤다가, 소리쳤다.

"야! 넌 어쩌면 그렇게 네 직업에 최소한의 성의도 없니? 그따위로 할 바에는 아예 문을 닫지 그래?"

멀찍이서 대답이 들려왔다.

"응, 인기가 극도로 없다보니 미결 사건도 미정산 수고료도 없어서 오늘 저녁 일곱시에 폐업해도 아무런 타격이 없고 말고."

막시민은 정말로 가버렸다.

마침 저녁식사 시간이 가까워지고 있었다. 네냐플 학생들은 대부분 학교로 돌아갔거나 가려고 서두르고 있었다. 한산해진 십자로에 혼자 우뚝 선 이스핀은 멀어져가는 막시민의 뒤통수를 노려보다가 뇌까렸다.

"하, 이 흥미진진하게 빌어먹을 알코올중독자 같은 놈이. 너 탐정이 맞긴 하니? 내가 너한테 무슨 천재적인 추리라도 기대하고 찾아온 줄 알아?"

막시민도 물론 그러리라고 생각하지 않았다. 그는 어디까지나 한가로운 부업 탐정으로서 약간의 술값을 버는 목적밖에 없었다. 위대한 사명감으로 어려움에 처한 사람들을 돕거나 복잡한 문제를 근사하게 해결해 자기만족을 느껴보겠다는 종류의 직업의식은 조금도 없었다. 그런 자신이 내킬 때만 손님을 만나겠다는데 뭐가 잘못이야? 특히 술 마시는데 귀찮게 구는 놈은 상대를 하지 않는 게 원칙이라고.

그 원칙은 오늘 오후에 막 생겼지만, 사무실에 고객 면담 헌장을 걸어놓은 입장도 아니니 상관없었다. 무엇보다 이스핀이 하려던 의뢰란 아까 램프에서 나온 '불타는 원숭이'와 관계있을 게 뻔했다. 그런 문제는 마법사한테 물어봐야지, 왜 나 같은 사람을 찾아온단 말인가? 틀림없이 마법 학교 전액 장학생이 어쩌고 하는 이름 때문이었겠지? 그렇다면 빨리 포기시키는 것 말고 해줄 일이 뭐겠냐고.

이스핀의 의뢰를 들어보지도 않고 거절한 데는 이렇듯 나름 합리적인 이유가 있었지만 설명하기가 귀찮았다. 하여튼 자신이 해결해줄 수 있는 문제가 아니라는 결론은 같으니 상관없었다.

막시민이 멀어져가는 동안 이스핀은 선 채로 생각에 잠겼다. 상대가 어떤 인간인지 예측에 완전히 실패했음은 그녀도 인정했다. 하지만 예측 범위에도 정도란 게 있는 법이다. 명문 마법 학교 네냐플에서 장학금까지 받으며 재학중이고 부업으로 탐정 노릇을 해서 꽤 명성이 있다는 학생이라는 정보값에서 저따위 모습을 유추하는 건 애초에 불가능한 거 아니야?

이제 어떻게 한담.

좋게 구슬릴 것인가, 실력 행사를 할 것인가, 우회적 압력을 넣을 것인가, 다시 우호를 다져볼 것인가. 여러 선택지를 놓고 냉철하게 저울질하려 했지만 솔직히 가장 많이 한 생각은 학교 정문 앞을 네모지게 파서 저 녀석을 묻어버리고 싶다는 것이었다. 묘비에는 "내년 이맘때 일어남"이라고 써주고.

그러면 찾던 물건의 행방도 오리무중이 돼버리겠지.

결국 이스핀은 입술을 짓씹으며 뛰어가 막시민을 따라잡았다. 학교로 올라가는 길은 외줄기라 찾아내기가 어렵지 않았다.

"야, 야, 막시민 선배! 그래, 다 알았어. 내가 귀찮다 이거지? 이제 사라져줄게. 그전에 딱 하나만 대답해줘. 너, 멀베리 파이크라는 이름을 알아, 몰라? 잊어버렸어? 분명히 알 텐데?"

막시민은 대꾸 없이 계속 걸어갔다. 그는 본래 장부를 쓰지도 않았고, 용건이 끝난 이름은 곧잘 잊었다. 심지어 의뢰인이라 할지라도. 기억해야 할 정보와 아닌 정보를 구별해야 중요한 것을 잊어버리지 않는다는 것이 그의 지론이었다.

하지만 이 경우는 상황이 달랐다. 순식간에 뛰어온 이스핀이 길을 가로막고 서자 막시민은 인상을 찌푸린 채 멈춰 섰다가, 그만 이렇게 말하고 말았다.

"그런 웃긴 이름은 합승 마차 옆자리에 오 분간 앉았던 사이라도 기억나는 거 아니야?"

드디어 대답을 끌어냈다. 이스핀은 재빨리 말을 이었다.

"그럼 멀베리가 찾던 물건도 기억하겠네?"

"그 뭐더라…… 인형이나 쓸 것처럼 생긴 조그맣고 예쁜 권총 말이냐?"

딱 하나만 대답하기로 해놓고 두번째 질문에 대꾸한 것은 막시민의 실수였다. 이스핀의 눈빛이 순간 날카로워졌다. 그러나 다음 순간 평온해지더니 침착하게 말을 이었다.

"맞아. 그거 네가 찾았지? 지금은 네가 갖고 있지?"

예약되지 않은 세번째 질문이었다. 막시민은 이스핀을 무표정하게 봤다. 그러자 이스핀이 생긋 웃어 보였다. 처음 만났을 때처럼 귀여운 후배로 돌아가서. 막시민의 감상은 '되게 변화무쌍한 얼굴이네' 정도였다.

"그건 왜 묻는데?"

"그거, 내 거거든."

아하, 그래? 막시민은 어깨를 으쓱해 보이더니 혀를 몇 번 찼다.

"안됐네. 박살났거든."

다음 순간 벌어진 일은 막시민조차도 예상하지 못했다.

퍽!

이스핀의 오른발이 막시민의 무릎 안쪽을 걷어찼다. 순간 다리가 저릿해지면서 중심을 잃은 막시민은 그대로 흙바닥에 넘어지고 말았다. 비탈에 서 있었던 탓도 있었고 이렇게 나올 줄은 상상도 못했기에 대처가 형편없었지만 이스핀의 발길질도 흔한 수준이 아니었다. 제압할 의사를 갖고 정확히 걷어찬 것이었다.

거기서 끝이 아니었다. 싸악 하는 소리와 함께 어느새 칼끝이 막시민의 턱 아래로 다가왔다.

"......"

막시민은 아직 상체를 세우지도 못했다. 겨우 팔꿈치만 바닥을 짚고 있었다. 이스핀은 짤막한 한손검을 쭉 뻗어 겨누고 있었다. 무기를 뽑아들자 조금 전과는 눈빛부터 달라졌다. 웬만한 사람은 눈만 마주쳐도 흠칫할 정도로 살기가 감돌았다.

막시민은 눈을 내리깔며 칼끝을 보았다. 턱 바로 밑, 손가락 두 마디 거리에 있는 칼날은 흔들리지도 않았다. 생각해보면 검을 뽑는 속도도 상상을 초월하게 빨랐다.

"선배한테 이래도 돼?"

막시민의 목소리가 다소 낮아졌다. 덜덜 떨지는 않았다.

그는 보기보다 온갖 일을 겪어본 녀석이었다.

"아직 아니라면서?"

이스핀의 목소리도 격하지 않았다. 감정적 대응이 아니라는 증거였다.

"뭘 원해?"

"농담 말고 진실."

"박살난 걸 아니라고 하면 도로 붙나?"

"박살났을 리 없다는 걸 아니까. 어디 있지?"

막시민은 잠시 사이를 두고 대꾸했다.

"그건 못 말해줘. 왜냐면……"

"그쪽에서 비밀을 요구해서?"

막시민은 고개를 젓더니 한쪽 입꼬리만 치켜올렸다.

"그런 건 아니고, 알고 싶나? 나를 고용해."

이스핀의 미간이 순간 흔들렸다. 예상한 범위 밖의 반응이었던 모양이다. 이어 막시민은 눈썹을 으쓱하며 아래를 눈짓했다.

"이것도 좀 치우고. 말하다가 턱 뚫리겠네."

처음 겨눌 때처럼 검은 순식간에 거두어졌다. 본능처럼 완벽한 자세로 검을 착 꽂아넣은 이스핀이 말했다.

"좋아."

의외로 손쉽게 거둬준다 싶긴 했지만, 저 정도 실력이라면 아무때나 도로 제압하고 남을 것이다. 하지만 막시민은 허둥지둥하지 않았다. 지금껏 막시민은 무시무시하게 강한 자들을 여러 번 만나보았고, 그들과 맞설 실력이 없다 싶으면 금세 상황을 받아들이고 다음 대책을 궁리했다. 졌다고 자존심이 상하거나 하는 일은 없었다. 자신이 뭐 세계 최고라고 그런 걸로 상처를 입겠는가? 세상에는 별사람이 다 있는 거고, 막시민에게 중요한 점은 상대와 말이 통하느냐 통하지 않느냐였다.

막시민은 천천히 상체를 세우더니 일어서는 대신 그냥 흙바닥에 주저앉았다. 그런 채로 이스핀을 올려다보며 말했다.

"아, 고용하시겠다? 좋지 뭐. 물론 선금 없이는 정보도 없어. 미리 말해두지만 아주 비싸게 받아먹을게. 자빠진 값까지 합쳐서."

"네냐플 일 년 치 수업료면 될까?"

막시민은 순간 귀를 의심했다.

"수업료 일 년 치? 그게 얼만지는 알아?"

"나도 내년에 입학한다고 얘기 안 했던가? 어때? 그만하면 충분해?"

막시민은 책상다리를 하고 앉은 채로 두 손을 펼쳐 보였다.

"아, 물론이지. 엄청나네. 장학금이 두 배인데 내년에 강제로 다시 학교 다녀야 하나? 하긴 어디에 쓰든 그건 내 맘이겠지. 그럼 돈은 어딨나?"

"당장은 없어."

막시민은 그만 푸흡 하고 웃음을 터뜨렸다. 하지만 이스핀은 웃지 않고 눈을 약간 가늘게 뜨며 말을 이었다.

"내일 줄게. 그럼 일도 내일 시작해야겠지? 그 정도는 나도 알아. 처음부터 이렇게 할 걸 괜히 시간만 낭비했네. 말보다 검이 빨리 통하는 부류인 줄 몰라봐가지고."

지금껏 쌓인 짜증이 순간적으로 악담이 되어 튀어나왔지만 막시민은 개의치 않고 피식 웃더니 대꾸했다.

"아닌데? 이번에도 잘못 봤는데? 그냥 돈을 많이 주면 되는데?"

"아아, 그래?"

이스핀은 한층 눈을 가늘게 뜨더니 말했다.

"더더욱 믿음직하네. 내가 돈이 좀 많아서 말이야. 그럼 내일 오후 세시에, 아까 그 술집 앞에서 만나자."

이어 손끝으로 퉁긴 것이 날아왔다. 막시민이 낚아채고 보니 고블룬 금화였다. 무척 반들반들한 새것이었다. 막시민이 집게손가락에 금화를 끼운 채로 눈썹을 올려 보이자 이스핀이 말했다.

"돈 좋아하시는데 선금을 받아야 할 것 아냐."

"아이쿠, 이런 상냥하신 배려가 있나. 과연 최고의 고객이야."

이스핀은 더 대꾸하지 않고 바로 고개를 돌리더니 막시민을 지나쳐 내려갔다. 진짜로 깔끔하게 물러난다 싶어 막시민도 고개를 갸웃했다. 물론 이스핀의 머릿속에는 네냐플 기숙사에서 생활하는 학생이 갑자기 종적을 감출 리 없다는 계산이 들어 있었다. 한바탕 다그쳤으니 의연한 태도도 보여줄 때가 됐고 말이다. 그런데 세 걸음쯤 멀어졌을 때 막시민이 중요한 점을 깨닫고 물었다.

"야, 근데 너 이름이 뭐랬더라?"

이스핀은 뒤를 돌아보며 미간을 찌푸렸다. 이런 멍청이를 믿어도 되는 건가?

"이스핀 샤를."

막시민의 머리에는 돈 나올 가능성이 없는 이름을 튕겨내는 편리한 기능이 있었지만 이스핀이 그것까지 알 순 없는 노릇이었다.

멀베리 파이크의 권총은 물론 박살나지 않았다.

권총은 손바닥에 쏙 들어올 정도로 작았다. 총이라기보다는 귀족들의 장난감처럼 생겨가지고 보석이라도 박혀 있느냐하면 그것도 아니었다. 심지어 작동도 하지 않았다. 그가 아는 전문가의 말로는 본래 총알이 발사되도록 만들어진 것도 아니고, 내부 구동부가 대부분 사라지고 없다고 했다. 그런 고물인데도 손에 넣으려고 덤비는 자가 벌써 세 명째였다.

그들이 왜 이 권총을 갖고 싶어하는지는 몰랐다. 하지만 경험상 많은 사람이 노리는 물건에는 그럴 만한 이유가 있다. 그런 걸 쉽사리 넘겨줄 수야 없지. 안 그래, 예비 신입생?

네냐플까지 걸어가는 동안 막시민의 머리는 빠르게 돌기 시작했다. 먹던 술을 빼앗겨 짜증을 부릴 땐 오 분 뒤의 일도 생각하기 싫어하는 그였지만 일단 추리를 하기로 마음먹으면 달라졌다. 머릿속으로 가설을 세우자 반년 전의 일들이 자석 조각처럼 착착 달라붙었다.

'멀베리의 권총' 사건의 시작은 이러했다. 지금 생각하면 가짜 신분 같지만, 어쨌든 자신을 골동품 상인이라고 소개한 멀베리 파이크가 막시민을 찾아왔다. 골동품 권총을 수리하려고 세공 기술자에게 맡겼는데 그자가 권총을 갖고 잠적해버렸다는 것이다.

멀베리가 굳이 막시민을 찾아온 이유는 사라졌다는 세공 기술자 보일드가 네냐플 출신이기 때문이었다. 막시민은 보일드를 가르쳤다던 오스틀리 교수의 도움을 받아 손쉽게 그자를 찾아냈다. 찾아냈을 때 보일드는 약간 정신이 나간 듯했는데 권총을 빼앗자 금세 제정신으로 돌아왔다. 자기가 왜 권총을 갖고 잠적했는지도 기억하지 못했다. 물론 보일드가 그러건 말건 막시민은 권총을 멀베리에게 전달해주기만 하면 일은 끝이었다.

그러나 오스틀리 교수가 끼어들더니 보일드가 이상해진 이유와 관계가 있을지도 모른다면서 권총을 인수해 갔다. 그러면서 조사 과정에 대한 양해를 받겠다며 소유주인 멀베리에게 심부름꾼을 보냈다.

그러자 멀베리는 도망쳐버렸다.

그때까지만 해도 막시민은 그 권총이 이런 인기를 누리는 물건일 줄은 전혀 예상하지 못했다. 멀베리라는 놈도 교수한테 붙들려 정신 고문을 당하느니 내버리고 달아나는 편이 낫다고 판단했을 정도였으니 말이다. 하지만 며칠 뒤, 막시민이 오스틀리 교수를 찾아가보니 교수는 권총을 막시민에게 줄 마음이 조금도 없었다. 수임료를 안 주고 달아나버린 멀베리의 물건은 막시민의 것이 되어야 마땅한데도 말이다.

"그 물건은 좀더 조사가 필요해."

마지막으로 찾아갔던 게 대략 두 달 전의 일이었다. 교수는 여전히 조사가 끝나지 않았다고 했고, 막시민도 그까짓 것에 큰 미련이 없어 그후로 잊고 있었다. 학교로 이어지는 언덕길을 오르며 막시민은 조금 더 추리를 해보았다. 그러니까 이런 생각 말이다.

지금까지 문제의 권총이 지닌 가치의 근사치는 멀베리가

빵소니를 칠 때 내버리고 간 100엘소 상당의 짐보따리 정도였다. 그 보따리의 가치를 100엘소까지 추정했던 것도 그 속에 든, 받아낼 수 있을지 없을지도 불투명한 어음 뭉치를 절반으로 깎아쳐준 결과다. 실제로는 10엘소나 될까 싶은 잡동사니에 불과했다.

그랬던 권총의 가치가 방금 네냐플 일 년 치 수업료로 수직상승했다. 이런 어처구니없는 현상이 알려주는 진실은 다음과 같았다. 그런 놀라운 저력을 가진 물건이라면 실제로는 몇 배의 가치를 가졌을 가능성이 높지. 안 그래?

이렇듯 생각만으로도 신바람나는 추리를 뒷받침할 근거를 얻으려면 문제의 권총이 뭘 하는 물건인지 알아볼 필요가 있었다. 그래서 학교에 도착한 막시민은 기숙사로 곧장 가는 대신 교정 구석에 있는 대장간으로 향했다. 대장간 뒤편에 고대 유물 전공, 에반젤린 오스틀리 교수가 연구실을 차리고 있었다.

창고를 개조한 것처럼 생긴 연구실 앞에 다다르자 이런 문패가 달려 있었다.

대답이 없으면 걷어차시오.

막시민은 코를 찡그리며 중얼거렸다.

"그러니까 문짝이 이 모양이지."

문짝은 다 부서져가는 것을 쇳조각으로 붕대 감듯 해서 간신히 살려놓은 모양새였다. 막시민은 즉각 걷어찰까 하다가 문짝이 불쌍해서 일단 손등으로 툭툭 쳤다.

"네."

의외로 빠른 대답이 들려왔다. 문을 밀고 들어가보니 교수는 없었고 연구 보조 학생이 혼자 실험대 앞에 앉아 있었다. 고글형 루페loupe를 낀 채로 뭔가 박살난 물건을 들여다보고 있었다. 그는 왼손에만 장갑을 끼고 있었는데 팔뚝 중간까지 감싸는 특이한 모양이었다. 약간 길러서 뒤로 묶은 머리는 옅푸른 색이었다.

교수들의 연구실 보조는 연구 과정 학생들이 주로 맡곤 했다. 즉, 이 학생은 특별한 경우였다. 아직 2학년인데 작년부터 하루 다섯 시간씩 오스틀리 교수의 연구실에서 상근하며 학점까지 대체하고 있었다. 그러다보니 같은 학년 학생들과 교류도 거의 없는 편이었지만 막시민은 그를 잘 알고 있었다. 기숙사 룸메이트였던 것이다.

"야, 로젠크란츠."

란지에 로젠크란츠가 고개를 들더니 루페를 밀어올리며 말했다.

"아, 막시민. 여긴 웬일이야?"

"너 그런 거 쓰고 내가 보이긴 하냐?"

란지에는 루페를 벗어 내려놓고 흐트러진 머리를 쓸어넘

겼다.

"더 잘 보이지."

그런 다음 눈을 감은 채 잠시 두 손으로 누르고 있었다. 막시민은 루페를 집어들고 거꾸로 들여다보다가 중얼댔다.

"이런 걸 끼고 있으니 눈이 빙빙 돌고 피곤하지. 하긴 넌 항상 그래 보인다만."

란지에의 눈은 흔치 않은 진홍빛이었다. 많은 사람이 그의 눈을 두고 아름답다며 루비가 어쩌고저쩌고 했지만 막시민이 보기에는 그냥 토끼 같달까? 란지에가 눈가에서 손을 떼며 희미하게 웃었다.

"응, 힘든 척하면서 쉬러 갈 때 편리하지."

"힘든 척은 무슨. 힘드니까 힘든 거지. 시험 끝났다고 학교가 미쳐 돌아가는 이런 날까지 연구실로 기어들어오는 게 제정신으로 할 짓이냐? 너네 교수가 그러래?"

오스틀리 교수는 이런 날이면 자기가 더 앞장서서 놀고 싶어 하는 사람이지만 틀림없이 저 녀석이 호응을 해주지 않았을 것이다. 예상대로 란지에가 고개를 저었다.

"아니지. 하지만 이런 날일수록 난 여기가 편하니까."

"왜 또, 인간 혐오가 도졌냐? 하여간 잠 좀 푹 자고 그놈의 시짜매 올리브를 끊으면 너도 새로 태어날 수 있다."

그러자 란지에가 막시민을 빤히 바라보며 턱을 괴더니 대꾸했다.

"네가 술을 끊으면 나도 그래보려고."

"아오, 핑계는. 그리고 시짜매가 술보다 더 파괴적이라고 생각하지 않냐? 그거 내가 보기엔 위장 파쇄기거든?"

"맞는 말인데, 뇌가 파쇄되는 것보다는 나을 때가 있으니까."

막시민이 란지에의 실험대를 손가락질하며 눈썹을 괴상하게 찡그렸다.

"저런 걸 매일 들여다보고 있으니 그렇지. 곁눈으로만 봐도 뇌가 파쇄될 것같이 생겼네."

실험대 위에는 수차 같은 데서 뜯어낸 것처럼 생긴 기계 부속이 대략 스무 조각으로 박살난 채 놓여 있었다. 고대 유물이라는 것도 요샌 저런 분위기인가? 란지에는 '저게 뭐 어때서?'라고 하듯 눈썹을 올려 보였고, 막시민은 고개를 절레절레 저으며 용건으로 들어갔다.

"물어볼 게 있어서 왔는데, 저번에 맡긴 멀베리라는 놈의 권총 말이야. 기억나냐? 그거 어떻게 됐어? 조사 끝났어?"

"아, 그 권총."

란지에가 의자를 밀고 일어섰다. 그의 등뒤에는 다섯 단짜리 책장 수십 개가 통로를 이뤄서 보기만 해도 현기증이 날 것 같은 미로가 펼쳐져 있었다. 각 선반에는 갖다 버리고 싶게 생긴 잡동사니가 든 바구니나 상자, 책 따위가 줄지어 얹혀 있었다.

란지에는 미로로 걸어들어가 두리번대지도 않고 한 지점에 멈춰 서더니 청록색 상자를 꺼내들었다. 그러나 상자를 여는 대신 뒷면에 붙은 포켓에서 메모를 꺼내 읽고는 상자를 도로 넣어두고 빈손으로 돌아왔다.

"뭐야? 왜 그냥 오는데?"

"아직 안 끝났다고 적혀 있어서."

막시민은 그 선반의 위치를 눈여겨봐두었다. 하지만 그와 별개로 따질 것은 따져봐야 했다.

"야, 그걸 맡긴 지가 언젠데 아직도 조사중이라는 거야? 무슨 어마어마한 문제라도 있어?"

"어마어마한지는 나도 모르지만……"

란지에는 도로 제자리에 앉아 루페를 만지작거리며 잠깐 생각했다. 교수가 그에게 일러둔 말이 있는 게 분명했다.

"안에 뭔가가 들어 있는데 꺼낼 방법을 아직 찾지 못했어."

"나사 풀고 뜯으면 되는 거 아냐?"

"안 돼. 위험한 물질이라서. 권총 되찾았을 때 세공 기술자가 조금 이상했잖아? 그게 그 물질의 영향일 가능성이 있어."

막시민은 눈을 몇 번 깜빡거렸다. 이건 예상하지 못한 이야기였다. 하지만 뭐, 근본적으로 달라질 것도 없었다. 막시민

211

오토마톤

이 해결 못할 문제라는 점은 같았으니까.

"그래서 그걸 당장 돌려받을 수는 없다는 거야? 정말 너무하는 거 아니냐? 생각해봐라. 남의 물건을 빌려서 이렇게까지 오래 차지하고 있는 게 말이 되냐?"

"그렇긴 하지만 위험 물질일 때는 이야기가 다르지. 너까지 위험해질 수 있으니까."

물론 그렇다. 하지만 막시민은 그 장난감 권총을 네냐플 일년 치 수업료와 맞바꿀 기회를 얻었다. 일단 돈만 받고 나면 그다음에 시건방진 예비 신입생 녀석이 어떻게 되든 알 게 뭐람? 세공 기술자 보일드가 정신이 이상해져서 한 일이라고는 기껏 권총을 훔친 것뿐인데, 이스핀은 그게 원래 자기 거잖아? 자기가 자기 걸 훔쳐서 문제가 될 리도 없겠지, 안 그래?

……라고 멋대로 생각하려 했지만 결국 막시민도 마음 깊은 곳 어딘가가 켕겼다. 네냐플 교수가 위험하다고 반출을 꺼리는 물건을 꺼내서 아무한테나 팔아먹은 뒤에 돈 벌었다고 두 발 뻗고 잘 정도로 무딘 인간은 아니었다. 권총이 이스핀의 것이라는 주장을 믿을 근거도 없고 말이다.

"그래…… 뭐, 좋아. 그럼 란지에 너라도 그 위험 물질에 대해 아는 대로 얘기해봐. 나한테 그 정도는 들을 자격이 있는 것 같지 않냐? 나 그거 팔면 돈 좀 벌 수 있거든. 그 돈으로 멀베리 놈이 안 주고 내뺀 수임료를 채우는 게 옳다는 생각이 안 드냐?"

란지에는 룸메이트이긴 하지만, 그리고 온실에서 봄볕만 보고 자란 듯 해사해서 협박을 하면 쉽사리 먹힐 것처럼 보이지만, 실상은 어마어마한 강단의 소유자였다. 학점을 겁내지 않고 교수와도 맞선다는 점에서는 네냐플 인물 열전 한 페이지에 적어둘 만한 기록을 갖고 있다. 그게 아무 소득 없는 주제였다는 점에서도.

동시에 합리주의의 화신이라 할 만한 성격이기도 했다. 즉, 논리로 설득할 수만 있다면 도움도 얻을 수 있다. 반면 교수님이 그렇다고 했으니까, 우리는 친구니까, 이런 걸로 설득된 적은 한 번도 없었다. 그렇게 비인간적인 녀석이라 그런가 인간보다는 기계 뭉치하고 더 잘 지내는 것 같기도 하고.

그런 생각을 하고 있을 때 란지에가 말했다.

"프시키가 뭔지 알아?"

정보가 풀릴 듯한 징조였다. 막시민은 고개를 흔들었다.

"네가 보기엔 내가 알 것 같냐?"

"아니."

"야…… 너무 단호하게 대꾸하는 것 아니냐?"

란지에는 '사실인데 어쩌라고?' 하는 표정으로 막시민을 물끄러미 올려다보더니 말을 이었다.

"프시키는, 주로 에너지가 뭉쳐진 곳에서 불규칙하게 관찰

되는 에너지 생명체야. 의사소통을 할 만한 지능은 없는 것 같고, 크기도 워낙 작아서 사람에게 이렇다 할 해를 끼치진 않지. 또 마법으로 제거가 가능하기도 하고."

"그런데?"

"프시키를 소멸시킬 때 '먼지'라는 게 나와. 그게 유용한 재료여서 일부러 프시키를 사냥하려는 마법사들도 있어. 종류별로 다양한 먼지가 나오는데 잘 조합하면 마력 에너지원을 만들 수가 있거든. 만약 대량으로 모을 수 있다면 규모가 큰 기계장치를 움직일 수도 있겠지."

란지에는 상상하듯 잠시 허공을 바라봤다. 그의 머릿속에서는 거대하고 정교한 기계장치가 뭔지 모를 환상적인 원리로 착착 돌아가는 아름다운 그림이 그려지고 있는지도 모른다. 하지만 막시민이 상상해봤자 쇳조각과 나사를 적당히 버무린 뒤에 아이스크림을 퍼붓고 초코 시럽을 뿌린 파르페 같은 게 떠오를 뿐이었다.

실은 막시민뿐 아니라 네냐플 학생 대부분이 그럴 것이다. 이 연구실에 머무는 자들이 예외적일 뿐이지. 이곳의 주인인 오스틀리 교수는 네냐플의 떠오르는 괴짜로, 마법 학교의 교수인 주제에 마법은 뒷전이고 예쁜 톱니바퀴와 귀여운 나사 따위에 할당된 예산을 모조리 퍼붓고 있다고 알려져 있다. 그런 와중에 란지에는 절삭기만 봐도 겁을 집어먹는 대부분의 학생들과는 달리 공작 도구들을 태연하게 다뤄서 교수의 호감을 얻었다. 그 결과 연구 과정도 아닌 학생을 직접 사사하겠다고 수업을 빼고 연구실에 머물도록 파격적인 조처까지 해주었다.

그도 그럴 것이, 다른 후보가 없었다. 무사히 졸업을 하고 연구 과정에 들어간 학생이라면 오스틀리 교수의 근처에 얼씬도 하고 싶을 리 없었다. 그들은 마법사가 되고 싶지 기계공이 되고 싶은 게 아니었다. 만약 오스틀리 교수의 연구실에 배정된다면 유배지에 떨어졌다고 생각할 것이다.

반면 란지에는 유배 생활에 만족하는 것 같았다. 그가 기계공의 작업실이나 다름없는 이곳에 머물기 위해 대부분의 수업을 포기했다고 하자 학생들은 처음엔 놀랐지만, 곧 납득했다. 저 녀석과 논쟁하다가 수업 도중에 뛰쳐나간 교수가 이미 두 명째니까 수업에 그만 나오고 싶은 이유도 알 만하지 뭔가.

하지만 막시민이 보기에 란지에가 여길 택한 이유는 그런 것과 관계가 없었다. 란지에는 혼자 있기 좋은 곳을 찾아낸 것뿐이다. 사람 많은 곳을 극도로 꺼리니까. 수업 시간에 녀석의 예쁜 얼굴을 쳐다보기 좋아하는 사람들에게는 유감스러운 얘기겠지만 녀석은 사람을 싫어한다. 손끝도 닿기 싫어할 정도다. 집요하게 쳐다보는 누군가한테 "보기 좋은 것에는 그리 큰 가치가 없습니다"라고 재수없는 소리를 내뱉은 적도 있다.

"그래서? 권총 속에 그런 에너지원이 들어 있었다는 거야? 그게 그 권총을 움직이고?"

란지에는 어떻게 설명할까 생각하는 것처럼 잠시 막시민을 바라보다가 종이를 꺼내 펼쳤다. 녀석은 설명을 잘한다. 사람을 싫어하는 것치고는 꽤나 선생 체질이다.

"반은 맞고 반은 틀린데. 일단 이 권총은 오토마톤이라고 하는 거야. 진짜 총은 아니지. 오토마톤은 태엽으로 움직이기 때문에 에너지원을 넣을 필요는 없어. 하지만 이 권총에서는 처음부터 수상한 반응이 일어나서 교수님이 내시경으로 안을 들여다봤거든. 그랬더니 내부 상태가 아주 이상했어."

"이상하다니?"

"검은 초콜릿 같은 것이 잔뜩 엉겨붙은 채로 녹아 있었어. 그게 구동부 일부를 아예 녹여버린 것 같아. 남은 것도 분리는 불가능해 보이고. 그런 형태로 결합된 에너지원은 교수님도 본 적이 없다고 하시던데."

그렇게 말하면서 란지에는 연필을 잡고 종이 위에 톱니 몇 개가 맞물린 구동부를 간단히 그렸다. 이어 연필을 눕혀서 초콜릿 덩어리가 엉킨 위치를 색칠해 표시했다.

"그래서 이 권총은 수리도 불가능할 것 같아. 여기, 그리고 여기가 녹아버려서. 그걸로 보자면 검은 물질이 처음부터 이런 형태는 아니었을 것 같아. 뭔가 문제가 생겨서 안에서 터지거나 녹은 것 같은데, 그렇게 큰 덩어리가 어떻게 안에 들어간 건지 영문을 모르겠어. 왜 녹았는지도 모르겠고."

란지에가 연필로 몇 군데를 짚으며 설명했지만 어차피 막시민이 이해할 수 있는 분야가 아니었다. 그래서 그의 특기대로 허를 찌르는 질문을 시도했다.

"혹시 진짜 초콜릿 아니냐?"

어처구니없는 소리를 해도 란지에는 웃지 않고 고개를 저었다.

"초콜릿이 그런 에너지를 뿜어내진 않아."

"그럼, 녹아내렸기 때문에 위험하게 변한 거야?"

"글쎄, 녹았기 때문에 그렇게 된 건지는 모르지만 지금껏 그렇게 적은 양에서 그 정도로 강한 에너지를 뿜어내는 에너지원은 본 적이 없거든. 교수님도 조사 끝에 프시키의 먼지를 떠올리게 되신 거고. 먼지를 그만큼 많이 모았다는 이야기는 들은 적이 없긴 하지만 그 외에는 근접한 수준의 에너지원이 달리 없어."

"강하다면 얼마나?"

"같은 분량의 청색 액화연료를 태우는 것과 비교하면 오백 배 정도?"

막시민은 낙제왕답게 마법에 대해 별로 아는 것이 없었지만 추론 능력은 충분했다. 어떤 램프가 같은 크기의 다른 램프보다 오백 배 밝은 빛을 낸다면, 그 램프는 안전할까? 램프 속에서는 대체 무슨 일이 벌어지고 있는 걸까?

"야, 그런 걸 선반에 그냥 얹어놔도 괜찮은 거냐?"

"그냥 얹어두진 않았지. 마력 차폐 상자에 들어 있어. 이 연구실에서 가장 안전한 상자일 거야."

이로써 상자를 훔쳐가 여는 것이 매우 위험한 시도임은 분명해졌다.

"지금까지 연구한 결론은 그게 다야? 정체는 추측도 못하고 있고? 연구가 언제 끝날지도 예측이 안 되겠네?"

란지에는 솔직하게 고개를 끄덕였다.

"지금으로선 그렇지."

막시민은 생각을 정리해보았다. 이 권총의 정체는 뭘까?

누군가가 프시키가 남긴 먼지를 인내심 깊게 긁어모아 엄청난 에너지원을 합성하는 데 성공했고, 오토마톤 권총 속에 숨겨놓았는데, 그걸 노리는 자들이 나타나 훔치고 빼앗기고 숨기고 까먹고 엎치락뒤치락을 반복하다보니 여기까지 굴러왔다는 상상은 대략 납득 가능하다.

그게 한여름 초콜릿처럼 녹아버린 건 보일드 때문일 수도 있고 다른 이유일 수도 있다. 어쨌든 권총과 혼연일체로 녹은 게 본래의 상태일 리는 없다. 분리가 안 된다면 고작 장난감 권총을 위해 엄청난 에너지원을 넣었다는 얘기밖에 안 되니까. 그럼 문제의 '누군가'가 누구인가 하는 부분인데 도망쳐버린 걸로 봐서 멀베리는 아닐 거고, 이스핀일까? 하지만 막시민과 동갑내기라는 새파란 예비 신입생 녀석이 그런 엄청난 물질을 무슨 수로 손에 넣었는데?

물론 막시민이 이스핀의 정체를 다 안다고 보긴 어려웠다. 말 그대로 오늘 처음 본 사이인 것이다. 누군가가 권총을 되찾으려고 보낸 심부름꾼에 불과할 수도 있다. 하지만 단순한 심부름꾼치고는 묘하게 능력도 있거니와…… 좀 제멋대로 행동하는 것 같은데.

막시민은 다시 한번 머릿속에서 이스핀의 모습을 떠올려보았다. 필요할 때면 그의 기억은 세세한 부분까지 매우 정확하게 재생되었다. 어디까지나 필요할 때만이지만.

체크무늬 반망토는 켈티카 주변의 소도시들을 연상시켰다. 귀족이 입는 옷은 아니지만 그렇다고 가난뱅이의 것도 아니다. 하얀 얼굴이나 짙고 큰 눈은 북부 사람에 가까운데 검은 머리는 남부 출신 같아서 헷갈린다. 목소리는 막 변성기가 시작된 소년 같은 데가 있었다. 다시 말해 열아홉 살 남자치고는 가는 편이었다.

거침없는 태도나 말투는 하인이나 심부름꾼 같지 않았다. 명령에 익숙한, 귀족다운 데가 있었다. 검술은 말할 나위 없이 최상급이었다. 네냐플에도 그 정도 실력자는 몇 명 없을 텐데.

그리고 무엇보다 마법인데, 어떻게 봐도 신입생 수준은 아니었다. 잠깐, 그 녀석이 없애버렸던 불타는 원숭이가 혹시 프시키인가 뭔가 하는 놈 아니야?

"야, 란지에. 프시키는 램프 속에서도 나오고 그러냐?"

"램프?"

란지에가 잠시 생각하더니 고개를 저었다.

"그런 얘기는 들어본 적이 없는데. 프시키는 아무데서나 제멋대로 튀어나오는 게 아니야. 힘들게 추적해서 찾아내야 해. 그게 흔했다면 마력 에너지원도 비싸지 않겠지."

그럼 그것도 기각하고. 그때 란지에가 불쑥 물었다.

"그런데 막시민, 정말로 그걸 산다는 사람이 있어?"

"응?"

막시민은 자기가 뱉은 말을 거슬러 훑다가 아차 했다. 그러고는 얼른 무마하려 했다.

"그런 사람 내가 만들어내려고 그런다. 요즘 돈이 너무 궁해서. 네가 알면 소개하든가. 아니면 네가 살래?"

그러자 뜻밖에 란지에가 고개를 끄덕였다.

"가격이 적당하면."

말을 시작했으니 마무리는 지어야 했다. 막시민은 재빨리 아무렇게나 내뱉었다.

"20만 엘소 정도면 넘긴다. 어때?"

란지에가 두 손을 펴 보이며 싱긋 웃었다.

"그 정도라면 오늘밤에 내가 그걸 갖고 도망쳐야겠는데."

이 녀석이 이런 소리도 할 줄 알았던가? 막시민은 손을 휘휘 내젓고 연구실을 나가며 말했다.

"좋아, 좋아. 내가 힌트 줬으니까 도망가서 10만 엘소는 이쁘게 포장해서 나한테 부쳐라, 알았지? 초코 시럽 뿌린 권총은 그냥 네가 가지고. 오늘밤에 꼭 결행이다?"

이스핀은 헤이마치 마을의 십자로를 다시 걷고 있었다. 마을에 두 군데뿐인 여관 중 하나에서 막 저녁식사를 마치고 나온 참이었다. 여관에 머물러 있어도 될 시각이었지만 지금 마을을 구경해둬야 할 것 같았다. 일이 잘 풀리면 입학할 필요도 없이 내일 당장 돌아가게 될지도 모르니까.

헤이마치의 삼십여 호나 될까 싶은 집들은 절반 가까이 학생 대상의 상점이었다. 즉, 네냐플 학생들의 취향을 무척 반영한 곳이라는 이야기다. 이스핀이 궁금해하는 것도 네냐플 학생들이었다.

국적도 신분도 다른 수백 명이 고향을 등지고 이런 산속까지 찾아와 까다로운 시험을 치르고 입학한다고 들었다. 그후로 몇 년이나 기숙사에서 머물며 친해지기도 하고 싸우기도 하다가 졸업하고 나면 뿔뿔이 흩어진다. 다시 만날 일도 거의 없을 것이다. 그렇더라도 네냐플에 머무는 동안만은 큰 차별 없이 섞여서 공부한다. 같은 고민을 하고, 같은 시험을 걱정하고, 같은 간식을 사 먹으면서.

이런 일이 가능한 곳은 전 대륙에서 오직 네냐플뿐일 것이다. 마법이라는 특별한 학문의 권위, 그리고 네냐플의 수백 년 넘은 전통만이 신분 차이를 잠시 접어놓고 동급생으로 지낸다는 선택을 받아들여주었다. 현재 네냐플에는 아노마라드의 2대 공작 중 하나라는 아르님 가문의 젊은 소공작도 있는 반면, 가문이라 부를 것조차 없는 평민들도 꽤 많다고 했다. 그들이 함께 앉은 강의실의 분위기는 어떨까?

이스핀은 어려서는 에투알로, 그후에는 대공국의 공녀로, 늘 구체적인 목표를 향해 달려왔고 그런 삶에 의심을 품지도 않았다. 그렇게 타고났으니 그래야만 한다고, 피하려 드는 건 비겁한 도피라고 생각했다. 또한 사람마다 상황은 다를지언정 그 정도의 짐은 누구나 지고 있다고 믿었다. 하지만 꽤 똑똑하다는 젊은이들이 타고난 책임에서 벗어나 학문에만 몰두하며 몇 년을 보내는 곳이 있다지 않은가. 희한한 별세계처럼.

진짜로 입학할 생각은 없었지만, 그럴 만큼 여유로운 자신이 아니었지만, 오를란느의 일을 잠시 잊어버리고 그들과 섞여 지내는 것을 상상해보니 조금 초조하면서 흥미진진한 기분이 솟아났다. 이곳의 학생들은 무슨 생각을 하며 하루하루를 보낼까? 시험공부를 미처 못 끝내서 어쩌나, 내일 점심 메뉴는 뭘까, 정말로 이런 것만 생각하며 하루를 보내도 되는 거야?

생각만 했는데도 얼굴이 빨개지는 것 같아 이스핀은 얼른 고개를 흔들며 생각을 털어냈다. 어쩌면 오해일지도 모른다. 그들이라고 설마 날마다 이러겠어? 차라리 만나서 물어보는 편이 낫지. 물론 아까 그 녀석은 말고, 좀더 멀쩡한 애로.

하지만 아무나 붙잡고 다짜고짜 '네냐플 생활은 어때요?' 하고 물을 수야 없는 노릇이다. 그래서 질문은 미루고 한번 네냐플 학생이 된 기분으로 마을을 걸어보기로 했다. 이스핀은 목표 없는 일탈에 끌리는 성격이 아니었지만 보기보다 상상력은 풍부한 편이었다. 게다가 이쯤은 일탈이라고 부를 정도도 못 되잖아?

그러나 학생들이 돌아갈 시각이 지나자 상점들은 거의 닫았고 거리는 한산하다못해 텅 비었으므로 상상력만으로는 채우기 힘든 간극이 발생했다. 이스핀은 혼자 턱을 쳐든 채 십자로를 두 번씩 오간 다음 약간 토라진 얼굴로 포기했다. 산골 마을에 널찍한 십자로가 있는 것도 네냐플로 오가는 물류 때문이겠지, 꽤 짭짤한 돈벌이가 발생하는 곳일 것이다, 하는 시시한 분석이나 하면서.

한 바퀴 돌다보니 어느새 오렌지나무 술집 앞으로 돌아왔다. 술집 문은 닫혀 있었다. 오렌지 벅이 정신적 충격을 다스리기 위해 일찍 퇴근한 모양이었다. 술집을 한 바퀴 돌아 뒤뜰에 이르렀을 때 이스핀은 문득 멈춰 섰다. 뜰 안쪽에 솟은, 너무 커서 미처 뽑아내지 못한 바위를 바라보면서.

"거기 있었네."

마치 잘 아는 친구라도 마주친 어투였다. 바위는 까딱도 하지 않았지만 이스핀은 한참 동안 바위를 쏘아보았다. 그러자 바위가 스르륵 움직이더니 땅 밑으로 사라졌다. 처음부터 없었던 것처럼. 발밑에서 희미한 진동이 느껴졌다.

내일 오렌지 벅이 뒤뜰에 와본다면 무척 놀랄 테지만 이스핀도 그 아저씨를 놀라게 하려는 생각은 없었다. 프시키가 때로는 다가오고 때로는 도망치는 이유를 아직도 완전히 알지 못했다. 여전히 한마디도 의사소통이 되지 않기 때문이다. 이스핀에게 확실한 건 프시키를 찾아내고 없애버리는 힘, 그것뿐이었다.

이스핀은 잠시 숨을 골랐다. 이윽고 발밑의 진동이 사라지자 진정하려는 것처럼 입술을 오므렸다 풀었다 하더니 비스듬하게 메고 있던 가방에 손을 넣어 유리병을 하나 꺼냈다. 린디즈 절임병이었다.

낮에 사거리를 서성거리며 막시민 리프크네를 기다리고 있을 때, 학교에서 내려온 네냐플 학생들 중 열에 여덟은 이 절임을 사 갔다. 그걸 보고 있자니 점점 궁금해졌다. 네냐플에서 제일 인기 있는 간식인 것 같은데, 분명 특별한 맛이겠지?

그래서 린디즈에 슬쩍 들어가봤지만 처음인데다 종류도 워낙 많아 뭘 사야 할지 몰랐다. 그래서 "제일 잘 팔리는 걸로 주세요"라고 말했다.

그것이야말로 외지인에게 최악의 선택이었지만 가게 주인은 아무 말도 해주지 않았다. 주문을 저렇게 하는 사람은 틀림없이 신입생이고, 신입생에게 처음 린디즈 절임을 줄 때는 아무 말도 해주지 않는 불문율이 있었기 때문이다.

저녁도 먹었겠다, 네냐플 학생 놀이의 마지막을 장식할 겸 한번 도전해볼 마음이 생겼다. 대체 무슨 맛인데 그렇게 인기가 있을까?

병을 열고 절임 하나를 꺼내 입에 넣은 이스핀은 갑자기 미간에 힘을 주고 입술을 꾹 다물었다가, 코로 크게 숨을 들이쉬었다. 이걸 도로 뱉을지 말지 고민하면서. 하지만 먹던 음식을 뱉는다는 생각이 공녀님의 예절 관념과 심각하게 충돌했다. 아무도 보는 사람은 없었지만.

한참 뒤, 어떻게든 씹어 삼킨 이스핀은 병뚜껑을 탁 닫고 눈물을 닦으면서 중얼거렸다.

"역시 이따위 학교에는 입학하지 않는 걸로."

11월 밤의 좀비떼

오스틀리 교수의 연구실에서 나오자마자 문 닫기 직전의 식당으로 달려간 막시민은 퇴근하려는 직원들을 배려하여 칠 분 만에 저녁을 해치우면서 내일 이스핀 녀석에게 해줄 말을 정리했다.

'나도 돈 되게 좋아하는데 말이다, 네냐플 교수가 세계가 멸망할까봐 못 주겠다고 하거든? 정 원한다면 면담까지는 내가 주선해준다.'

그 정도면 막시민이 손떼기에 딱 적절한 수준의 중재가 될 것이다. 물론 돈은 아쉽지만, 그런 위험천만한 걸 훔쳐 아무한테다 줬다가 어디서 폭발이라도 일어났다고 하면 뒷일을 어떻게 감당해?

식사를 마치는 것과 동시에 그럴듯 합리적인 결론을 내린 막시민은 약간 남은 아쉬움을 코를 한 번 찡그리는 것으로 눌러버리고 기숙사로 발걸음을 돌렸다. 그러나 몇 걸음 걷다 말고 고개를 갸웃했다. 바지 주머니에 든 뭔가가 그제야 거슬렸다. 이게 뭐더라?

손을 넣어보니 봉투가 잡혔다. 그러고 보니 오렌지 벽이 준 편지를 까맣게 잊고 있었다. 그걸 떠올리기에는 너무 스펙터클한 오후였다. 꺼내보니 편지는 어떻게 접은 건가 싶을 정도로 두툼했다.

누가 자신에게 이렇게 구구절절한 편지를 써 보냈을지 막시민은 이런저런 얼굴을 떠올려봤지만, 모조리 합쳐도 미처 반 명이 안 되었다. 슬슬 어두워지고 있었으므로 막시민은 몇 걸음 더 가서 기숙사 근처의 가로등에 봉투를 비추어보았다. 겉봉에 적힌 "막시민 리프크네 친전"이라는 글자를 보는데 느낌이 약간 이상했다. 이 묘하게 예스러운 느낌과 글씨가…… 어쩐지 익숙하다. 안 좋은 기억을 불러일으키고 있어.

뒤집어서 보낸 사람의 이름을 보니 이렇게 적혀 있었다.

E. 쥬스피앙

갑자기 막시민의 등줄기를 타고 식은땀이 흘렀다. 쥬스피앙?

쥬스피앙이 편지를 보냈다고?

막시민의 친구인 티치엘 쥬스피앙의 이름을 줄이면 T. 쥬스피앙일 테니까 편지를 보낸 사람은 아니다. 연애하는 사이도 아닌데 맞은편 기숙사에 살면서 굳이 편지를 써 보낼 이유도 없고 말이다. 막시민은 봉투에 적힌 이름을 뚫어져라 보다가 나직이 뇌까렸다.

"티치엘한테는 아버지라는 사람이 있는데 말이야……"

그 사람의 이름은 앨베리크 쥬스피앙. 다름 아닌 막시민의 자비로운 후원자였다. 어마어마한 학비를 내주지만 감사 편지를 보낼 필요도 없고, 평균 학점 B를 받을 필요도 없고, 지나가는 길에 들르는 일조차 없는 바람직한 후원자 말이다.

인생의 밝은 면을 보는 습관이 없는 막시민도 이것만은 꽤 고맙다고 생각해왔다. 이 년간 먹고살 걱정이 없었다는 측면에서만. 어두운 면을 포착해보자면 쥬스피앙에게는 목적이 있었다. 그는 막시민을 마법사로 만들 작정이었다. 그래서 처음부터 멋대로 학장에게 추천서를 써서 면접만으로 입학을 시켜주겠다고 제안했다.

물론 막시민은 어떻게 아무 대가도 없이 그런 호의를 받겠느냐며 점잖게 거절했다. 그러나 쥬스피앙은 점잖은 거절이 통하지 않는 사람이었다.

"뭐? 감히 내 제안을 거절하겠다고? 이 시건방진 놈이? 좋다. 공짜다! 학비를 전액 대주겠다! 용돈도 주겠다! 옷도 책도 사주겠다! 설마 이래도 거절하진 못하겠지?"

진짜로 이렇게 말하지는 않았지만…… 사실상 그리 다르지도 않았다. 쥬스피앙에게는 막시민을 마법사로 만들어야 하는 절박한 이유가 있었다. 어디까지나 그쪽의 기준에 따른 절박함이지만.

그러나 막시민에게는 그런 이유가 없었다. 마법이라니! 내가 왜 그런 골치 아프고 관심 없는 일에 머리를 써야 하는데?

하지만 학교에서는 기숙사를 제공하고, 식사도 준다. 무일푼 인생인 막시민은 이 제안의 좋은 면을 보기로 했다. 그렇다. 공짜로 먹고 자는 거다. 공부도 하고 시험도 보고 그래야 한다고? 그야 학생들 입장에서 그런 거지 내가 알 게 뭐람.

그러므로 본인의 관점에 따르자면 '네냐플 학생'조차도 아닌 막시민은 쓸데없이 광활한 네냐플 여관에서 한가롭게 먹고 살고 산책도 하다가 일 년 뒤 쫓겨나게 되어 있었다. 그러나 실수로 그는 1학년 말 시험에 4등급짜리 답안지를 내고 말았다. 화끈하게 5등급이 나올 개소리를 써 갈겼어야 했는데 전날 친구란 놈이 술병을 다 감춰서……

그래서 이 년 차에는 제대로 했다. 이번엔 틀림없이 5등급이 나온다. 그 생각을 떠올리자 미심쩍어졌다. 혹시 쥬스피앙이 이걸 알아차렸나? 지금까지는 성적표를 보내라고 한 적도 없었잖아?

막시민은 기숙사 입구에 선 채로 심사숙고했다. 지나가는 학생 몇이 그를 흘끔대며 말을 걸었지만 막시민의 귀에는 들리지 않았다. 숙고한 끝에 기숙사로 돌아가 룸메이트들과 함께 다정하게 편지를 뜯어보는 것은 그리 바람직한 일이 아닐 것 같다는 결론에 도달했다. 그는 기숙사 뒤로 돌아가 아무도 어슬렁대지 않는 풀숲으로 올라갔다.

여기서 계속 올라가면 뒷산 중턱으로 연결된다. 하지만 보이지 않는 네냐플의 보호 마법장이 막고 있어서 실제로 그럴 수는 없었다. 신입생 때 몇 번 몸을 부딪혀 자빠지며 위치를 파악하고 나면 그후로 가지 않게 되는 곳이었다.

그간 할일 없는 여관 투숙객답게 학교를 구석구석 이용해온 막시민은 마법장의 위치도 잘 알고 있었으므로 딱 그 앞에 멈춰 쭈그리고 앉았다. 그리고 편지를 뜯었다. 방범 용도의 희미한 빛이 뿌려져 있어서 편지를 읽기에 무리는 없었다. 봉투에서는 두 번 접은 편지지 한 장이 나왔다. 그게 다였다. 봉투가 두툼했던 이유는 왜인지 모르겠네.

이어 편지를 펼친 막시민은 문득 인상을 풀고 고개를 갸웃거렸다. 안에는 아무것도 적혀 있지 않았다. 다시 말해 빈 종이였다.

"뭐야, 이건?"

막시민은 편지와 봉투를 양손에 나눠 쥐고 펄럭펄럭 흔들었다. 뭔가 끼어 있으면 떨어지라는 것처럼. 그러자 어디선가 익숙한 목소리가 튀어나왔다.

"야 이놈아! 그만하지 못해!"

막시민은 흠칫 놀라 종이를 내던졌다. 편지는 뒤집어진 채로 떨어졌지만 목소리는 멈추지 않았다.

"너 그거 주워! 당장! 즉시! 지금! 빨리!"

막시민은 줍지 않았다. 오히려 종이 밑에 지네라도 숨은 것처럼 뜨악한 눈빛으로 주시했다. 매우 골치 아픈 일이 생길 조짐이었다.

"뭐해!"

막시민은 편지를 노려보다가 옆걸음으로 슬금슬금 접근했다. 편지에서 뭔가가 튀어나올지도 모른다고 생각하는 것처럼. 그렇게 해서 편지의 배후라고 생각되는 위치로 간 다음 집게손가락과 엄지로 슬그머니 낚아채 바로 옆의 바위에 엎어놓았다.

"휴…… 머리가 어지럽네. 다시는 던지지 마라, 알았어?"

막시민은 기분 나쁜 편지로부터 거리를 유지한 채 말했다.

"아, 뭐 까짓것 그럽시다. 근데 무슨 볼일이쇼, 바쁘신 양반께서?"

"이놈 말투 봐라. 돈 들여 비싼 학교에 보내놨는데 어째서 동네

건달이 돼버렸냐?"

"그건 아까까지 동네 술집에 있다가 나와서 그렇고요, 그나저나 왜 이런 소름 끼치는 걸 보낸 건데요?"

"소름은 왜 끼쳐? 너 설마 이게 무섭냐?"

편지는 여전히 하얗고 아무 글자도 없었지만 자세히 보고 있자 희미하게 글자가 나타났다 사라졌다 했다. 막시민은 딱밤이라도 먹이는 기분으로 편지를 툭 건드린 뒤 말했다.

"말이란 사람 입에서 나와야지, 이런 불쾌한 걸 만들어놓고 좋아하는 건 마법사들밖에 없거든요?"

"그래? 네가 내 얼굴을 보고 싶어하는 줄은 또 몰랐군. 그런 줄 알았으면 지난번 기숙사 오픈 때 네 녀석의 보호자 자격으로 방문하는 건데. 내년에는 반드시 시간을 쪼개서……"

상상조차 싫은 악몽을 떠올린 막시민의 대답은 엄청나게 빨랐다.

"절대로 아니거든요! 전에도 말하지 않았습니까? 우리 다시는 만나지 맙시다!"

편지에서 음산한 웃음소리가 흘러나왔다.

"닥쳐라, 이 사기꾼의 제자 놈아. 우리가 안 만나긴 왜 안 만나? 만날 일이 아주 많고도 많아요. 너 오늘 시험 봤지? 잘 봤어?"

막시민은 이마를 짚으며 잠시 대답을 유보했다. 되도록 구석진 곳으로 오긴 했지만 이런 짜증나는 대화를 지나가던 사람이 들을 가능성이 전혀 없진 않은 것 같은데 그렇다고 편지 들고 화장실에 들어가 앉기도 그렇고……

"아, 왜 그런 건 물어요? 지금까지는 관심 없더니."

"내가 충분한 관심을 안 줘서 그간 그렇게 개판을 쳐놨냐? 이제부터라도 관심을 좀 줘볼까? 이 4등급 낙제왕 놈아! 너 오늘 제일 먼저 채점된 답안지가 누구 것인지 알기나 하냐?"

나쁜 예감이 빠르게 몰려왔다. 쥬스피앙은 그와 돈독한 친분을 쌓고 있는 네냐플 학장을 적절하게 협박해서 마법적인 방법으로 막시민의 시험지를 봤을지도 모르지만…… 이럴 때는 예감을 무시한다.

"아, 그거야 채점하기가 제일 간단하니까 그렇지. 4등급 낙제왕이니까 4등급 받고 낙제했겠죠, 뭐."

"그것까진 내가 봐주려고 했는데! 이번엔 5등급이야!"

막시민은 '앗싸, 임무 완료' 같은 표정을 짓지는 않았다. 종이 쪼가리에서 소리만 나오는 것 같아도 얼굴도 보이고 있을지 모르니까.

"아하, 그래요? 저런, 안타깝습니다. 저의 재주와 노력이 부족했네요. 그간 이 학교에서 아름다운 추억도 쌓고 교수님들의 많은 배려와 관심을 받았지만 이제 그만 떠나서 고향으로 돌아갈 시간……"

"……일 줄 알았냐!"

막시민은 문득 생각했다. 쥬스피앙이 소리를 지를 때가 많긴 하지만 오늘은 계속해서 톤이 높아지는 느낌이 든다. 만약 그가 진짜로 화가 났다면?

농담할 때가 아니다. 일단 살아남고봐야 한다. 평범한 인간에게 쥬스피앙과 같은 사람의 분노는 자연재해나 다름없기 때문이다. 빨리 멈추지 않으면…… 그런데 말을 할 틈이 없었다.

"막시민 리프크네! 넌 도대체! 이 대마법사 쥬스피앙이 일생처음으로 추천해서! 장학금을 줘가며 보낸 학생인 주제에! 답안지 꼬라지가!"

이걸로 알 수 있는 사실은, 쥬스피앙은 막시민이 몇 시간 전에 제출한 답안지를 진짜로 봤다는 것이다. 네냐플에서 내일 출발하면 두 달 뒤쯤 도착할 머나먼 나라에 있는 기묘한 결계 속에 사는 주제에.

명백한 추리에 근거해볼 때, 지난 이 년 동안에도 쥬스피앙은 막시민의 성적을 크게 문제삼지 않았을 뿐 다 보고 있었을 가능성이 컸다. 그런데 이번 답안지가 예외적으로 그의 심기를 크게 건드린 게 틀림없었다.

갑자기 궁금하네. 뭐가 그렇게 거슬렸을까?

"어떻게! '결계'를 '걸개'라고 쓸 수가 있냐!"

바로 알았네.

"그거야 뭐 실수죠. 제가 그런 것도 모를 리가……"

"웃기지 마라, 이놈아. 일부러 헛소리를 써 갈기고 나온 걸 내가 모를 줄 알고? 네가 아무리 공부를 안 하고 버텼어도 예전에 소공작 일로 보고 겪은 게 얼만데! 그런 걸 틀린다는 게 말이 돼? 왜 아주 '걸레'라고 쓰지 그랬냐?"

쥬스피앙의 추리는 정확했다. 이쯤 되면 빨리 인정하는 편이 나을지도 모른다. 막시민은 어슬렁 허리를 펴고 제법 각 잡힌 자세를 취하며 말했다.

"죄송합니다. 그냥 '걸레'라고 쓰는 건데 괜히 머리를 쓰다가 그런 결과가……"

"닥쳐! 칼마린 학장 놈이 어찌나 웃어대는지 내가 창피하다못해 그놈하고 절교를 해야 할 판이야! 하여간 이런 짓을 하는 네놈은 제대로 혼이 나야 한다! 내가 방금 그 방법을 생각해냈다!"

아니, 그건 안 된다.

막시민은 쥬스피앙이 뭔가를 '방금 생각해냈다'고 하는 것이 얼마나 위험한지 잘 알고 있었다. 무조건 다음 말을 뱉지 못하도록 막아야 했다. 조금만 시간을 끌어줘도 생각이 변할 때가 많은데, 좋은 쪽일 때도 있고 아닐 때도 있지만 첫번째 생각이 제일 위험한 것만은 틀림없었다.

"잠깐만요. 이상한 점이 있습니다. 저의 명쾌한 추리력으로 생각해보자면……"

"네놈한테 그런 게 어디 있어! 날마다 술이나 처먹고 흐리멍덩한 정신으로 하루를 보내면서!"

그렇게 말했지만 쥬스피앙은 바로 말을 잇지 않고 막시민의 말을 들어보려는 것처럼 입을 다물었다. 쥬스피앙도 예전에 막시민을 제법 많이 겪어보았으므로, 막시민이 다루기 힘든 놈이긴 해도 단순한 멍청이가 아니란 것쯤은 알고 있었다.

"제가 시험을 본 건 오늘이거든요? 물론 그 답안지를 대마법사께서 이미 보신 것까지는 가능한 일인데요, 이 편지는 그보다 먼저 보냈어야 하잖습니까? 인편으로 오는 데 수십 일은 걸렸을 텐데 그때부터 저의 성적을 예상하셨을 리는 없고."

"왜 예상을 못하나! 5등급일 줄은 몰랐지만 4등급일 것은 알았다! 그래서 경고를 하려는 생각으로 그걸 보냈지. 그런데 오늘 냈다는 답안지를 보니 그 정도로 끝낼 수가 없게 됐다. 4등급은 한 해 더 다니지만 5등급은 아니야! 너 그거 알긴 했나? 그러므로……"

말이 이어지려는 순간 막시민은 편지를 접어버렸다. 처음 모양 그대로.

편지를 접자 목소리는 더이상 들려오지 않았다. 막시민은 접은 편지를 봉투에 넣은 다음 풀숲에 내던졌다. 그때 등뒤에서 누군가가 참견했다.

"그거 뭔지 몰라도, 그렇게 내버려도 됩니까?"

돌아보니 처음 보는 얼굴이었다. 넌 왜 또 뭐? 오늘은 처음

보는 인간이 시비 거는 날이야?

"누구신지 모르지만, 아니 모르므로 참견 마시죠."

막시민이 일어나자 낯선 상대방은 떨어진 편지를 어쩐지 안절부절못하며 내려다봤다. 학생이라기에는 나이를 꽤 먹었고 교수라기에는 좀 애매한 나이의 남자였다. 그리고 다시 말하지만 모르는 사이다. 즉, 네냐플 사람은 아니었다.

"저거 안 가져갑니까?"

"왜요? 탐나면 가지시든가요."

남자가 곤란해하며 웃었다.

"그럴 수야 없지요. 저런 비싼 재료가 듬뿍 든 물건을 학생이 멋도 모르고 흘렸다고 주워 가다니, 양심이 있으면 그러면 안 되지요. 보아하니 저거 한 통 만드는 데 300엘소는 들었습니다. 분해해도 100엘소는 나와요."

뭐? 100엘소?

막시민은 편지를 내려다봤다. 당장 줍고 싶은 마음과, 건드렸다가는 호통이 폭발할 것 같은 불안감이 교차했지만 결국 100엘소가 승리했다. 막시민은 편지를 줍자마자 냉큼 품에 넣었다. 그런 다음 남자를 다시 쳐다봤다.

"그런데 누구시죠?"

남자는 안도한 얼굴로 자리를 뜨려던 참이었다. 그가 손을 흔들며 말했다.

"전 맨드레아 아펠이라고 합니다. 재룟값에 민감한 가난뱅이 마법사죠."

막시민도 편지를 접는다고 이 문제가 끝나리라 생각한 건 아니었다.

단지 쥬스피앙의 '방금 해낸 생각'을 피하려 했을 뿐이다. 물론 편지를 접어버려서 말문이 막힌 쥬스피앙은 한층 더 화가 났겠지. 하지만 자신이 해낸 생각이 정당한지 한 번쯤 되씹어볼 시간도 있었을 것이다. 그거면 충분했다.

쥬스피앙은 자연재해처럼 화를 낼지 몰라도 악당은 아니니까…… 솔직히 미친 마법사처럼 굴 때가 많긴 했지만…… 합리적인 면을 슬쩍 건드려주면 놀랄 만큼 도덕적인 면모가 튀어나오는 사람이기도 했다. 예전에 어떤 교수가 마법사에게는 의외로 도덕성이라는 소양이 중요하다고 한 적이 있었다. 그게 무슨 뜻인지 정확히는 몰라도 그 기준대로라면 대마법사로 불리는 쥬스피앙은 도덕성을 흘러넘치게 갖고 있어야 할 것이다.

"젠장, 내 생각이지만 나도 믿어지지가 않네."

막시민은 머리를 흔들었다. 아무래도 지나치게 낙관적인 전망 같았다. 쥬스피앙은 울화가 치민 나머지 막시민 놈이 사는 네냐플 기숙사를 깔끔하게 폭파해버린 다음, 빈자리에 자선병

원이라도 세우는 뛰어난 도덕적 결론을 내릴지도 모르잖아?

솔직히 그게 진정 도덕적인 선택일 수도 있지……

막시민은 기숙사 입구에 선 채로 그런 생각을 했다. 눈앞에서 일 년 내내 두려워하던 운명의 11월 시험이 허무하게 끝났다는 사실에 충격을 받은 동기 동창들이 복도를 흔들흔들 돌아다니며 괴성을 지르고 있었다. 11월 밤다운 근사한 좀비 떼였다.

"나 같은 건…… 죽어야 해! 난 죽어도 싸!"

"야! 누가 저놈 매달린 커튼 줄 좀 끊어줘라! 삼십 분째 저 짓거리야!"

"누구시든지 저에게 압생트 한 잔만…… 설탕도…… 내년에 꼭 갚겠습니다……"

"야, 야. 진지하게 내가 이제부터 내년 봄까지 땅을 파면 혹시 입학금이 나오지는 않을까? 응? 어딜 파는 게 좋을까?"

"내 방에서 침대 시트 뜯어서 갖고 나간 놈 누구야? 너 봤어? 취하면 취했지 왜 남의 걸 건드리는데!"

"근데 쟤가 중얼대는 저거, 쥐구멍 찾는 주문 아니었냐? 아닌가? 너 알아? 응? 생각 안 나?"

"야, 이 미친놈아, 시험은 끝났거든? 그만 안 닥칠래!"

이스핀이 이 자리에 있었더라면 마리 루이가 말한 "그즈음에는 네냐플 학생들이 살짝 미쳐 있다던데"의 의미를 매우 정확히 알았을 것이다. 그날 밤의 네냐플은 이스핀이 상상했던, 출신국과 신분을 떠난 교류와 수준 높은 토론이 벌어지는 열정적인 학문의 장과는 까마득히 거리가 멀었다. 그 대신 커튼에 둘둘 말려 매달린 채 줄 좀 끊어달라고 호소하는 녀석, 어제 외우다 만 것을 모조리 외쳐대는 녀석과 그 옆에서 어디가 틀렸다고 일일이 고쳐주는 녀석, 취해서 박살낸 도자기 화분을 붙이겠다고 아무 주문이나 외치는 녀석과 그 옆에서 다른 화분을 걷어차 박살내고 유유히 사라지는 녀석 등으로 가득찬, 세상이 멸망한 지 한 시간쯤 된 듯한 풍경이었다.

하지만 작년에도 똑같았다. 평소 술이라는 말만 들어도 깜짝 놀라던 녀석들이 단체로 발광을 하는 오늘은 막시민이 상대적으로 정상인 같아 보이는 유일한 날이기도 했다. 막시민은 그들을 굽어보며 눈썹을 한차례 올렸다 내리고는, 양 어깨와 심장을 잇는 수인을 엄숙하게 맺었다. 필멸의 땅을 누빈 전설적인 악마 사냥꾼 아라스키스 베일이 시체 천 구를 무덤으로 돌려보낼 때마다 썼다는 수인이다.

"이 선량하게 미친 얼간이들을 침대에 처박아 봉인하고 숙취의 축복을 내리노라."

그런 다음 옷깃을 세우고 지옥으로 들어가는 영웅처럼 뚜벅뚜벅 걸어들어갔다. 좀비들을 향해 연민에 찬 눈빛을 보내며 복도를 통과할 때까지는 근사했으나 계단참에서 끔찍한 액체를 밟고 말았다. 그건 좀비의 뇌수는 아니었고……

"라일리 저놈, 싸구려 위스키랑 린디즈 절임을 번갈아 먹다가 토했단다."

마침 내려오던 3학년이 계단참 구석에 고꾸라진 시트 뭉치를 가리키며 알려주고는 한 발로 뛰어서 사라졌다.

지옥에 들어온 이상 제 발만 더럽히지 않을 순 없지……만 젠장! 라일리 이놈은 참신한 생화학 무기를 개발한 공로로 졸업 시험을 월반으로 통과시켜 영원히 추방해야 마땅했다. 몸에 둘둘 감고 있는 침대 시트의 주인과는 내일 뒷뜰에서 결투로 사생결단을 내는 걸 권장한다.

제 방 앞에 도착한 막시민은 신발 한 짝을 벗어서 문밖에 놔두어야 할까 고민했다. 낡은 건 둘째 치고 냄새 때문에라도 훔쳐갈 놈은 없겠지. 그런 생각을 하며 따뜻한 불빛이 흘러나오는 그의 숙소, 일명 '도토리 빌라'의 문을 막 열었을 때였다.

"어?"

막시민은 문 앞에 선 채로 멍해졌다.

그도 그럴 것이, 거기 있어야 할 것들은 모조리 사라지고 없었다. 벽난로의 불빛도, 두 군데쯤 꺼졌지만 안락한 소파도, 테이블 위에 있어야 할 책더미와 체스판과 누군가가 가져온 쓸데없이 고급스러운 양탄자와 사흘간 쌓인 땅콩 껍질과 파이 가루도. 이 시간이면 책을 얼굴에 덮고 잠들어 있거나

11월 밤의 좀비떼

주사위를 굴려 간식 사 올 사람을 정하고 있을 룸메이트들도 전부.

그 대신 눈앞에는 탁 트인 벌판이 있었다.

여름휴가를 보내기에 적당치 않은 곳

막시민은 어둑어둑한 벌판을 휘둘러봤다. 나무 한 그루 없는, 잡풀만 조금 자라는 모래밭이었다. 사막이라 부르는 편이 나을 장소였지만 더위가 덜한 저녁 무렵이라 바로 깨닫지는 못했다.

사람은 한 명도 없었고 달리 움직이는 것도 없었다. 다만 기울어진 해를 등지고 붉게 빛나는 거대한 구조물이 서 있었다. 사람이 사는 곳일까? 글쎄, 그렇게 보기에는 지붕이 뻥 뚫렸고 입구도 없는데? 사 층쯤은 될 높이에 창문도 하나 없다.

불타는 후광을 인 검은 구조물은 다소 불길하면서도 신비롭게 보였다. 더운 바람이 불어오자 모래 날리는 소음이 귓가를 긁었다. 이어 이상한 냄새가 풍겨왔다. 썩은 고기나 시체처럼 역겹고 매캐한⋯⋯

거기까지 생각하다가 막시민은 앗차 하고 정신을 차렸다. 그는 분명 친구 넷이 함께 사는 기숙사 빌라의 문을 열었다. 그러니 이건 꿈이거나, 환술이거나, 아니면 술을 너무 마셔서⋯⋯ 아니, 아니다. 벌써 그럴 리가 없지. 아직 열아홉 살이라고. 하여간 이건 누군가의 농간이야. 말려들면 안 돼.

막시민이 아무리 낙제왕일지라도 마법 학교를 이 년이나 다녔는데 보고 들은 풍월이 있었다. 그는 일부러 소리 내어 말했다.

"이건 진짜가 아니야."

그런 다음 뒤를 돌아봤다. 그러나 뒤를 보자 더 놀랐다. 그곳에는 여전히 문이 있었다. 방금 열었던 문 말이다. 문은 벌판 가운데 뿌리라도 내린 양 덩그러니 서 있었다. 벽도 문틀도 없이. 하지만 모양만은 늘 보던 그대로였다.

막시민은 본능적으로 문고리를 움켜잡았다. 그렇다. 이 문을 놓치면 곤란하다. 얼른 나가야 해.

"이, 이게⋯⋯"

문고리가 돌아가지 않았다. 당겨지지도 밀리지도 않았다. 죄 없는 문고리를 뽑듯 비틀어대면서 땀을 뻘뻘 흘리고 있는데 불길한 소음이 들려왔다.

<u>스스스</u>⋯⋯

막시민은 두 손으로 문고리를 움켜쥔 채로 고개만 어설프게 돌려 어깨 너머를 살폈다. 어느새 해는 지평선으로 넘어가고 흐릿한 박명만 남아 있었다. 소음을 내는 존재는 어둠에 묻혀 보이지 않았다. 하지만 가까이 오고 있다는 느낌이 났다. 소리가 점점 커졌다.

스스스스스......

바닥을 기어오는 듯했다. 뭔가를 질질 끄는 듯도 했다. 발을 가진 놈이 아닐지도 모른다. 그리고 한 놈이 아닐지도 모른다.

다시 문고리를 당겨봤지만 여전히 열리지 않았다. 막시민은 다급하게 그간 배운 것들을 떠올려봤다. 그건 그리 어려운 일이 아니었다. 아는 게 거의 없었기 때문이다. 오 초 만에 아는 걸 모조리 훑고서 필요한 것을 찾아냈다. 불빛!

"아나보!"

어휴, 쉬워서 겨우 기억났네.

막시민이 왼손으로 가리킨 허공에 동그란 불빛이 나타났다. 낙제왕이 이런 걸 쓸 줄 안다는 걸 네냐플의 누구도 모를 것이다. 너무 약해서 곧 꺼질 것처럼 보였지만 그래도 마법은 마법이었다. 하지만 성취감에 젖을 새가 없었다. 불빛은 성공적으로 할일을 했다. 눈앞까지 다가온 존재가 보였던 것이다. 어처구니가 없었지만, 그건 그냥 널빤지였다.

여름휴가를 보내기에 적당치 않은 곳

다시 보니 그냥 널빤지는 아니었다. 다가오고 있잖은가?

외관만 보자면 네냐플 3학년생이 야심 차게 폭발시킨 헛간에서 주워 온 것처럼 너덜너덜한 널빤지였다. 구멍이 뚫린 모양으로 보아 나무가 아니라 철판인가 싶기도 했다. 혹시 널빤지 뒤에 사람이나 괴물이 숨어 있나 세심하게 봤지만 그런 것 같지도 않았다.

긴장감이 떨어진 막시민은 널빤지님이 지나가시도록 멀거니 구경만 하면 될지, 한 대 걷어차기라도 해야 하는지 헷갈렸다. 괜히 건드렸다가 뒤통수를 갈기러 날아올지도 모르니까 역시 조용히 쪼그리고 있는 편이……

"비켜!"

어디선가 외침이 들리고, 막시민은 이럴 때만 민첩해지는 반사 신경을 십분 써먹어서 곧바로 비켰다. 그와 동시에 널빤지, 아니 철판이 허공으로 떠오르더니 저절로 우그러지기 시작했다. 막시민은 이 비슷한 것에 대해 들어보았다. 일종의 염력이다. 보이지 않는 힘은 철판을 종잇장처럼 꾸깃꾸깃 뭉쳐 수박 정도의 크기로 만들더니 어디론가 내던졌다.

텅!

널빤지는 한 번도 움직인 적이 없다는 것처럼 얌전히 모래 바닥에 처박혔다. 그리고 더이상 꼼짝도 하지 않았다.

혹시라도 다시 움직이지 않나 뚫어져라 보던 막시민은 발소리를 듣고 뒤를 돌아봤다. 그새 거의 꺼져가는 마법 불빛 너머로 한 사람이 걸어오고 있었다.

깡마른 몸에 헐렁한 흰색 로브, 바탕은 예쁘장한데 피곤하고 해쓱하고 까다롭고 신경질적으로 보이는 이율배반적인 인상의 사십대 남자. 물론 진짜 사십대는 아니지만, 하여튼 마주치면 반드시 곤란한 일이 벌어지는 상대. 바로 쥬스피앙이었다. 평소라면 보자마자 냅다 내빼겠지만 이런 데서 마주치니 되게 반갑네?

"어…… 여기서 뭐하십니까?"

그래봤자 이런 소리밖에 안 나왔다. 쥬스피앙이 당연한 것처럼 소리쳤다.

"그러는 넌 거기서 뭐하냐! 뒤통수가 박살나고 싶어서 멀거니 섰냐? 저게 뭔 줄이나 알아?"

"아뇨."

그 말밖엔 할말이 없었다. 이까짓 놈을 구하러 여기까지 납시다니 친절에 감읍 어쩌고 해봤자 감동할 쥬스피앙도 아니다. 남의 겉치레도 싫어하고 본인도 겉치레 따위를 신경쓰는 법은 없다. 예상대로 쥬스피앙은 이렇게 대꾸했다.

"하긴 모르는 게 당연하지!"

그러더니 침착해져서 덧붙였다.

"넌 원래 아는 게 없지. 하지만 움직이지 않을 것 같은 게

움직이면 위험하다는 생각 정도는 해야 하는 게 아니냐? 대
가리가 깨지기 싫다면 말이야. 저게 뭐냐 하면……"

전문가다운 설명이 이어졌지만 막시민은 핵심만 걸러 들었
다. 저건 널빤지가 아니라 철판이 맞았다. 그리고 철판으로
머리를 맞으면 당연히 깨진다. 이어서 철판이 어쩌다가 둥둥
떠 왔느냐 하는 설명이 심도 깊게 진행됐고, 막시민은 참지
못하고 끼어들었다.

"그건 그렇다 치고, 해도 졌는데 빌라로 돌아가서 마저 얘
기하면 안 될까요?"

"안 돼."

"왜요?"

"네 친구들이 빌라에 돌아와서."

막시민은 어처구니가 없어서 인상을 썼다.

"아니, 그게…… 대체 무슨 상관이죠?"

막시민이 하고 싶은 말은 많았다. 먼저, 기숙사 방문을 열었
을 뿐인 자신이 왜 이런 데로 오게 됐는가? 당신은 왜 여기 있
나? 여기서 당신을 만난 걸로 보아 이 모두가 당신의 농간 같
은데 내 생각이 맞는가? 안락한 내 방으로 돌아갈 방법은 있
는 건가? 같은 방을 쓰는 친구 놈들이 방으로 돌아와 있다는
건 무슨 상관인가? 그리고 빌어먹을, 여기는 대체 어디냐고!

많은 의문 가운데 쇳덩어리 수박의 정체가 뭐냐는 질문은

가장 후순위였다. 한마디로 관심이 없었다. 더이상 움직이지도 않는데다 대마법사 쥬스피앙이 옆에 있으니 널빤지든 수박이든 겁을 낼 필요가 없었다. 쥬스피앙은 막시민의 뒤통수를 때리는 건 매우 좋아할지 몰라도, 죽게 생겼는데 나 몰라라 할 사람은 아니었다.

"상관이 없긴 왜 없어? 네가 여기로 오게 된 건 빌라의 문에 걸린 통로 변경 주문 때문이야. 지금은 풀어놨지. 돌아가려면 그걸 다시 걸어야 해. 하지만 그 주문이 걸려 있을 때 다른 놈이 문을 건드리면 아주 곤란해지거든?"

물론 그런 짓을 한 사람은 쥬스피앙 본인일 것이다. 그걸 따지기 전에 막시민은 재빨리 물었다.

"어떻게 곤란해지는데요? 혹시 건드린 놈도 여기로 오게 된다든가?"

쥬스피앙은 웬일로 잘 알아듣느냐는 표정을 지었다.

"물론이지."

막시민은 눈을 동그랗게 뜨며 검지를 쳐들었다.

"그게 뭐 어때서요? 잘된 일 아닌가요? 저 혼자 심심하게 저 수박하고 미친…… 아니, 하여튼 멀쩡한 대화를 나눌 인간이 한 명이라도 더 있으면 훨씬 좋을 테고 그중에는 저보다 수박을 잘 후려칠 녀석도 있고……"

"시끄러워. 그놈들은 이 일과 상관이 없잖아. 난 상관없는 놈을 끌어들일 생각이 없어. 여긴 위험하니까."

"그렇게 위험한 곳에 저처럼 검술도 마법도 안 배운 놈이 오는 건 괜찮고요?"

"이 년이나 놀고먹은 게 자랑이야? 그리고 내가 여기 있잖아! 뭐가 걱정이야? 닥치고 내 말이나 들어!"

쥬스피앙은 설명하기 귀찮을 때 곧잘 저런 반응을 보이곤 했지만 이번에는 그게 다가 아니라는 생각이 들었다. 쥬스피앙이 다른 녀석들을 데려오고 싶지 않은 데는 다른 이유가 있는 듯했다.

쥬스피앙이 말을 이었다.

"널 여기로 초대한 건 말이야, 너에게 닥칠 미래를 직관적으로 이해시키기 위해서야. 자, 여길 둘러봐라. 마음에 드냐? 아주 근사하지? 여기서 여름휴가를 보내게 해줄까 하는데 어때?"

막시민은 쥬스피앙이 시킨 대로 둘러보는 시늉을 했다. 어차피 대답은 정해져 있었지만. 그런데 정말로 뭔가가 눈에 띄었다. 불그레한 빛만 남은 지평선을 가리기 시작한 그림자였다. 처음에는 거무스레한 덩어리처럼 보였는데 점점 커지고 있었다.

"……물론 새롭게 만든 공간은 아니야. 나한테 그 정도의 정성은 없어. 특히 상대가 너 같은 놈일 때는. 여기가 어디냐면……"

막시민은 계속되는 쥬스피앙의 말을 들으며 어깨 너머를 흘끔대다가 결국 손가락을 빼들어 가리켰다.

"저거 먹구름은 아닌 것 같죠?"

쥬스피앙이 돌아보았을 때 그건 이미 성긴 그물처럼 하늘을 메우고 있었다. 갯벌로 몰려들며 기묘한 무늬를 그리는 철새떼 같기도 했다. 엄청나게 많다는 건 알겠지만 어떻게 세어야 할지 모르겠다. 천 마리? 만 개?

왜냐하면 움직이고 있긴 해도 생물로 봐야 할지 헷갈렸기 때문이다. 같은 무리라고 보기에는 크기부터가 제멋대로였다. 큰 것은 박살난 창고 지붕 같았고, 작은 것은 잽싼 까마귀떼 같았다. 어느 쪽이든 뭔가가 폭발한 잔해처럼 그을리고, 찢기고, 너덜거리는 쇳조각이라는 점만은 같았다. 누군가가 마법으로 조종해서 보내고 있는 거라면 평범한 마법사는 절대로 아니었다.

하늘에 온갖 도형을 그리며 소용돌이치던 그것들은 쥬스피앙이 돌아보는 것과 동시에 두 사람 쪽으로 몰려들기 시작했다. 눈이 있어서 그들을 발견하기라도 한 것처럼.

"좀 많이 왔네."

손차양을 하고 쳐다보던 쥬스피앙이 중얼거렸다.

"그런 감상은 저한테 맡겨두셔도 되는데 말이죠……"

여름휴가를 보내기에 적당치 않은 곳

막시민은 차마 어떻게 좀 해보라는 말까지는 못하고 삼켰다. 설마 대책이 없겠어? 쥬스피앙인데?

하지만 쥬스피앙은 바로 대응하지 않았다. 그저 눈을 치뜨고 왼손 집게손가락을 문지르고 있을 뿐이었다. 이제부터 책장이라도 넘기려는 것처럼. 막시민은 점점 조바심이 나서 참기가 힘들어졌다.

"아, 그래. 진짜로 많네."

막시민은 안경을 고쳐 쓰고 그것들을 자세히 봤다. 온 하늘에 쫙 펼쳐져 있던 쇳조각들은 그들이 있는 쪽을 겨냥한 깔때기 같은 대형으로 변했다. 초원을 휩쓰는 회오리바람처럼. 작은 것은 중심부에서, 큰 것은 외곽에서, 맹렬한 속도로 회전하고 있었다. 그런 채로 다가온다. 온갖 것을 빨아들이면서.

곧 모래가 휘말려들기 시작했다. 그러자 규모는 훨씬 커졌다. 바람이 쇳조각과 모래를 짓눌러 반죽하는 중이었다. 가까워지자 눈을 뜨기도 힘들었다. 이대로 버티는 것만으로도 피부가 뜯겨나갈 지경이었다. 젠장, 오늘은 왜 이래? 미친 짓이 하루의 임계량을 넘었어!

만약 바람에 휘말려 저 날카로운 쇳조각들과 뒤섞인다면 막시민의 미래상이 어떨지는 안 봐도 훤했다. 아 참, 가르쳐주려던 게 그거라고 했던가?

"저한테 앞으로, 아니 이 분 뒤에 벌어질 일을, 직관적으로, 생생하게, 잘 알겠거든요! 이제 다 알았다고요! 알았으니까 그만해!"

바람 때문에 소리가 닿았는지도 확실치 않았다. 하지만 쥬스피앙이 대꾸하는 목소리는 이상할 정도로 잘 들렸다.

"바람 방향이 바뀐 건 모르겠냐, 얼간이야?"

쥬스피앙은 자세를 약간 낮췄다가, 방금까지 문지르고 있던 손가락을 허공에 커다랗게 휘저었다. 거대한 책장을 넘기는 것처럼. 그리고 정말로 그렇게 되었다.

책장이라는 것이 눈에 보이지는 않았다. 그러나 분명히 존재했다. 바닥부터 하늘까지 눈 닿는 곳 모두가 책 속의 삽화인 것처럼 둥글게 접히기 시작했다. 다음 페이지가 뭔지는 몰라도 전 페이지는 접혀 사라지려 했다. 회오리를 이뤘던 쇳조각들은 산사태에 눌리듯 이지러지며 비명을 내질렀다.

키아아아악!

길어졌던 대형이 뭉쳐지더니 어떻게든 버텨내려 애를 썼다. 그러나 보이지 않는 페이지가 내리누르는 힘은 엄청났다. 큰 조각들은 갈기갈기 찢기고, 작은 조각들은 서로 부딪쳐 갈려나갔다. 쇠를 갈아 부수는 섬뜩한 굉음에 막시민은 귀를 틀어막았다. 그런데 소음이 줄어들자 목소리가 섞여 들려오는 듯한 착각이 일어났다.

사라지지 않는다.

아무도 죽이지 못한다.

나는 단 한 번도 죽은 일이 없다.

그때, 몸부림치던 쇳조각들이 대형을 찢고 산산이 흩어졌다.

캬아악!

날카로운 비명이 커지면서 막시민이 들었던 목소리도 묻혀
버렸다. 그리고 페이지는 접혔다.

다음 페이지에도 쇳조각들은 어느 정도 남아 어지럽게 날
고 있었다. 그러나 그것들도 쥬스피앙이 손을 한차례 폈다가
접자 허공에서 뭔가에 붙들린 듯 뭉쳐졌다. 이어 접었던 손을
아래로 털어버리는 것과 함께 우수수 떨어져내렸다. 크고 작
은 쇠공처럼 뭉쳐진, 수백 개가 넘는 덩어리들은 이제 모래에
서 자란 열매처럼 고요히 처박혀 있었다. 벌판은 처음처럼 조
용해졌다.

"휴……"

막시민은 뺨과 목덜미를 몇 번 문질러보았다. 믿어지지 않
았다. 조금 전까지의 굉음과 공포는 목과 이마에 번진 식은땀
에만 남아 있었다. 옆을 보니 쥬스피앙은 땀 한 방울 흘리지
않은 모습으로 다시 손차양을 한 채 하늘을 보고 있었다. 그
러다가 문득 생각난 것처럼 막시민을 보더니 의아한 표정을

지었다.

"넌 왜 여기 있냐?"

막시민이 기가 막혀서 막 소리를 지르려는 참에 쥬스피앙
도 마침 생각해냈다.

"아 참, 내가 데리고 왔지."

"도대체 뭔 소릴 하는 건데요!"

"잠깐 잊은 거야. 내가 집중하다보면 그럴 때가 있다는 걸
너도 알지 않냐?"

그랬나? 막시민은 쥬스피앙의 그런 모습을 본 적이 없었
다. 지금이 처음이었다. 그 말은 조금 전의 주문이 쥬스피앙
에게도 꽤 심력을 소모한 일이었다는 뜻이다. 쥬스피앙도 긴
장할 문젯거리가 있는 곳이라고? 더더욱 여기 있기가 싫어지
네. 여름휴가가 오 분짜리일지라도 사양한다.

쥬스피앙이 이어 말했다.

"분명히 말해두는데 이런 거 봤다는 말을 아무한테도 해선
안 된다. 알았어?"

"뭘요? 저 쇳조각?"

"그거 말고! 아니, 그거야 원래 말하면 안 되는 거고! 내 주
문 말이야! 아직 미완성이야, 알았냐!"

하여간 다 말하면 안 된다는 뜻이다. 이어 쥬스피앙이, 방
금 이런 일을 마쳐서 그런가 어쩐지 좀 멋있어 보이는 표정으

로 말했다.

"그나저나 너는 이런 걸 보고도 진짜 마법이 배우고 싶지가 않냐?"

막시민은 크나큰 감탄의 마음을 담아 숨을 크게 들이쉬었다가 내쉬며 말했다.

"이렇게 해내려면 앞으로 오십 년 정도는 죽기 살기로 배워야 하겠죠? 근데 그때쯤 되면 저절로 죽을 텐데 뭐하러……"

쥬스피앙은 막시민의 뒤통수를 한 대 때리려 했지만 막시민은 다년간의 경험으로 15도만 움직여 자연스럽게 피했다. 쥬스피앙은 헛손질을 했지만 그럴 줄 알았다는 것처럼 평화롭게 욕을 퍼부었다.

"이 잽싸게 빌어먹을 놈 같으니."

막시민은 대충 고개를 끄덕이며 말했다.

"잽싸면 빌어먹기도 좋겠지 뭡니까? 뭐 하여간 이 정도면 하루치 고난으로 넘치는 것 같고, 이제 일 분이라도 빨리 방으로 돌아가고 싶은데 어떻게 안 될까요?"

"아냐, 넌 여기 익숙해져야 해. 또 오게 될 수도 있거든."

막시민은 눈을 크게 떴다.

"제가 왜 옵니까?"

"내가 아까 여기가 마음에 드는지 잘 보라고 했던 거 생각안 나냐?"

"지금 땅 보러 왔습니까? 여기다가 여름휴가용 별장이라도 지어주려고요?"

"바로 맞혔다!"

이쯤 되자 막시민도 성격대로 맞고함을 질렀다.

"됐거든요!"

"닥쳐! 진짜 별장인 줄 알아? 네놈을 여기로 보내버리겠다 그 말이야! 네냐플에서 퇴학당하면!"

막시민은 눈을 튀어나올 것처럼 크게 떴다가, 곧 헛웃음을 쳤다.

"뭐라고요? 잠깐만, 그렇게 복잡한 방법으로 죽일 필요는 없거든요."

여기가 어딘지 몰라도 별장 짓고 쇳조각 수박밭이나 일구며 행복하게 살라고 보내는 게 아닌 건 잘 알겠다. 아니, 수박밭을 일굴 수도 없지. 막시민은 쥬스피앙이 아니니까. 마법 주문이라고는 '아나보'로 촛불 켜는 정도밖에 모르는 인간을 이런 데로 보낸다고?

"싫으면 퇴학을 당하지 마! 당연한 걸 가지고!"

"이미 당한 걸 어쩌라고요!"

"뭘 벌써 당해! 아직 시험 결과도 안 나왔잖아!"

"5등급 받은 답안지를 아까 다 봤다면서 뭔 헛소리입니까!"

돌이켜볼 때 첫 만남부터 꼬인 인연이었던데다 도무지 세

계관이 맞지 않았던 그들의 대화는 예로부터 팔 할이 고함이었다. 하지만 오늘은 정도가 심했다. 쥬스피앙은 막시민을 노려봤다. 막시민도 쥬스피앙을 노려봤다. 보기보다 오래 살아온 쥬스피앙에게 이 정도로 원초적인 표정을 짓게 만드는 놈도 이 녀석뿐이었다. 쥬스피앙이 입술을 짓씹으며 내뱉었다.

"내가 봤다뿐이지, 발표된 건 아니라고!"

"그 말은! 잠깐, 설마 시험 성적을 조작하기라도 하겠단 겁니까? 위대하고 도덕적인 대마법사께서? 고작 저 같은 놈을 구제하려고?"

막시민의 말은 지나치게 핵심을 찔러서 쥬스피앙도 즉각 반박하지 못했다. 쥬스피앙은 빠르게 눈을 몇 번 깜빡거리다가 소리쳤다.

"내가 그럴 리가 있냐! 그러니까 난…… 네냐플 학장의 내년 계획을 미리 알고 있을 뿐이야!"

"아하, 그래요? 학장님이 내년에 학칙을 일부 개정해서 저 같은 낙제왕들을 구제하기로 하셨다 그거군요. 5등급도 한 해는 더 봐준다던가 뭐 그런 거겠죠? 각별한 친분 덕택에 그 사실을 미리 알게 되신 쥬스피앙 님은 게으른 녀석에게 겁을 줄 겸 일단 이런 데를 구경시킨 다음에, 내년 학비를 기쁜 마음으로 지불하실 예정……"

쥬스피앙이 콧방귀를 뀌었다.

"흥, 일이 그렇게 쉽게 풀릴 것 같냐? 네냐플의 학사 관리 규범은 최소 백 년간 개정된 적이 없거든?"

"그럼 대체 뭔데요? 내년에 네냐플에서 여기다가 최고급 신규 기숙사라도 분양하냐고요!"

말도 안 되는 소리를 했는데 뜻밖으로 쥬스피앙이 피식 웃더니 말했다.

"네가 지금까지 한 말 중에서 가장 통찰력 있었다."

이게 무슨 소리야? 막시민은 쥬스피앙을 뚫어져라 보며 방금 자신이 한 말을 되새겨봤다. 네냐플…… 신규 기숙사…… 이런 곳에?

그럴 리가 없잖아?

"잠깐, 통찰력이란 건 진실을 꿰뚫어보는 능력이라는 뜻이니까…… 그렇지, 여기는 아니고 어딘가에 기숙사를 짓긴 하는데 그게 최고급이다, 뭐 그런 뜻이군요?"

쥬스피앙은 수수께끼를 좋아하는 사람이라 막시민의 잘못된 추리에 재밌어하는 기색이 역력했다. 그 무렵 막시민이 만들어놓은 불빛이 수명을 다하자 열 배 정도 밝은 불빛을 슥 만들어 띄워놓더니, 돌아서서 등뒤의 벌판을 손가락질했다.

"자, 여기가 어딜까? 저 모래 보이지? 이런 꼬락서니가 끝도 없이 계속되는 곳이야. 여긴 그나마 바닥이 단단한 편이지만 더 가면 푹푹 빠지는 모래 더미지. 이런 데서 사는 놈들 중에 제정신인 건 없어. 뭘 만나든 다 적이야. 아까 본 놈들은 최근 세력이긴 하지만, 어쨌든 수백 년 전부터 그랬다고. 그러니까 여기가 어디게?"

"……필멸의 땅요?"

"그래, 맞혔네."

필멸의 땅은 대륙 중앙부에 위치한 거대한 사막이었다. 사막이기만 하면 그런가보다 하겠지만 생기게 된 이유가 특별하다보니 평범한 사막 생물 대신 미친 유령들이 들끓었다. 그러므로 제정신인 사람은 절대로 발을 들이지 않고 보물을 노리는 무모한 사냥꾼들만 기웃대는데 반년 정도가 평균 생존 기간이라고 알려져 있었다. 십여 년 넘게 드나드는 자들도 있는 걸 생각하면 평균을 낮추는 자들의 수명도 예상 가능한, 그런 곳이었다.

물론 막시민은 필멸의 땅에 와본 일이 없었다. 그는 제정신이었던 것이다.

"필멸의 땅에 기숙사를 짓는다고요? 그거 망한 비유 같은 거죠? 말이 헛나왔을 때는 빨리 인정하시죠. 괜히 밀어붙이다가 더 꼬이니까."

쥬스피앙은 경험에 의거해 약간의 마법을 실어 막시민의 뒤통수를 한 대 후려쳤다. 그런 다음 말을 이었다.

"시끄럽다. 해석은 알아서 해. 어쨌든 네냐플 학장이 주는 마지막 기회도 못 잡고 그대로 퇴학당하면 넌 여기서 살게 될 줄 알아라. 여기도 꽤 좋은 점이 있지. 살다보면 저절로 마법을 배우고 싶어질걸?"

"아, 물론 그렇죠. 마법을 배울 마음이 생긴 시체가 될 것 같네요."

쥬스피앙은 눈을 치떴다가 곧 포기했다는 것처럼 혀를 찼다.

"화내기도 귀찮다. 하여간 너란 놈은 정말이지 구제하기가 어려워. 그래서 그런가 내가 더 포기를 못하겠네? 하여튼 이만하면 내가 하려는 말은 다 이해가 됐겠지? 그만 돌아갈까? 마침 방이 하나 비었군."

그게 무슨 소리인지는 몰랐지만 쥬스피앙은 허공에 손을 내밀어 뭔가를 만지는 시늉을 했다. 이를테면 문고리 같은 것을 말이다. 그걸 보고 있던 막시민은 문득 떠오르는 것이 있어 물어보았다.

"근데 아까 그놈들이 한 얘긴 무슨 헛소리였던 겁니까?"

그런데 웬일인지 쥬스피앙이 비웃는 대신 반문했다.

"얘기? 무슨 얘기?"

"뭐 자기는 죽지 않는다나, 죽은 적이 없다나 그런 소릴 했잖아요."

쥬스피앙이 계속 손을 움직이면서 고개를 갸웃했다.

"뭐? 누가 그런 소릴 해? 쇳조각들이? 너 제정신인 건 맞지?"

막시민이 '지나치게 맑은 정신입니다만'이라고 말하려는 순간 쥬스피앙은 발로 막시민을 걷어찼다. 막시민은 앞으로 자빠질 듯 나아가다가 넘어졌다. 넘어지고 보니 소파 위였다.

눈앞에서 따뜻한 벽난롯불이 너울거리고 있었다. 맞은편 테이블에는 먹다 놔둔 과자와 치즈 조각들이 담긴 접시가 보였고, 그 옆에는 반쯤 빈 포도주병이 있었다. 고개를 들고 보니 창문은 솔방울과 말린 나뭇가지, 리본과 털실로 예쁘게 장식되어 있었다. 사막은 온데간데없었다.

다행스러운 일이지만, 그게 문제가 아니었다. 이 망할 놈의 마법사가! 여긴 또 어디야?

거실을 중심으로 침실문 네 개가 마주보고 있는 광경은 익숙했다. 즉, 여기도 네냐플의 빌라 중 하나였다. 하지만 한 번도 본 적이 없는 방이었다. 아는 사람의 방이 아니라는 뜻이다. 뛰어나가서 자기 빌라로 돌아가면 해결될 것 같지만, 그게 그렇지가 않았다. 보기보다 골치 아픈 문제였다.

네냐플 학생들은 자기가 속한 빌라를 중시해서, 실은 지나치게 감정 이입하는 경향이 있어서 별것 아닌 이유로 시시한 싸움을 벌이는 전통, 아니 악습이 있었다. 한 사람의 사소한 실수가 전체 빌라 구성원의 명예를 건 승부로 이어져 몇 주, 때로는 몇 학기에 걸쳐 싸우는 일이 빈번했다. 이것을 '빌라 전쟁'이라고 불렀다.

빌라 전쟁에서는 신체적 폭력을 제외한 모든 행동이 암묵적으로 허락되었다. 웬만해서는 교수들도 참견하지 않았다. 그렇다보니 온갖 기상천외한 공격과 반격이 벌어지곤 했다. 여기는 마법 학교인 것이다. 그러다보면 창의적으로 어처구니없는 공격도 벌어졌다. 그 결과 빌라 전쟁 때문에 징계를 받는 학생이 한 해에 네 명 이하였던 적이 한 번도 없었다. 그런데도 없어지지 않는 괴상한 전통이었다.

그러므로 친분 없는 학생의 빌라에 멋대로 들어가는 행동은 매우 위험했다. 즉, 빌라 전쟁의 씨앗이 되기 쉬웠다. 평소 사이가 나빴다면 이를 핑계삼아 바로 전쟁이 발발한다고 보면 될 정도였다.

다행히 빌라 안에 사람은 한 명도 보이지 않았다. 그 사실을 깨달은 막시민은 서둘러 탈출하려 했다. 그러나 문 앞에 이르렀을 때 복도에서 발소리가 들려와서 나갈 수가 없었다.

"젠장."

주위를 두리번대니 구석에 피아노처럼 생긴 것에 흰 천을 덮어놓은 물건이 눈에 띄었다. 막시민이 재빨리 천을 들추고 피아노 밑으로 기어들어가자마자 문이 열리는 소리가 났다.

발소리는 두 명이었다. 먼저 들어온 사람이 소파에 털썩 앉으며 말했다.

"젠장, 아무래도 갔다 와야 할 것 같네."

동시에 막시민도 들리지 않게 "젠장!"을 내뱉었다. 여자 목소리잖아! 하필이면 여자 기숙사로 보내다니! 이…… 똘똘 말린 엿가락 같은 또라이가!

여기서 들키면 백 퍼센트 전쟁이다. 틀림없다. 게다가 같은 빌라의 친구들도 황당해할 게 뻔했다. '야, 여자 기숙사에는 어쩌자고 들어갔어?'

어쩌자고 들어가긴! 난 들어가짐당한 것뿐이야!

절대로 들키지 않아야 하겠지만 만약 들킨다 친다면, 티치엘 쥬스피앙의 아버지인 세계 최고의 미친 마법사가 저지른 기행을 설명하는 걸로 어떻게 무마가 될까…… 안 될 것 같네.

티치엘은 자기 아버지와 달라도 한참 달랐다. 누구나 인정하는 모범생에 '네냐플의 천사'란 소리를 들을 정도로 상냥한 학생이었다. 사실 그놈의 상냥함이 좀 지나칠 정도였지만.

막시민은 티치엘의 '지나친' 상냥함 속에 아버지를 빼닮은 부분이 있다고 생각했지만, 그건 그들 부녀를 오래 겪어온 막시민의 관점일 뿐이었다. 다른 학생들이 보기에 티치엘은 그저 이타심 넘치는 네냐플의 천사였다. 네냐플의 누구라도 막시민보다 티치엘의 말을 오천 배 더 믿을 것이다. 무엇보다 티치엘한테 '너희 아버지가 날 일부러 여자 기숙사에 처넣었다'고 주장한다면……

젠장, 됐다. 남들이 믿어주고 말고의 문제가 아니잖아.

막시민이 첫번째 대책을 급속 폐기하고 있을 때 다른 여학생이 대답하는 소리가 들렸다.

"그렇지? 마리사, 너도 이왕 갈 거면 나랑 같이 다음달에 가자. 두 달만 빡세게 버티면 된다잖아. 요새는 좀 잠잠하대."

"야, 안심하지 마. 솔직히 다 예측 불가잖아. 오늘 조용하다가도 내일 우글우글 몰려올지도 모르잖아. 교수들이 그곳이 어떻다고 하는 얘기는 날씨 예측만큼도 쓸모가 없다고."

"그렇다고 교수들보다 우리가 더 잘 알겠니? 그냥 아무도 아무것도 모른다고 생각하면 속 편해."

"속이 편해? 엘제, 이건 목숨이 걸린 문제거든? 적긴 하지만 죽을 확률이 있다고 레오멘티스 교수도 분명히 말했어. 거기 갔다가 못 돌아온 사람이 지금까지 세 명은 분명히 있었다고 말이야."

"그럼 넌 안 가고 두 학기쯤 더 다닐래?"

"웃기지 마. 그건 확실하게 죽는 방법이잖아."

마리사와 엘제는 어쩐지 막시민과 비슷한 고민을 하고 있었다. 막시민도 네냐플을 더 다니다간 계피처럼 돌돌 말려버릴 것 같아서 도망치려 한 건데, 어떤 인간이 그보다 더 확실하게 죽는 방법을 들고 나타난 것이다. 그러더니 둘 중 택일하란다. 어쩌라고?

여름휴가를 보내기에 적당치 않은 곳

막시민이 기억을 더듬어보건대, 두 사람은 네냐플 학생이 긴 했지만 연구 과정 학생들이었다. 연구 과정에 들어갔다는 것은 지옥의 졸업시험을 통과하고도 학교에 남겠다는 어마어마한 결정을 내리신 대천재님이란 뜻이다.

그런 분들과 빌라 전쟁을 벌이면 어떻게 될까 매우 궁금하지만 알기가 싫기도 하고 그렇네?

그리고 연구생들의 기숙사는 학생 기숙사와 건물부터 다른데 이 학교를 졸업한 대마법사 주제에 잘도 이런 데로 보냈겠다……

그때 창밖에서 11월 어느 날 밤에만 출몰한다는 네냐플의 좀비떼가 괴성인지 환성인지 모를 소리를 지르며 지나갔다. 엘제가 자조적으로 웅얼거렸다.

"졸업시험 통과한 날 이래로 쟤들 신세가 부러워질 날이 올 줄이야."

"아냐, 난 안 부러워. 난 쟤들에 비하면 주문 한 개라도 더 알잖아. 다시 말해 거기서 죽을 확률이 약간이라도 낮은 거지."

"무슨 소리니? 쟤들은 킵에 갈 일이 없잖아?"

"너 확신하지 마라. 우리가 가게 된 것부터가 원래 없어야 할 일이야. 인원 부족이 계속되면 쟤들이라고 안전할 것 같아?"

"웃기지 마. 무슨 제노사이드 일으킬 일 있니? 평소에도 미친 유령들이 들끓는 거기에 저런 천진난만한 애들을 다짜고짜 보낸다고? 교수들도 그런 미친 짓은 안 해요."

들고 있자니 막시민은 점차 기분이 이상해졌다. 킵? 설마…… 저 두 사람이 말하는 데가 방금 쥬스피앙한테 끌려갔다 온 거긴가? 아까 쥬스피앙이, 비록 망한 비유이긴 하지만 그곳에 네냐플 신규 기숙사를 짓는다고 했잖아? 그게 무슨 소리겠어?

"하여간 가기로 했으니까 약초학 논문은 이제 내다버려도 되겠지? 어휴, 초본 잃어버린 후로 꼴도 보기 싫었는데. 모조리 난로에 넣어버릴 거야."

마리사가 일어나는 소리가 들렸다. 그러더니 막시민이 있는 쪽으로 발소리가 가까워졌다.

안 돼! 저리 가!

막시민은 기겁해서 더 숨을 곳이 없나 찾아봤지만 등뒤는 벽일 뿐 쥐구멍 같은 건 물론 없었다. 그리고 그제야 알았지만 막시민이 숨은 곳은 피아노가 아니라 책상다리 밑이었다. 마리사는 쓰던 논문이 너무 꼴 보기 싫어서 책상에다가 담요를 덮어씌운 것뿐이었다. 마리사가 담요를 걷어치운 다음 책상 밑의 막시민은 못 보고 논문만 갖고 갈 가능성은 없겠지?

젠장, 그건 막시민이 갈색 쥐 한 마리더라도 무리라고.

이 년 동안 시험도 낙제도 유급도 겁내지 않고 당당히 마법

공부를 무시해온 막시민이었지만 지금만큼은 공부에 소홀했던 걸 후회했다. 투명화라든가, 순간 이동이라든가, 시야 조작이라든가, 정신 조종이라든가. 그런 주문을 쓰면 된다는 건 안다. 단지 알고만 있을 뿐이지만.

티치엘이 듣는다면 눈이 동그래질 일이지만 막시민은 이 순간 생각했다. 여기서 탈출하면 이중 하나라도 반드시 배워두리라. 이걸 배우기 위해 기초 공부 백 시간이 필요하더라도 말이야, 꼭 하나는 배운다.

물론 안 들키고 탈출했을 경우의 얘긴데……

그때였다. 문이 벌컥 열리며 다른 사람의 목소리가 들렸다.

"마리사, 엘제! 이런 날 방에서 뭐해? 호이오크 교수님이 오늘밤 네냐플의 좀비떼한테 데스 관 지하로 모이라고 선포하셨어! 저번에 백삼십 년 전에 수확된 채로 보존됐다던 포도 찾았던 것 생각나? 그걸로 담갔던 포도주 통을 개봉하신다는 거야!"

"뭐? 그거 마셔도 안 죽는 거야?"

"걱정 마. 호이오크 교수님이 제일 먼저 맛을 보실 거니까. 그런 기회를 놓치는 분이니? 만약 토사물 맛이면 근사한 걸로 새로 한 통 뜯어주시고도 남을걸? 벨크루즈산이면 좋겠다."

몇 마디 더 떠드는 소리에 이어 문이 닫히는 소리가 들렸다.

막시민은 조금 더 기다렸다. 하지만 말소리도 발소리도 들리지 않았다. 둘 다 가버렸나? 정말로?

다행스럽기도 했지만 솔직히 어처구니가 없었다. 너무 완벽한 순간에 찾아온 구원이 조금 의심쩍기까지 했다. 혹시 아까 그 학생, 쥬스피앙이 보낸 거 아니야? 막시민이 방금 한 결심을 눈치채고? 혹시 여기 떨어진 것부터가 모조리 쥬스피앙의 거대한 음모는 아니겠지?

그러니까…… 이제 백 시간 기초 공부부터 시작해야 한다 그건가.

막시민의 속마음을 어떻게 눈치챘는지는 둘째 치고, 모든 게 너무 그럴싸해서 떨떠름했다. 그런 생각을 하는 중에도 방은 조용했다. 막시민은 둘 다 갔다고 판단을 내린 뒤 담요를 살짝 들춰 밖을 내다봤다. 과연 아무도 없었다. 담요가 흘러내리지 않도록 조심하면서 밖으로 기어나왔다. 이어 재빠르게 문 대신 창문 앞으로 갔다. 조금 열고 내려다보니, 아니 내려다보려 했지만 코앞이 땅이었다. 다시 말해 이곳은 반지하 층이었다.

탈출에는 최고네.

막시민은 쉽사리 창문턱을 넘어 화단으로 빠져나갔다. 창문도 얌전히 닫아놓았다. 교정에 내려오고 보니 네냐플의 좀비 떼는 모두 데스 데이븐 관으로 몰려갔는지 사방이 조용했다.

인적 없는 교정을 가로질러가면서 막시민은 생각했다. 다

여름휴가를 보내기에 적당치 않은 곳

시 말해 자기 자신과 극적인 타협을 성사시켰다. 기초 공부 백 시간은 지나치게 무리한 구상 아니냐. 아까 생각한 것 중에 제일 간단한 걸 골라 구현부만 배우는 걸로 타협하자. 주문 지속 시간은 대략 사십 초 정도면 되겠지? 책상 밑에서 창문밖으로 나오는 데 대충 그 정도 걸렸어.

기초 없이 구현부만 배운 마법은 구현될 때는 언뜻 비슷하지만 지속 시간이 짧았다. 그리고 잘못 구현되는 경우도 많았다. 하지만 이미 탈출한 막시민은 그 정도로도 충분히 성의 있는 결정을 내렸다고 생각하고는 가벼운 마음으로 북탑 기숙사로 올라갔다.

도토리 빌라 앞에 도착한 막시민은 문을 열기 전에 잠시 생각했다. 쥬스피앙이 사막에서 했던 얘기가 심상치 않은 것 같은데, 신규 기숙사 말이야, 그 소릴 어떻게 해석해야 한담.

하지만 본의 아니게 연구생 빌라에 떨어져 역대급 빌라 전쟁을 일으킬 뻔하다가 탈출하는 중대 사건을 겪는 바람에 대략 중요하지 않은 각주로 느껴졌다. 학장이 뭔가 제안할 거라고 했던가? 아, 뭔지 모르지만 자기들이 알아서 하겠지?

막시민은 심호흡을 한 다음 문을 열었다. 다시 사막에 떨어지는 일은 일어나지 않았다. 그토록 돌아오고 싶었던 안락하게 어수선한 빌라의 풍경이 나타나자 크게 마음이 놓였다. 그 사이 방에 돌아왔다던 룸메이트 친구들은 자리 간 건지 호이

오크 교수의 미친 포도주 파티에라도 간 건지 거실도 비어 있었다. 빌라도 조용하겠다, 막시민은 자기 방으로 직행해서 평화롭게 곯아떨어졌다.

이튿날 시작될 격변은 예상하지 못한 채로.

도토리 빌라 문짝의 수난

다음날이 밝았다.

막시민은 날이 밝았다고 일어나는 부류가 아니었다. 그러나 그날은 막시민뿐 아니라 전교생이 다 그랬다. 아침에 식당에 나타난 학생은 고작 세 명에 불과했다.

그중 첫번째는 네냐플의 천사 티치엘 쥬스피앙이었다. 한 손에 파란 표지의 작은 주문 공책을 끼고, 어제 무슨 일이라도 있었느냐는 듯 단정한 모습으로 계단을 올라왔다.

뛰어난 재능과 성실함, 시험 기간에 남의 숙제를 세 시간씩 봐주는 천상의 상냥함까지 갖춘 티치엘에게 '천사'라는 별명은 매우 잘 어울렸다. 하지만 그녀를 오래 겪은 사람들은 알았다. 그게 전부가 아니라는 것을.

티치엘만 그런 것이 아니었다. 992년에 입학한 네냐플 이 년 차 가운데에는 티치엘을 포함해 '4대 불가사의'로 불리는 네 명이 있었다. 그들 모두가 첫인상과 백팔십도 다른 인간인 것으로 유명했다. 그중 최고의 반전은 교복을 갖춰 입고 입만 다물고 있으면 냉철하고 명석해 보이는 막시민이었고.

고운 백금발에 다정한 미소를 가진 티치엘은 착하고 순해 빠졌을 것 같지만 그렇지 않았으며, 하얀 원피스를 즐겨 입는 걸 보면 깔끔하고 조심스러울 것 같지만 또한 그렇지 않았다. 하긴 천재적 괴물들이 피 말리는 경쟁을 벌이는 네냐플에서 1등일 것 같은 인상도 아니긴 했다.

티치엘의 앞치마에는 아플리케가 일곱 장 기워져 있었다. 아플리케의 숫자는 최근의 실험이 어떻게 돼가고 있는지를 알려주었다. 일곱 군데나 앞치마를 태워먹은 것을 보면 뭔지 몰라도 벽에 부딪힌 게 분명했다. 하지만 티치엘에게 짜증난 기색은 없었다. 그녀는 어려운 것일수록 좋아했다. 어려울수록 점점 더 미친 듯한 파괴력을 뽑아내는 부류였다. 다섯 살에 처음 마법을 배우기 시작한 이래로 늘 그랬다.

그날, 식당에 들어선 티치엘은 텅 빈 식당을 보고는 움찔 놀라며 중얼거렸다.

"어머, 다들 괜찮은 걸까?"

이어 식당 직원과 마주쳐 어젯밤에 가공할 쓰레기를 치워야 했다는 하소연을 한바탕 들어준 후 아침식사를 받았다. 블루베리잼을 곁들인 팬케이크 세 장, 사과, 오렌지, 포도, 토마토, 우유 한 잔.

티치엘은 날씬한 체구였지만 놀랄 만큼 많이 먹었다. 과일이 주 종류이긴 해도 먹는 양만으로는 하루종일 검을 휘두르는 전사 못지않았다. '쟤는 먹는 게 다 어디로 가는지 모르겠네?' 하는 생각은 티치엘을 사흘만 관찰해보면 깨졌다.

공부를 하고, 시험을 보고, 실험을 하고, 신약을 개발하고, 서로 종류가 다른 수십 가지 화분을 키우고, 약초학 교수의 온실에서 기록을 담당하고, 도서관에서는 두번째로 책을 많이 빌리고, 숲 경계를 드나드는 동물들을 돌보는 동아리도 만들었다. 낙제를 앞둔 친구들의 과제도 도와주고 사태가 심각해 보이면 개인 교습도 해준다.

여기까지만 해도 인간의 일정이랄 수 없는데 심지어 남들에게 밝힐 수 없는 일정까지 있었다. 가장 놀라운 건, 전부 자기가 하고 싶어서 만들어낸 일거리라는 점이었다. 누군가가 괜찮냐고 물어보면 이런 대답이 나왔다.

"다 재미있는데 어떡해?"

이렇듯 포기를 모르는 티치엘에게도 해내지 못한 일이 있었다.

이날, 혼자 주문 공책을 뒤적거리며 아침을 먹던 티치엘은 곧 심심해졌다. 그날 두번째로 식당에 올 예정인 누군가는 이제 겨우 세면장에서 비틀대고 있었기 때문이다.

아무도 없는데, 음성 마법으로 대화나 해볼까?

늘 갖고 다니는 주문 공책 뒤편에는 손바닥만한 마법진이 그려져 있었다. 추분이 시작되는 자정에 뽑은 쐐기풀 잉크로 그린 것이다. 본래는 푸른 머리 비둘기의 피로 그려야 하지만 티치엘은 죄 없는 비둘기를 괴롭힐 생각이 전혀 없었다. 그래서 이미 만들어진 시약을 122번에 걸쳐 증류해 정수를 추출하고 87가지 재료를 대입해 실험한 끝에 대체 시약 제조에 성공했다. 그랬더니 마법진의 지속 시간도 극적으로 길어졌다. 대략 두 달로. 그리고 재료비는 오십 배로 치솟았다.

그런 수고를 조금도 귀찮아하지 않는 점과, 값진 재료를 마구 쓸 수 있다는 점, 두 가지 모두가 친구들이 말하는 '티치엘다움'에 해당됐다. 그리고 쥬스피앙이라면 딸의 그런 시도를 자랑스럽게 여겼을 것이다. 중대한 마법적 발견은 그런 배타적 고집 때문에 탄생하는 법이라면서. 그 말은 물론 사실이었다. 그래서 마법사 중에 미친 사람이 많은……

"막시민? 일어났니?"

……그리고 티치엘은 그렇게 만든 마법진을 한 사람을 괴롭히는 데 쓰고 있었다.

"……"

대답은 들려오지 않았다. 예상한 바였으므로 티치엘은 목소리를 조금 높였다.

"너 아직 자? 그만 일어나. 아침 일곱시 반이잖아. 식당이 텅 비었어."

텅 비었으므로 데이트라도 하자는 이야기는 물론 아니다.

"아무도 안 먹으면 준비된 음식들이 안됐잖아. 너라도 얼른 와."

막시민은 그런 종류의 일에는 인류 최후로 동원되어야 할 인간이었지만 티치엘은 늘 처음으로 불렀다. 왜냐하면 음성 마법이 연결되어 있기 때문이다.

"막시민! 응? 듣고 있니? 아침을 먹으면 하루를 기운 내서 시작할 수가 있잖아."

막시민이 자신은 아침식사보다 아침잠을 선호하며 하루의 컨디션에도 오천 배쯤 좋다고 말한 지도 어언 삼 년째다.

"으음…… 어휴."

평소 잠을 자야겠다 싶으면 누가 끌어내려서 침대 밑으로 차넣어도 일어나지 않는 막시민이었다. 그러나 속삭이듯 친절한 티치엘의 목소리를 들으면 이상할 정도로 잠이 달아났다. 잠뿐 아니라 제정신도 달아나고 삶의 의욕도 달아나는 문제점은 있었다.

"……뭐라고?"

"와아, 드디어 깼구나? 아침 먹으러 오라고. 팬케이크가 맛있어."

다른 녀석이 저런 말을 저런 목소리로 했으면 천 년의 인연도 끊어버렸을 텐데.

"······기다려. 아니, 기다리지 마. 기다리지 말라고 분명히 말했다."

기다리라고 하면 진짜로 먹지도 않고 기다릴까봐 막시민은 서둘러 말을 고쳤다. 그런 적절한 조치를 하는 가운데 조금 남은 잠기운도 다 사라져서 비척비척 일어나 앉았다. 시계를 보니 일곱시 사십분이었다. 와, 시험도 끝났는데 이런 시각에 깨우다니 얘는 정말 양심이란 게 땅콩 부스러기만큼도······

하긴 시험 기간에도 일찍 일어난 적은 없었네.

잠시 후, 아무거나 걸쳐 입고 거실로 나와보니 다른 방의 문도 모두 닫혀 있었다. 즉, 막시민보다 백 배, 삼백 배, 천 배 성실한 세 명의 룸메이트도 아직 잔다는 말이다. 식당이 텅 비었다고 했는데 왜겠어? 그런 날 이 막시민 리프크네가 제일 먼저 일어났다고?

이게 다 어제 술이 부족해서야! 술이 부족한 건 쥬스피앙 때문이고! 일어난 건 쥬스피앙의 딸 때문이고! 정말이지 둘 다 저주해버리고 싶은데 안타깝게도 마법을 안 배웠다! 왜 둘이 작당해서 마법을 가르치려고 난리냐고!

막시민은 일 년 반 전, 총 일곱 시간의 과외에도 불구하고 첫 시험에 낙제한 것을 약간 미안해하다가 티치엘이 제안한 단거리 음성 마법에 동의했던 자신을 저주했다. 자신을 저주하기 위해서는 어쨌든 마법이 필요하지 않기 때문이었다.

그땐 마법 학교란 곳에 입학한 지 얼마 안 돼서 뭘 몰랐던 것이다. 그뒤로 연달아 일곱 번이나 낙제할 줄이야 누가 알았겠는가. 그리고 티치엘이 그놈의 음성 마법을, 일반 시약보다 오십 배나 비싼 시약을 두 달에 한 번 꼬박꼬박 써가며 지금까지 유지할 줄은 알았겠는가?

이러한 내면의 외침을 고이 억누른 채 막시민은 느릿느릿 교정을 가로질러 식당으로 갔다. 이때까지만 해도 티치엘이 천사의 속삭임을 보내 그를 구한 셈인 줄은 알지 못했지만.

막시민이 떠나간 자리에는 고요한 도토리 빌라가 남겨졌다. 고요는 수십 분 뒤 깨졌다. 발소리도 요란하게 몰려온 세 사람이 빌라 문을 두드려댔던 것이다. 대답이 없자 연달아 걷어찼다.

"야, 도토리 빌라! 얼른 튀어나오지 못해? 증거가 있으니 시치미뗄 생각은 하지도 말고!"

이런 소란에도 깨지 않을 사람은 막시민밖에 없었다. 그러나 막시민은 이미 깨서 나가고 없다는 점이 반전이었다.

"뭐야? 누구야? 무슨 일이야?"

제일 먼저 루시안 칼츠가 거실로 뛰어나왔다. 금발이 한쪽으로 근사하게 눌린 모습으로. 그는 당장 문을 열어보려다가 자신이 잠옷 차림임을 깨닫고 잠시 생각에 잠겼다. 그리 오래 잠기지는 않았다. 알 게 뭐람?

잠옷을 갈아입고 나오는 데 걸리는 시간보다 궁금한 마음이 더 컸고, 루시안은 궁금한 것을 참지 못했다. 즉시 문짝에 달라붙은 루시안이 물었다.

"누구세요?"

대답 대신 다시 문을 걷어차는 소리가 들렸다.

"문 열어!"

"왜요?"

"열라니까!"

루시안은 문에서 한 발짝 물러서더니 팔짱을 꼈다.

"왜인지 말해야 열 건데요?"

한번 더 문을 걷어차는 소리가 들리더니 여자 목소리가 말했다.

"야, 너 루시안 칼츠지? 말하는 것 보니 뻔해. 너 말고 다른 애 나오라고 해."

"왜요? 제가 뭐 어때서요?"

"너하고 무슨 얘기를 하겠어!"

"할 얘기가 없으면 그냥 가시면 되잖아요."

그사이 루시안에게도 같이 사는 녀석의 빈정대는 말투가 약간 옮겨붙은 모양이었다. 다만 똑같은 말투라도 의도는 달랐다. 루시안에게는 무슨 말이든 그 말 그대로의 뜻이었다. 하지만 듣는 사람은 그렇게 생각하지 않았다.

"야! 너 지금 2학년 주제에 그 말투가 뭐야!"

"높게 평가해주셔서 고맙지만 전 아직 1학년입니다."

핀트가 어긋난 대화가 계속 오가는 가운데 다른 두 침실에서는 아무런 기척이 없었다. 죄 없는 문짝이 한번 더 걷어차이자 루시안은 문고리를 부여잡았다가 금세 빠질 듯 덜렁댄다는 점을 발견했다. 어제까지만 해도 멀쩡했는데?

기척은 문밖에서 왔다. 갑자기 놀란 숨을 들이쉬는 소리가 연달아 나고 비명소리까지 들렸다.

"으헉!"

"뭐, 뭐야!"

루시안이 궁금해져서 다시 문에 달라붙었을 때 밖에서 익숙한 목소리가 말했다.

"선배님들, 용건이 뭡니까?"

대답은 들리지 않았다. 대신 문 안쪽의 루시안이 눈이 동그래져서 소리쳤다.

"어, 보리스? 언제 거기로 나갔어?"

친구도 대답하지 않았으므로 루시안은 궁금해 죽을 지경이 되었다. 그래서 잠옷 바람이라는 문제를 마음의 눈으로 삭제해버린 뒤 문을 열었다. 그런 담대함이 있었기에 루시안이 구경거리를 놓치지 않는 학창 생활을 보내고 있는 것이기도 했다.

복도에는 질겁해서 벽에 붙은 선배 한 명, 발을 헛디뎌 주저앉은 선배 한 명, 그리고 막 마법 수인을 맺으려다가 루시안이 문을 여는 바람에 중심을 잃고 빌라 안쪽으로 넘어지려 하는 선배 한 명이 있었다. 루시안은 얼른 비켜준 다음 어리둥절한 얼굴로 맞은편에 선 보리스를 봤다.

"다들 왜 그러는 거야?"

보리스 진네만은 자면서 엉킨 길고 검푸른 머리를 대강 올려 묶고 일상복 위에 교복 셔츠를 간단히 걸친 채였다. 손목에는 얇은 무명천을 감고 있었다. 교복 셔츠만 빼면 아침식사 전 간단한 운동을 할 때의 모습이었으므로 루시안은 선배들이 왜 놀랐는지 짐작이 가지 않았다.

그리고 보리스도 모르는 모양이었다. 보리스는 표정이 별로 없는 편이지만 루시안은 미세한 차이를 알아봤다. 지금 보리스의 표정에는 위협도 분노도 들어 있지 않았다. 그저 의아해하고 있을 뿐이었다.

다섯 사람 모두 먼저 입을 열지 못한 채 어색하게 서로를 봤다. 이럴 때 꼭 필요한 사람이 막시민이었다. 끝까지 자다가 뒤늦게 나온 주제에 대강 훑어보는 것만으로도 그들에게 상황을 척척 해설해줄 단 한 명이었으니까. 즉, 일어나서 막 운동을 하려다가 문을 걷어차는 소리를 들은 보리스가 위험한 상대일 가능성 일 퍼센트를 배제하지 않고 창문을 통해 빠져나갔고, 루시안이 입씨름을 벌이는 사이에 복도에 나타난 보리스의 기척을 깨달은 누군가가 놀라 소리를 질렀고, 나머지는 보리스에 대한 선입견 때문에 덩달아 자빠졌다는 것을 말이다.

하지만 막시민이 없었으므로 상황은 미궁에 빠졌는데, 추측을 해보자면 보리스의 극단적으로 갈리는 평판이 영향을 끼쳤을 성싶었다. 친구들이 보는 보리스와 기타 등등이 보는 보리스는 전혀 다른 사람이라 해도 과언이 아니었는데 친구가 몇 명 안 되다보니 학생의 대부분이 기타 등등이었다. 그리고 기타 등등은 그를 무서워했다.

소문에 따르면 보리스는 냉혹하고 무자비한 전사여서 한번 검을 들면 네냐플 1, 2학년 전체를 빌라 한 칸에 몰아넣을 수도 있다고 했다. 누군가는 3학년도 한데 몰아넣을 수 있다고 했지만 그것만은 3학년들이 극렬 반대해서 판단 유보중이었다.

공포스러운 평판에 비해 보리스가 다수의 학생 앞에서 검

실력을 보인 일은 한 번밖에 없었다. 입학 직후, 검으로 이름을 날리던 선배에게 목검으로 도전해서 죽지 않을 만큼의 부상을 입히는 데 십 초쯤 걸렸다고 했다. 그 사건 이후로는 장난으로라도 실력을 보여주지 않는 그가 그때는 왜 그랬는지, 직접 보지 못한 사람들은 믿을 수 없어했다. 피해 당사자는 얼마 뒤 학교를 나가버렸고 보리스는 극단적으로 말이 없었으므로 소문은 무시무시하게 와전되어갔다.

그랬기에 소리 없이 다가온 보리스를 코앞에서 본 선배가 놀라 자빠지는 것도 충분히 가능한 일이었다. 보리스는 그저 질문을 하려 했을 뿐이더라도. 그러든 말든 보리스는 루시안을 향해 고개를 저어 보였다.

"모르겠는데."

그제야 선배들이 비척비척 일어나더니 다들 보리스로부터 몇 걸음씩 떨어져 섰다. 얼굴을 보니 세 명 다 연구 과정 선배들이었다. 팀, 셉티무스, 엘제. 보리스를 피하다보니 그들은 저도 모르게 도토리 빌라 안쪽으로 들어가게 됐다. 빌라 주인인 보리스는 밖에 있고 나머지는 안에 선 기묘한 구도가 됐지만 엘제는 상관 않고 보리스와 루시안을 노려보며 말했다.

"우린 다 알고 왔어. 너희가 벌인 엄청난 짓거리 말이야."

루시안이 대꾸했다.

"엄청난 짓거리라뇨?"

"너희가!"

갑자기 팀이 목소리를 높였다. 아까 바닥에 주저앉았던 무안함이 뒤늦게 찾아온 모양이었다.

"연구 과정 학생의 빌라에 감히 들어가고! 심지어 마리사가 쓰던 약초학 논문을 훔쳐갔잖아!"

"네? 누가 뭘…… 어쨌다고요?"

루시안으로서는 그렇게 대꾸할 수밖에 없었다. 연구생들의 빌라라니, 논문이라니, 어떻게 봐도 입학 이 년 차에 유급 1학년인 루시안과 하등의 관계가 없잖은가?

루시안은 보리스 쪽을 봤다. 그리고 묻기도 전에 결론을 내렸다. 이런 일은 보리스하고도 상관없다. 보리스가 그런 일을 할 사람도 아니지만, 무엇보다 이해도 안 갈 약초학 논문 나부랭이를 왜 탐내겠어? 그러나 대답하기도 전에 팀이 다시 소리쳤다.

"그게 전부가 아니야! 너희 네 명 모두 남자인데, 어젯밤에 감히 여자 빌라에 들어와서 밤새 숨어 있었겠다!"

이번에는 어지간해서는 표정이 바뀌지 않는 보리스까지 당혹한 표정이 되었다. 앞의 것은 오해를 어찌 해소하면 된다쳐도, 이번 건 소문만으로도 치명적인 헛소리였다. 루시안이 더듬거리며 대꾸했다.

"그, 그건 진짜, 진짜로 무슨 소린지 모르겠어요! 저희는 어제 여기서 잤단 말이에요!"

"웃기지 마. 증거가 있어. 너희 네 명 다인지 아니면 한두 명인지 몰라도 분명히 까마귀 빌라에 들어갔어, 어젯밤에."

"아니에요! 그런 적 없어요!"

"흥, 그런 소린 생활지도부에 가서 하라고. 다른 녀석들도 안에 있나? 다 같이 나와. 지금 가게."

이미 도토리 빌라에 들어와 있던 셉티무스가 돌아서며 침실들을 두리번댔다. 닫힌 문은 하나뿐이었다. 막 다가가 그 문을 열려 하는데 보리스가 그를 불렀다.

"잠깐만요, 선배님."

인정하기 싫었지만 보리스의 목소리는 못 들은 체하기 어려웠다. 셉티무스가 고개를 돌리자 보리스가 말을 이었다.

"말씀하시는 시각이 언제입니까?"

"들어간 시각 말인가? 밤 열시에서 열두시 사이? 그후 쭉 비어 있었으니 언제까지 있었는지는 모를 일이지."

"말씀하신 시각에 저희 둘은 호이오크 교수님의 포도주 창고에 있었습니다. 모인 사람이 많았으니 증인도 많을 겁니다."

보리스의 말을 들은 루시안이 반색하며 외쳤다.

"맞아요! 거기서 포도주도 갖고 왔어요! 갖고 가면 안 된다고 교수님이 그랬지만, 하여튼 거기서 갖고 왔단 말이에요!"

기숙사에 술을 반입하는 것도 금지였지만 이 순간 루시안의 머릿속에 그런 것은 떠오르지 않았다. 하지만 셉티무스는 코웃음을 쳤다.

"거기에 있었을 수도 있지. 어차피 들어간 시간은 확실한 게 아니야. 어젯밤 내내 까마귀 빌라는 비어 있었어. 너희가 포도주 창고에서 실컷 마신 다음 술에 취해 언제든 숨어들었을 수 있지."

"아니라고요! 저희는 바로 방으로 돌아왔어요!"

루시안이 항변했지만 선배들은 팔짱을 끼고 경멸하듯 쳐다볼 뿐이었다. 보리스가 잠시 사이를 두고 말했다.

"이렇게까지 확신하는 근거를 알려주셨으면 합니다. 의혹만 가지고 생활지도실까지 갈 순 없습니다. 소문만으로도 불명예스러운 일이니까요."

그 말이 맞았다. 이런 일은 처음부터 연루된 적도 없는 편이 제일이었다. 엘제가 턱을 까딱거렸다.

"말해줘? 희귀한 마법 물질의 흔적이 우리 빌라에서 감지됐어. 그 흔적은 우리 빌라 창문을 지나, 교정을 가로질러, 바로 너희 빌라로 이어졌단 말이야. 보여줄까?"

엘제가 앞치마에서 작은 주머니를 끄집어냈다. 거기에서 마법 물질을 감지하는 '힌덴의 가루'를 집게손가락으로 집어내 아껴가며 조금씩 흩뿌렸다. 그럼에도 불구하고 거실 곳곳이 빛나기 시작했다. 루시안은 어처구니가 없어 입을 다물지 못했다.

"어…… 어…… 이게 다 무슨……"

"자, 증거는 이만하면 됐지? 자세한 설명은 가서 하자고."

"마리사가 지도실에서 기다리고 있어. 가서 얼굴을 마주보고 변명해보든가."

루시안은 거실을 몇 번이나 둘러봤다. 그리고 복도까지 나가 살펴보았다. 과연 복도 바닥에서도 뭔가가 희미하게 빛나고 있었다. 빛의 흔적은 도토리 빌라의 입구에서 사라졌다. 그리고 거실이 빛나고 있었다. 너무나 명백해서 무슨 말을 해야 좋을지 몰랐다. 대체 무슨 일이란 말인가? 왜 우리 빌라로 들어온 거지?

루시안은 화가 나고 억울한 나머지 목소리까지 갈라졌다.

"그렇지만, 그래도! 우리가 연구생 선배의 논문을 왜 가져가요! 이해도 못한단 말이에요! 관심도 없어요! 전 1학년이에요!"

팀이 루시안을 노려보며 말했다.

"마리사는 예전에도 한 번 논문을 도둑맞았어. 그런데 또 없어져서 이제 마감 기한 내에 다시 쓰기는 불가능해졌지. 너희한테 그 논문이 필요할 일이 있든 없든, 무슨 의도였든, 그런 건 궁금하지 않아. 너희 중 누군가가 들어왔고, 논문은 사라졌어. 너희가 책임을 져야 할 거야."

"하지만! 아무 이유가 없잖아요!"

"너희가 누군가의 사주를 받았을지도 모르는 일이지. 안 그래?"

그러는 동안 소란 때문에 깨어난 다른 방 학생들이 여기저기에서 문을 열고 내다보았다. 이제 복도에 서서 이야기를 나누는 것이 더 헛소문을 양산할 상황이었다.

보리스가 말했다.

"알겠습니다. 일단 저희 둘이 가죠. 루시안, 가서 옷 갈아입고 와."

"옷? 참."

루시안이 침실로 사라지자 셉티무스가 말했다.

"나머지 둘은?"

"방에 없습니다."

"아까 침실 하나는 닫혔던데?"

보리스는 확인해보라는 것처럼 문을 향해 고개를 까딱해보였다.

셉티무스는 보리스를 다소 긴장된 시선으로 주시하며 나머지 한 침실로 가서 문을 열었다. 안은 조용했다. 침대는 어젯밤에 누가 자기는 했을까 싶을 정도로 단정하게 정리되어 있었다. 소지품도 별로 없어서 언뜻 보기에는 아무도 쓰지 않는 빈방 같았다. 책 한 권, 옷 한 벌 나와 있는 것이 없었다.

셉티무스는 방안까지 들어가서 두리번대고는 다시 나왔다. 그러면서도 보리스의 눈치를 살폈다. 보리스는 말없이 기다리고 있었다. 그러다가 루시안이 나오자 눌린 머리를 몇 번 쓸어 정상으로 돌려주더니 다시 무표정하게 선배를 바라봤다.

"가, 가자."

선배 셋과 보리스와 루시안까지 다섯 사람은 열 번쯤 걷어차여 삐걱대기 시작한 빌라 문을 가까스로 잠그고 계단을 내려갔다. 선배들과 몇 걸음 떨어져 걸으면서 루시안이 보리스에게 속삭였다.

"이거 아무래도 막군이랑 관련된 거 같지 않아? 우린 어제 아무것도 안 했잖아? 막군도 이유 없이 여자 기숙사에 숨어들어가는 짓을 할 애는 아니지만……"

보리스가 고개를 젓더니 말했다.

"만나서 물어보면 알 일이야. 증거 없이 말하지 마."

그들이 사라지고 나서 얼마 후, 북탑 기숙사 입구에 막시민과 티치엘이 나타났다. 앞서 걷는 티치엘은 아침을 싹 먹어치운 뒤라 생기가 넘쳤다. 뒤따라오는 막시민은 즉시 여덟 시간의 잠을 보충하지 않으면 사망할 것 같은 표정이었다.

입구로 접어들어 계단을 몇 걸음 올라가던 티치엘이 코를 싸쥐었다.

"으, 이 냄새는 대체 뭐야?"

"어느 놈이 제출한 졸업 작품."

졸업 작품의 완성도가 너무 뛰어났으므로 둘은 코를 막고 뛰다시피 2층으로 올라갔다. 복도로 접어든 티치엘이 몇 걸음 가다가 멈춰 서서 고개를 갸웃거렸다.

"이상한데."

막시민은 뭐가 이상한지 조금도 궁금하지 않았다. 그저 티치엘에게 쥬스피앙의 편지를 빨리 줘버리고 침대에 도로 들어가고 싶은 생각밖에 없었다.

조금 전, 막시민은 팬케이크와 과일 무더기를 차근차근 처치해나가는 티치엘 앞에서 물 한 잔으로 입술만 축이면서 쥬스피앙이 '말하는 편지'를 보낸 이야기를 해주었다. 하지만 쥬스피앙과 필멸의 땅에 다녀왔다는 이야기는 하지 않았다. 경험상 쥬스피앙이 아무한테도 말하지 말라고 했을 때는 입을 다물고 있어야 괜한 문제를 일으키지 않았다. 상대가 쥬스피앙이 애지중지하는 외동딸일지라도 말이다.

킥킥 웃으며 이야기를 들은 티치엘은 문제의 편지를 보여달라고 했다. 뭔가를 짐작한 것처럼 말이다. 그래, 편지를 펴면 쥬스피앙이 튀어나올 거고, 아버지한테 직접 듣는 거면 아무 문제가 없겠지?

그래서 옷장 속에 처박아놓은 편지를 가지러 가는 중이었다. 하지만 티치엘은 입구에서부터 주위를 두리번대며 뭔가를 찾는 기색이었다. 계속 그러고 있으니 막시민도 묻는 수밖에 없었다.

"왜 그러는데?"

"이 근처에서 마법 반응이 있었어. 지금은 거의 사라졌지만."

"여긴 마법 학교야. 누가 쓰레기라도 흘렸나보지."

"아니야. 이건, 음…… 힌덴의 가루야."

마력을 감지하는 힌덴의 가루라면 꽤 값비싼 마법 재료였다. 그런 걸 쓸 정도면 무슨 일이 있긴 한 것이다. 티치엘이 뭘 보고 아는 건지는 몰랐지만, 궁금하지도 않았다. 졸린 막시민은 아무것도 궁금해하지 않았다.

도토리 빌라 입구에 이르러 삐걱대는 문을 열고 들어가니 친구들은 다 나간 듯했다. 막시민은 침실로 들어가 편지를 들고 나왔다. 그동안 티치엘은 손수건을 꺼내 복도 바닥을 쓸어 닦은 후 조심스럽게 접어 도로 넣었다.

막시민이 편지를 내밀며 물었다.

"뭐해? 간이 청소?"

"시료 채취. 그런데 안에 누구 있니?"

"아니, 다 나갔나본데."

"벌써? 식당에는 아무도 안 왔잖아."

그들이 조금 전까지 있던 식당에는 그들 외에 한 명밖에 없었다. 막시민이 나올 때까지 자고 있던 녀석들인데, 일어나자마자 식당 말고 어디로 갔을까?

"아침 산책이라도 하러 갔나보지. 하여튼 이게 그 편지야. 받아."

티치엘이 편지를 받아들자 막시민은 곧장 침실로 돌아가려 했다. 그런데 옆 빌라에 사는 셸리가 문을 열고 내다보더니 티치엘을 발견하고 싱글대며 알은체를 했다.

"헤이, 티치엘. 안녕? 그런데 막시민 네가 웬일로 아침부터 나갔다가 들어오냐? 어젯밤에 빌라에 오긴 했었냐? 술 처먹고 딴 데서 잔 거 아냐?"

그러면서 둘을 흘끔흘끔 쳐다보는 것이 쓸데없는 상상을 하고 싶은 듯했다. 막시민은 눈을 가늘게 뜨며 대꾸했다.

"아침해가 떴으면 일어나서 아침을 처먹어야지. 너도 가서 해장에 끝내준다는 팬케이크 석 장 챙겨 먹어라. 우라지게 맛있으니까."

"이 빌어먹을 놈아, 넌 감자나 처먹어라!"

손동작까지 해 보이려던 셸리는 티치엘이 '너 제정신이니?' 하는 표정으로 빤히 쳐다보자 대충 마법 수인인 척 무마했다. 티치엘을 화나게 하면 무조건 화나게 한 인간의 잘못이 되기 때문이다. 그러더니 문득 생각난 것처럼 말했다.

"근데 아까 연구생 선배들이 너네 빌라에 들이닥친 거 아냐? 엄청 요란하게 문을 걷어차던데."

"연구생? 연구 과정 선배들 말이야?"

티치엘이 되묻는 사이 막시민은 갑자기 잠이 번쩍 깼다. 연구생?

"응, 선배들이 뭔 일인지 엄청 화가 났더라고. 그래서 보리스랑 루시안이랑 지금 연행돼 갔어."

티치엘은 막시민을 봤다. 막시민은 복도 맞은편 벽을 뚫어져라 보고 있었다. 정확히는 보는 게 아니라 생각을 하고 있었다. 연구생 선배가 아침부터 화가 나서 쫓아와? 이 방으로?

막시민은 그제야 복도를 두리번거리고 빌라로 돌아가 이곳저곳을 살펴봤다. 활짝 열린 루시안의 침실에 팽개쳐놓은 잠옷이 보였다. 급히 뛰어나간 기색이 역력했다. 도로 나온 막시민은 문을 확 닫다가 문틀에서 뜯어내고 말았다. 간신히 도로 맞춰 잠가놓은 막시민은 셸리를 돌아보며 소리쳤다.

"어디로 갔는데? 지도실?"

킵더스트

그리하여 지도실이 갑자기 붐비게 되었다.

지도실을 담당하는 브리짓 콜러 교수는 조교 노릇과 부교수 노릇을 도합 십오 년이나 한 끝에 드디어 정교수가 되었다는 인내심의 상징 같은 존재였다. 동시에 그 과정에서 어딘가 망가진 것 같은 인물이기도 했다. 깡마른 몸 위에 십여 개의 핀으로 떠받친 헝클어진 곱슬머리는 곧 무너질 것처럼 보였지만 한 번도 무너진 적이 없었다. 이렇듯 외모와 이름이 상승작용을 일으킨 결과 학생들은 그녀를 '브로콜리 교수'라고 불렀다.

막시민과 티치엘이 도착했을 때, 먼저 와 있던 마리사와 연구생들은 콜러 교수에게 용건을 모두 설명한 뒤였다. 요약하자면 이러했다.

어젯밤 열시에서 열두시경에, 마리사와 엘제 둘이 쓰는 까마귀 빌라에서 마리사의 약초학 논문이 사라졌다.

그 논문은 마감 시한이 닷새밖에 남지 않았으므로 새로 쓰기는 불가능하다.

그런데 '흔치 않은 마법 물질'의 흔적이 까마귀 빌라부터 도토리 빌라까지 이어져 있다.

그러므로 도토리 빌라의 누군가가 논문을 가져간 것이 틀림없다.

콜러 교수가 고개를 끄덕거리며 말했다.

"그런가? 그것참 완벽한 주장이군. '임페라토르Imperator 조'가 썼다가 버린 시나리오처럼 말이야."

임페라토르 조는 992년에 입학한 네냐플의 4대 불가사의 중 한 명인 조슈아 폰 아르님의 별명이었다. '임페라토르'는 조슈아가 직접 각본, 연출, 작사, 작곡, 제작을 맡았던 공연의 제목이기도 했지만, 어쨌든 비현실적으로 어마어마한 별명을 보면 알 수 있듯 근처에 얼씬대다가 가장 치명적인 피해를 입게 되는 상대로 악명이 높았다. 이 년 동안 희생자가 벌써 다섯 명을 넘어갔다. 그럼에도 불구하고 추종자는 여전히 많았는데 놀랍게도 콜러 교수도 그중 한 명이었다.

그 말을 들은 막시민이 발끈해서 말했다.

"걔가 이런 시시한 걸 썼겠습니까?"

"나도 그런 뜻에서 한 말이야."

그러자 이번에는 마리사가 미간을 찡그렸다.

"무슨 뜻이에요, 교수님? 제 얘기에 허점이 있다는 건가요?"

"허점이 없어서 곤란하다, 그 말이야. 너무 완벽해. 자, 그럼 이 아이들의 빌라에서 논문을 찾아내긴 했나?"

콜러 교수의 말은 종종 임페라토르 조 같은 데가 있었다. 즉, 무슨 소린지 모르겠지만 듣는 사람의 이해력이 모자라기 때문이라고 인정하고 그냥 넘어가는 수밖에 없다는 뜻이다. 마리사는 짜증을 누르며 대꾸했다.

"아뇨, 아직 수색은 못했어요. 교수님이 허락해주시면 지금부터 찾아보려고요."

그 말을 들은 막시민의 직감이 움직였다.

마리사는 논문을 되찾는 것이 가장 중요한 일이어야 했다. 마감이 임박했다고 하니까. 그런데 도토리 빌라가 봉쇄된 것도 아닌데 여기부터 쫓아와 앉아 있다. 그사이에 누군가가 논문인지 뭔지를 빼돌리면 어쩌려고?

다시 말해 문제의 논문을 찾는 것보다 그걸 누군가가 가져갔다는 점을 증명하는 데 더 집중하는 것 같았다.

게다가 돌이켜보면 어젯밤 마리사는 그 논문을 태워버리려 했다. 하지만 호이오크 교수의 포도주 파티에 가느라고 잠시 유보됐던 것뿐이다. 그런 논문이 밤새 잘도 사라졌다. 미움을 받아서 울며 도망이라도 갔단 말이야?

그럴 리가 없지……

하지만 지금 이런 말을 할 수는 없었다. 그러려면 지난밤 그 빌라에 들어갔다고 제 입으로 털어놓아야 하니까. 전부 쥬스피앙 때문이었지만, 그렇기 때문에 쥬스피앙을 끌어들이지 않고는 해명하기가 어려웠다. 하지만 쥬스피앙은 지난밤에 필멸의 땅에 갔던 일에 대해 비밀을 지키라고 했다.

좋아, 어쩌나 조금만 더 보자고.

막시민은 상황 설명을 하고 보리스와 루시안을 돌려보내는 대신 나란히 앉아 어리둥절한 표정을 짓고 있는 쪽을 택했다. 오해를 받게 된 친구들에게는 미안하지만 나중에 로글랑탱 파이라도 한 개씩 사주면 되겠지.

처음에 루시안은 막시민을 미심쩍게 쳐다보다가 아무런 설명이 없자 막시민의 표정을 흉내내기 시작했다. 그간 루시안이 익힌 생활의 지혜에 따르면 뭐가 어떻게 된 건지 모를 때는 막시민의 반응을 따라 하는 것이 제일이었다.

이어 보리스가 둘의 표정을 관찰하고 있을 때 콜러 교수가 다시 물었다.

"그런데 자네들이 말한 '흔치 않은 마법 물질' 말이야. 대체 뭐지?"

"그게 좀 말씀드리기 곤란한데요……"

"뭐가 곤란해? 너희가 말한 증거가 그건데, 뭔지 밝히지도 않고 이 문제의 진위를 판별할 수 있다고 생각하나?"

마리사가 엘제를 돌아봤다. 엘제가 어쩌겠느냐는 것처럼 어깨를 으쓱하더니 말했다.

"킵더스트입니다."

순간 콜러 교수의 표정이 싹 달라졌다.

"뭐라고?"

막시민, 보리스, 루시안은 그게 뭔지 전혀 몰랐다. 그러나 교수의 반응을 본 마리사와 엘제는 쩔쩔매면서 서로를 마주 봤다. 콜러 교수는 방금 전까지 얘기하던 문제 따위는 다 잊어버린 것처럼 마리사와 엘제를 사납게 노려봤다.

"그런 게 왜 너희 빌라에 있었지?"

"모, 모르죠. 저희가 어떻게 알아요? 저희가 그걸 가져온 것이 아니라, 단지 증거일 뿐이니까……"

"그럼 너희는 연구생도 아닌 저애들이 어디선가 킵더스트를 구해다가 교정에 흘리고 다녔다는 거냐? 그게 말이 된다고 생각해?"

"하지만……"

콜러 교수는 어느새 똑같이 어리둥절한 표정을 짓고 있는 세 명을 돌아보더니 명령했다.

"너희는 방으로 돌아가. 이 문제는 종결됐다."

"교수님!"

마리사가 벌떡 일어나려다가 겨우 자제하며 소리쳤다. 하지만 콜러 교수의 표정은 냉담했다.

"킵더스트가 일반 과정 학생의 주머니에서 나왔다는 헛소리를 더 하고 싶으면 가서 유급 신청서나 써라, 마리사 베델라. 난 너희가 미제출 논문에 대한 변명을 늘어놓기 위해서 그걸 너희 빌라에서 저 녀석들 빌라까지 골고루 뿌려놨다는 쪽이 훨씬 더 말이 된다고 생각한다. 너희가 왜 저애들을 희생양으로 삼고 싶어했는지는 전혀 모르겠지만 말이야. 혹시 내가 그 점을 파헤치길 바라나?"

마리사는 눈가가 빨개진 채로 고개를 저었다. 그즈음 막시민은 친구들에게 슬슬 가자고 손짓했다. 셋은 대충 인사를 한 다음 지도실에서 퇴장했다.

지도실 밖에서 기다리고 있던 티치엘이 얼른 다가와 물었다.

"어떻게 된 거야? 벌써 나오다니?"

"끝났어. 가래."

"뭐, 정말? 조사 종결이란 말이야?"

루시안이 고개를 끄덕이며 소리쳤다.

"응! 다 끝이야. 역시 정의는 우리 편이라니까! 정의는 이긴다!"

보리스가 루시안을 흘끗 보더니 중얼거렸다.

"그런 문제였나."

밖에서 기다리고 있던 사람은 티치엘뿐이 아니었다. 연구생 팀과 셉티무스도 당황한 기색이었다.

"끝났다고? 그럼 논문은?"

그러자 루시안이 우쭐대며 대꾸했다.

"제 발로 걸어서 난로 속에라도 갔나보죠! 하여간 우린 이제 궁금하지가 않네요. 안녕히 계세요!"

그런 다음 의기양양하게 복도를 빠져나갔다. 나머지 셋은 루시안처럼 명쾌한, 단순해서 행복한 성격이 아니었기 때문에 다소 조심스럽게 인사 비슷한 것을 남기고 그 자리를 떠났다.

지도실이 있는 남탑을 나와 각자의 기숙사로 헤어지기 전, 티치엘이 말했다.

"난 방에 가서 조사를 좀 해볼게. 이따가 점심때 식당에서 만나자. 너희 셋 다. 열두시에. 알았지?"

막시민이 나쁜 의미로 감탄한 표정을 지었다.

"넌 그렇게 먹고도 세 시간 뒤에 또 먹을 게 들어가냐?"

"응, 세 시간 동안 할 일이 엄청 많거든! 네 덕택이야!"

티치엘이 동탑으로 들어가고 나자 막시민이 믿을 수 없다는 표정으로 중얼거렸다.

"빈정대는 건가? 설마 티치엘이?"

이 년 동안 같은 학교를 다니다보면 서로에게 배우는 게 있기 마련이었다. 어쨌든 막시민과 보리스는 북탑으로 올라갔다. 도토리 빌라 앞에 다다른 막시민이 문고리로 손을 뻗는데 보리스가 불쑥 말했다.

"무슨 일이 있긴 했지?"

막시민은 바로 대꾸하지 않고 조심스럽게 문을 열고 들어갔다. 루시안은 어느새 사라지고 없었다. 막시민은 소파의 꺼진 곳을 피해 완벽한 자세로 자빠진 다음 말했다.

"있었다."

"말하지 못한 이유도 있겠지?"

"있었지."

보리스는 특유의 무표정으로 막시민을 내려다보며 말이 없었다. 보리스가 저런 분위기일 때, 친구든 적이든 그걸 무시할 수 있는 사람은 없다. 게다가 누워서 올려다봐서 그런가 키가 또 커진 것 같네. 저러니까 선배들까지 놀라 자빠지지. 막시민은 안경을 벗어 탁자 위의 늘 놓는 자리에 내려놓은 다음 눈을 비비며 말했다.

"먼저, 귀찮은 일에 말려들게 해서 미안하다. 조만간 설명해줄 수 있을 것 같으니 잠깐만 참고 있어봐. 일이 복잡해지지 않고 끝나서 다행이긴 한데, 그놈의 킵더스트란 건 대체 뭐람?"

"난 그게 뭔지는 모르지만……"

보리스가 잠시 말을 끊었다가 이어 말했다.

"한 가지 확실한 건 있어."

"뭔데?"

"이 일이 이대로는 안 끝난다는 것."

벌떡 일어나 앉은 막시민이 다시 안경을 쓰고 보리스를 쏘아봤다.

"교수님이 종료시킨 건인데 연구생 선배들이 다시 문제삼을 거라고? 너도 알겠지만 학교 규율이란 게 그렇게 만만하지가 않은데? 더구나 연구생이란 우리보다 훨씬 더 교수 눈치를 봐야 하는 신분이라고. 그리고 브로콜리 교수가 살짝 나사 빠져 보여도 일처리는 칼 같다?"

보리스가 고개를 저었다.

"그런 건 몰라. 난 추리는 못해. 그런 건 네가 잘하지. 그러니 감이라고 해야겠지."

시선을 마주친 채 둘은 말이 없었다. 막시민은 보리스를 보고 있다기보다 생각을 하고 있었다. 이윽고 머릿속 저편에서 목소리가 들려왔다.

보리스의 말이 맞다.

보리스는 막시민과 전혀 다른 종류의 인간이었다. 지능으로 문제를 해결하는 부류는 아니다. 반면 직감을 타고났는지,

또는 경험 덕택인지 몰라도 인간의 본성을 잘 이해하고 있었다. 특히 다툼에 얽힌 인간의 본성을.

막시민은 한숨을 쉬었다. 그는 친구들의 뛰어난 점을 잘 알고 있었다. 그리고 자기 분야에서 틀렸다고 자존심이 상해 고집을 부리는 성격도 아니었다. 막시민은 지성파라기보다는 실용파였으므로.

"좋았어, 공격에 대비하자. 그게 뭘지 생각하는 건 내 역할이겠지. 그런데 말이야, 다 좋은데 넌 왜 앉지도 않고 위압적으로 내려다보며 그런 소릴 하고 있냐?"

보리스는 조금 전과 똑같은 표정으로 대꾸했다.

"아침 먹으러 가려고."

그날 점심시간이 오기까지 네냐플의 가장 큰 이슈는 '명물 집합소 도토리 빌라가 또 누군가와 맞붙은 이야기'가 아니었다.

지난밤의 여파로 늦잠을 푹 자고 나서 좀비에서 인간으로 돌아온 학생 대부분은 아침식사를 놓쳤다. 따라서 그들은 점심을 먹기 위해 식당에 빼곡하게 줄을 서게 되었다. 전교 1등 티치엘도, 추리 천재 막시민도, 동물적 직감의 보리스도 모두 예측에 실패한 부분이었다.

"인간의 먹고살려는 본능을 이렇게나 간과하다니."

식당 밖에 똬리를 튼 줄의 끝에서 세번째 정도에 선 막시민이 중얼거렸다. 보통 이럴 때 그는 먹기 위한 노력을 포기했다. 한 시간쯤 더 자빠져 자다 오면 러시아워도 끝나기 마련이다.

그러나 열두시에 약속을 해둬서 그럴 수가 없었고, 무엇보다 가장 배고픈 사람이 막시민이었다. 일찍 일어나 식당까지 간 주제에 물만 마시고 나왔으니 그럴 수밖에 없었다.

같이 온 보리스는 아침을 늦게 먹어서인지 평온해 보였다. 막시민은 영혼 없는 표정으로 '나는 배고프지 않다'라고 세뇌해보았지만 식당 안에서 베이컨을 자글자글 굽는 냄새가 풍겨왔으므로 일 분 만에 항복을 선언하고 말았다. 이대로라면 베이컨을 내미는 인간을 따라가 영혼도 팔고 인생도 팔고…… 아니지, 쥬스피앙이 나타나서 우등 졸업을 조건으로 베이컨 접시를 내밀면 어쩐다.

그때 예측에 성공한 인간이 나타났다.

"왔어? 안에 자리 맡아놨어! 얼른 와!"

루시안이었다. 이게 어찌된 일이람.

어리둥절한 얼굴로 따라 들어가보니 식당 안에서도 명당에 해당하는 창가 구석에 4인분 식사가 차려져 있었다. 줄의 중간쯤에 서 있던 티치엘도 루시안이 불러와서 자리에 앉는 참이었다. 다들 놀란 얼굴인 걸 알아챈 루시안이 우쭐거리며 말했다.

"이럴 줄 알고 아침식사 끝나기 직전에 특별식 주문해놨지롱."

특별식은 몸이 아프다거나, 특별한 손님이 찾아왔다거나, 교직원들이 사정이 있어 시간 맞춰 요청할 때 따로 차려주는 식사였다. 이날은 속이 뒤집어진 학생이 유난히 많았지만 특별식은 하루 몇 명 이하로 제한되어 있었으므로 일찍 신청한 루시안이 승리자였다. 막시민은 의자를 끌어당기면서 진지한 얼굴로 찬사를 퍼부었다.

"널 만난 이래 최고로 감동한 날이다, 루시안 칼츠."

그러나 테이블 앞에 앉고는 다소 실망했다. 환자 특별식답게 메뉴는 곡물죽, 닭고기 수프, 으깬 감자, 달걀 스크램블, 부드러운 빵, 바나나와 사과 등의 훌륭한 건강식이었다. 베이컨은 어디에도 없었다. 막시민은 심각한 얼굴로 식탁을 구석구석 관찰한 다음 말했다.

"결국 영혼은 팔아야 하겠네."

그러더니 벌떡 일어나 닭고기 수프를 쟁반에 담아서는 이웃 테이블 틈으로 사라졌다. 그사이 티치엘이 빵을 집어들며 말했다.

"고마워, 루시안. 넌 정말 대단해. 너 같은 애하고 같이 입학해서 다행이야. 졸업까지 함께하면 더욱 좋을 텐데."

"괜찮아! 어쨌든 내가 너보다 늦게 졸업할 것 같잖아? 넌 졸업할 때까지 나하고 같이 다닐 수가 있어! 정말 다행이다!"

티치엘은 '딱히 대꾸하기가 어렵네' 하는 표정으로 어설프게 웃다가 달걀 스크램블을 찍으려던 포크로 바나나를 껍질째 찍어 들고는 "어머" 하고 눈을 동그랗게 떴다.

그사이 안색 나쁜 녀석들이 모인 테이블을 골라 교역에 성공한 막시민이 돌아왔다. 그는 따끈따끈한 베이컨과 검은 후추를 뿌린 짤막한 소시지가 수북한 접시를 내려놓고 앉으며 말했다.

"자, 이제 모든 준비가 갖춰졌다. 잔소리 선생, 연구 결과를 얘기해봐."

"잠깐만, 그전에……"

정신을 차린 티치엘이 재빠르게 베이컨 한 토막을 낚아채가자 사방에서 포크가 덤벼왔다. 막시민은 성공적 방어 끝에 세 토막을 입에 쑤셔넣고 의자를 뒤로 뺐다. 보리스는 전술적으로 적의 저항이 거셀 지점을 피해 소시지를 공략해서 나름 만족스러운 성과를 거두었다. 루시안은 빵을 뜯어 남은 기름을 닦아 먹으며 자기가 최고의 식사법을 개발한 양 뻐겼다. 도토리 빌라 군단의 평범한 점심 풍경이었다.

그다음에는 비교적 점잖은 식사가 진행됐다. 티치엘이 낮게 한숨을 쉬며 말했다.

"잠깐 까마귀 빌라 얘기부터 할게. 콜러 교수님이 고발을 받아들여주지 않자 연구생 선배들이 레오멘티스 교수님한테까지 갔던 모양이야. 결과부터 얘기하자면 역시 기각됐어. 레오멘티스 교수님도 킵더스트는 1학년이나 2학년의 주머니에서 나올 수 없는 물질이라고 생각하셔. 오히려 연구생 선배전체가 조사를 받게 됐어. 킵더스트가 누구한테서 나왔는지알아내야 하니까."

"앗싸, 신나네? 혼 좀 나봐라."

루시안은 단순하게 즐거워했지만 나머지의 표정은 그렇지 않았다. 일이 복잡해지면 누군가가 원한을 품게 된다. 그나저나 누가 꾸민 짓일까?

막시민이 물었다.

"논문은?"

"아무데서도 나오지 않았어. 그래서 마리사 선배는 올해 약초학 수련 기록이 다 폐기되고 한 해 더 수련하게 된대."

그런 결과라니, 엄청나게 화가 났을 게 틀림없다. 막시민은 기침을 몇 번 한 다음 말을 이었다.

"우리 말고 달리 용의자라도 있어?"

"아니, 다만 킵더스트와 접촉한 적이 있는 사람들은 모두 조사 대상이야. 너희도 한 번씩은 가야 할 거야."

듣고만 있던 보리스가 입을 열었다.

"킵더스트란 대체 뭐지?"

티치엘이 곤란해하는 미소를 지었다.

"미안하지만 정확한 설명은 해줄 수 없어. '킵'이라는 장소에서만 나오는 희귀 물질이라고 이해해줘. 좀 위험한 성질이 있어서 특별 관리되고 있어."

"킵은 어딘데?"

"그것도 말해줄 수 없어. 미안해. 사실 이게 연구생 이상만 다루는 기밀이라는 점 때문에 교수님들이 더 화가 나신 것 같아."

보리스는 더 묻지 않고 생각에 잠겼다. 그는 상대가 비밀이라고 하면 더 캐묻는 법이 없었다. 대신 루시안이 고개를 갸웃거리더니 물었다.

"그래? 그런데 티치엘 너는 어떻게 알았어? 넌 2학년이잖아?"

"아, 그건……"

티치엘은 당황하더니 아까 찍었던 바나나를 도로 집어서 까기 시작했다. 루시안은 금세 삐친 체하며 아무 말이나 늘어놓았다.

"야, 친구끼리 너무 숨기는 게 많다. 너? 사실 넌 학생을 가장한 연구생이지? 그래서 우리가 공부 하나 안 하나 감시 중인 거지? 몰래 연구생 노릇하다가 우리 빌라로 놀러오면서 실수로 그 더스트인가 뭔가를 흘린 거지? 우와, 나 추리 천재 되어간다."

"아, 아니 그런 건 아니고, 난 그냥 아빠한테 들은 적이 있어서……"

영리한 티치엘이 이런 상황을 못 빠져나가고 쩔쩔맬 때는 이유가 있었다. 루시안의 말 속에 부분적인 진실이 있는 것이다. 진짜와 가짜가 뒤섞여 있을 때 분류하려 들다보면 진실을 밝히는 결과가 오기 마련이고, 그걸 피하려니 쩔쩔맬 수밖에.

듣다 못한 막시민이 말했다.

"야, 그만해라. 티치엘이 우리가 모르는 걸 아는 게 어디 하루이틀 일이냐? 쟤는 네가 내년에 2학년 승급이 될지 안 될지도 알 텐데 그런 거나 물어보지 뭘 쓸데없는 거나 묻고 앉았냐?"

"어? 그게 진짜야? 나 내년에 2학년 돼, 안 돼?"

"그, 그런 걸 내가 어떻게 알아?"

티치엘이 더욱 허둥지둥하자 막시민이 말을 이었다.

"그럼 내가 말해볼까? 아슬아슬하게 대략 5점 이내가 모자라서 승급에 실패하고 내년에도 1학년……"

루시안의 표정은 정말 볼만했다. 다시 말해 그는 막시민의 말을 완전히 믿는 눈치였다.

"나 되게 열심히 했는데……"

이러다가 눈물이라도 떨굴 지경이라 보리스가 루시안의 팔을 툭 치며 말했다.

"루시안, 진정해."

"하지만 올해도 낙제라잖아! 나 진짜 이러다간 졸업도 못할 것 같아⋯⋯"

보리스는 한숨을 내쉰 다음 말했다.

"그런 말을 들으면 울지 말고 화를 내라."

루시안은 눈을 동그랗게 뜨고 보리스를 봤다가, 다시 막시민을 봤다. 막시민은 딴청을 피우다가 문득 떠오른 것처럼 말했다.

"넌 왜 그래? 너도 또 1학년이냐? 난 내 성적 얘기한 건데?"

루시안은 갈고닦은 운동신경으로 먹던 빵을 꽤 정확하게 내던져서 막시민의 이마에 베이컨 기름을 발랐다. 막시민이 마주 던질 것을 찾으려 주위를 두리번대는 사이에 건너편 테이블까지 도망가는 것도 순식간이었다. 막시민이 마지막으로 남은 사과 하나를 집어들고 거리를 가늠하는 체하며 눈을 가늘게 뜨고 있자니 티치엘이 말했다.

"그런데 막시민, 너야말로 이번 성적 말이야⋯⋯"

막시민은 금세 포기한 척하며 사과를 한입 베어 물었다. 그리고 대꾸했다.

"말했다시피 평균에 약간 못 미치는 정도라고나 할까."

절반도 승급하지 못하는 네냐플의 학제상 평균 이하는 유급을 뜻했다. 티치엘은 고개를 흔들었다.

"아니잖아, 그랬으면 일 년 더 다니잖아. 그런데 이번엔 퇴학급 답안지를 낸 거잖아. 맞지?"

그때 슬금슬금 돌아온 루시안이 눈을 둥그렇게 뜨고 막시민을 봤다.

"우와, 너 진짜 퇴학인 거야? 대단하다!"

막시민이 눈가를 찡그렸다.

"뭐가 대단하다는 거냐, 넌?"

"용감하다는 뜻이지! 난 그럴 용기가 없단 말이야."

"그게 왜 용기의 문제냐? 멍청함의 문제지."

"에이, 아니잖아. 너 머리 좋잖아. 일부러 그러는 거면서. 여기 있기가 싫으니까."

루시안의 거침없는 화법은 종종 복잡한 사정을 깔끔 단순하게 만들어버렸다. 티치엘과 막시민은 동시에 루시안을 보았다가, 다시 서로를 봤다.

이윽고 티치엘이 말했다.

"막시민 너, 정말 그런 거니? 공부가 어려운 게 아니고 여기가 싫은 거야?"

막시민이 대답하지 않자 다시 물었다.

"왜? 뭐가 불편한데? 아니면 다른 계획이라도 있는 거야?"

막시민은 묵묵히 곡물죽을 바닥까지 긁어먹고 나서 눈썹을 으쓱했다.

"넌 나한테 미래 계획이란 게 있어 보이냐?"

"그럼 왜 그러는데? 난 이해가……"

루시안이 다시 끼어들었다.

"난 이해가 잘돼! 왜냐하면 나도 여기 있기 싫거든!"

막시민이 루시안을 째려봤다.

"넌 또 왜?"

"그야 공부하기 힘드니까! 그런데 지금 그만두면 아빠한테 혼날 것 같아서 못 하는 거거든. 그래서 네가 용감하다는 거야! 아 참, 너 아빠 없었지."

"……"

듣다 못한 보리스가 입을 열었다.

"루시안, 사람마다 상황이 다르잖아."

"응, 미안해. 그런데 난 공부만 아니라면 여기가 좋아. 다 같이 이렇게 지내는 거 재밌잖아! 그래서 나 같으면 공부를 하기가 싫어도, 내년에 한 해 더 다닐 만큼만 낙제했을 것 같아. 그러면 그냥 놀다가 내년에 퇴학당하면 되니까! 그런데 막시민 너는 왜 바로 퇴학당하려는 거야? 공부를 안 해도 여기가 싫어?"

루시안의 말은 이번에도 기묘하게 핵심을 찔렀다. 결국 막시민이 말했다.

"그만해라. 나한테 설명할 의무는 없어. 하려던 말이나 해, 티치엘. 내가 시험을 망쳐서, 그래서 어쨌다는 거야? 내가 여기서 쫓겨나는 것 말고 뭐 또다른 우려라도 있냐?"

"응, 있네……"

티치엘이 말끝을 흐리자 막시민은 계속 얘기하라는 것처럼 손을 펴서 까딱거렸다. 티치엘은 쥬스피앙의 편지를 꺼내 막시민에게 돌려주려 했지만 막시민이 강한 거절의 눈빛을 보냈으므로 테이블 위에 얹어놓고는 말을 이었다.

"편지로 아빠랑 아까 얘기했어. 내가 잘 설득해봤지만 아빠 생각을 바꿀 순 없을 것 같아. 미안해. 내가 대신 사과할게. 사과한다고 네가 납득해야 하는 건 아니지만……"

"아, 됐고, 본론만 말할래? 너희 아버지의 견해는 매우 잘 아는데, 퇴학은 이미 결정됐고, 그래서 어쩌겠다는 거야?"

"아빠가 그사이에 선택지를 만들기는 하셨는데 첫째는 네가 어제 들은 그거고…… 둘째로 그간 든 학비를 도로 갚는 방법도 있다고 하셨어."

"학비? 아, 그걸 갚으면 된다 이거지?"

이 년 동안 쥬스피앙이 대신 내준 학비는 어마어마했고 막시민은 돈이 없었지만, 놀라 쓰러지지 않았다. 부자 친구들은 수프라도 끓여 먹겠다고 뒀겠는가? 적당히 삼십 년 분납으로 빌렸다가 갚으면 되겠지. 이자는 오십 년 분납으로 하고……

티치엘은 막시민의 마음속을 들여다본 것처럼 입술을 오므리며 겸연쩍은 미소를 지어 보였다.

"그게 돈이 아니고…… 일을 해서 갚아달래. 다시 말해 아빠의 조수 노릇을 해달라는 거지."

막시민이 한쪽 뺨을 실룩였다. 일이라고?

"너희 아버지도 참 굉장하다. 집착이 병적이야. 나처럼 마법에 대해 아무것도 모르는 놈을 꼭 그렇게 부려먹어야 속이 시원하겠단 말이냐? 그래서, 그걸 언제까지 해야 하는데?"

"좀 길어."

"좀 긴 게 대체 얼마나…… 잠깐만. 조수 노릇을 하면 일당이 얼마지?"

티치엘은 한번 더 쩔쩔매며 웃어 보였다.

"아빠도 나름대로 마법에 대해 전혀 모르는 조수를 거느렸던 사례들을 샅샅이 조사하신 끝에…… 일당 12엘소로 정했다고 하시더라고."

"뭐?"

일당이 12엘소라면 쉬는 날을 감안해서 일 년에 4000엘소쯤 되는데, 십 년을 일하면 4만 엘소고 백 년을 일해봐야 40만……

보리스가 고개를 갸웃하며 말했다.

"그냥 같이 살자는 뜻 같은데."

막시민은 막 숟가락을 놓는 참이어서 벌떡 일어나기에 매우 좋은 조건이었다.

"너 진짜……!"

막시민은 티치엘을 노려봤지만 오 초 뒤, 이 문제와 티치엘은 아무 상관이 없다는 점을 깨달았다. 생각해보면 티치엘도 중간에서 귀찮은 역할을 떠맡게 됐을 뿐이다. 다시 말해 자기 아버지의 미친 짓에 휘말린 피해자 1인이라고 봐도 무방하겠지. 본의 아니게 딸이란 이유로 사과도 해야 하고.

결국 막시민은 시선을 엉뚱한 허공으로 돌린 채 말했다.

"난 진짜 믿을 수가 없다. 너희 아버지 말이야. 첫인상은 좀 그렇긴 했어도 한동안은 꽤 괜찮은 사람이라고 생각했는데, 이제 취소하기로 한다. 네 앞에서 이런 말 해서 미안하지만 솔직하게 좀 미친 것 같다. 왜 그렇게 집요해? 날 갖고 하고 싶은 일이 뭔데? 마법도 모르는 조수한테 시킬 일도 없겠고, 말린 생선처럼 천장에 매달아놓기라도 할 작정이래?"

말하다보니 모조리 명백한 진실이어서 점점 화가 솟구쳤다. 막시민은 여전히 엉뚱한 곳을 노려보면서, 두 팔로 허공을 내리치며 소리쳤다.

"백 살도 넘게 살아온 위대한 대마법사님한테 나처럼 멍청하고 건방지고 짜증나는 머저리가 대체 왜 필요하냐고!"

정신을 차려보니 식당에 가득찬 학생들이 일제히 움직임을 멈추고 막시민을 쳐다보고 있었다.

"어······."

몇몇은 포크를 떨어뜨리거나 입에서 씹던 음식을 흘리기도 했다.

막시민은 티치엘에게 화를 내지 않으려다가 전 식당의 학생들을 향해 부르짖게 되었는데, 심지어 몇 명은 대답해야 할 것 같은 압박감을 느낀 모양이었다.

"그, 그래. 왜일까?"

"그러니까 대마법사에게 왜 머저리가 필요하냐는 거지?"

"전제를 달리해봐. 멍청하고 건방지고····· 또 뭐랬지? 하여튼 그렇더라도 머저리는 아닐 수도 있잖아."

그저께 밤까지 미친듯이 공부를 해서 머리가 약간 이상해진 네냐플 학생 몇몇은 즉석에서 토론을 벌였다. 머저리의 정의가 저게 맞는가, 사람이 멍청한데 건방지기까지 할 수가 있는가, 멍청하고 건방지고 짜증난다는 시동어(수식어)가 너무 긴데 대체 주문(대체어)을 찾아보자······

"이 미친놈들 틈에서 탈출하자."

막시민은 자기가 상황을 만든 주제에 그렇게 말하며 벌떡 일어났다. 마침 식사도 거의 끝났고 식판을 든 채 테이블을 찾는 방랑자들 수십 명이 어정거리고 있었으므로 일어나기에 적절한 시점이긴 했다.

식당 입구에 몰린 학생들을 뚫고 나가기가 쉽지는 않아 보였지만, 이런 분야에도 특별한 재능이 있는 사람이 있었다. 네냐플의 누구도 보리스와 어깨를 부딪치고 싶어하지 않았던 것이다. 스스로 의식하는지는 모르겠지만 보리스는 자석 두 개를 만난 쇳가루처럼 예쁘게 비켜난 학생들을 지나쳐 뚜벅 뚜벅 걸어나갔다. 나머지는 그 뒤를 따라가기만 하면 되었다.

그렇게 막 벗어나는가 했는데 변수가 나타났다. 식당 입구 쪽에서 부르는 소리가 났다.

"막시민! 막시민 리프크네! 거기 있나!"

킨 교수였다. 소환술 마스터였던가.

막시민은 그럴 만한 용건이 전혀 떠오르지 않더라도 저런 목소리로 자신을 부르는 소리를 들으면 숨으려는 본능이 발동하곤 했다. 이번에도 그러려 했지만 하필이면 옆에 정반대의 본능을 가진 사람이 있었다.

"여기 있어요!"

티치엘이 손을 흔들자 식당 안으로 헤치고 들어가던 킨 교수가 즉시 돌아서서 그들 쪽으로 다가왔다. 그는 막시민의 팔을 다짜고짜 붙들더니 말했다.

"따라와."

"아, 잠깐만요. 왜 이러시는지부터 얘기를 하시고……"

그러나 킨 교수는 설명할 시간조차 아깝다는 것처럼 막시민을 잡아끌다시피 하며 식당 앞을 떠났다. 이런 결과를 초래한 티치엘조차 뜻밖의 상황에 놀라서 그들을 뒤쫓아가며 물었다.

"교수님, 무슨 일이에요? 막시민이 무슨 잘못을 했나요?"

킨 교수는 티치엘에게도 설명하지 않았다. 그럴 겨를이 없어 보였다. 그는 막시민을 질질 끌고 가다가 문득 생각났다는 듯 간단한 주문을 외웠다. 그러자 두 사람은 그 자리에서 사라져버렸다.

뒤에 남은 티치엘과 보리스, 루시안은 말문이 막힌 채 서 있었다. 대체 무슨 일이 벌어진 거야? 교수가 대낮에, 야외에서, 마법을 배우지 않는 학생들도 수없이 많은데, 순간 이동을 써서 사라져?

그것도 학생 한 명을 데리고?

"……"

셋 다 당황한 나머지 등뒤의 식당 입구에서 기존의 흐름을 거스르는 거대한 흐름이 발생해 병목현상과 충돌 및 추돌이 벌어지고 있다는 사실은 인지하지도 못했다.

"야! 너 저거 봤어? 진짜 순간 이동이었지?"

"뭐? 순간 이동?"

"누군데? 누가 그랬어?"

"근데 누굴 데리고 간 거야?"

"교수님이라며? 어느 교수님인데?"

가장 먼저 정신을 차린 사람은 보리스였다.

"심각한 문제가 생긴 것 같은데."

티치엘이 느리게 고개를 끄덕거리고 있더니 문득 정신을 차리려는 것처럼 고개를 빠르게 흔든 다음 말했다.

"응, 보통 일이 아닌 것 같아. 나 방으로 갈게. 아빠하고 얘기 좀 해야겠어."

티치엘은 지금까지 자기 방에서 쥬스피앙과 대화가 가능하다는 이야기를 해준 적이 없었다. 다들 뻔히 알고 있을지라도 자기가 가진 특권을 숨기기 위한 노력을 포기하는 법이 없었기 때문이다. 하지만 이런 순간에는 그런 기준조차 잊히고 없었다. 티치엘이 기숙사로 달려가고 나자 루시안이 말했다.

"뒤에서 해일이 닥칠 것 같으니까 우리도 피하자. 참! 이 사태를 꼭 알려줘야 할 사람이 있잖아. 어디 있지?"

보리스가 고개를 저었다.

"연습 날짜가 부족해서 시험 끝나자마자 간다고 했던 것 같은데."

"그래? 근데 난 시험장에서 나왔을 때도 못 본 것 같은데? 시험을 치르긴 한 거야?"

보리스가 고개를 끄덕였다.

"응, 십 분쯤 있다가 나갔어."

실종

"조금 이상하지 않아?"

오후가 되자 네냐플은 조용해졌다. 11월 시험이 끝나면 바로 방학이었다. 오늘 많은 학생이 학교를 떠나 집으로 돌아갔다. 기숙사에 남은 학생은 열 명 중 한 명도 되지 않았다. 그들도 찾아온 가족이나 친구를 만나러 절반쯤은 학교 밖으로 나간 참이었다.

아나야 사반테 관 뒤뜰의 정원을 둘러싼 바위 위에 티치엘과 루시안이 마주앉아 있었다. 티치엘은 개인적인 연구가 진행중일 때면 집에 가지 않고 학교에 머물곤 했다. 하나뿐인 가족인 아버지와는 언제든 원할 때 이야기할 수 있었기에 서둘러 집에 갈 필요는 없었다.

루시안은 부잣집 아들이었으므로 방학이 시작되자마자 그를 집으로 모셔 가려는 하인들이 닷새 전부터 학교 앞에서 진을 치고 있었지만 서둘러야 한다는 자각이 좀처럼 없었다. 힘든 시험이 막 끝났는데 한바탕 놀지도 못하고 친구들과 헤어진다는 것은 말도 안 되며, 하인들도 기다린다는 구실로 한가롭게 놀고 있으니 나쁠 게 뭐냐는 거였다.

"뭐, 좀 믿어지지 않긴 해."

루시안이 고개를 갸웃대다가 턱을 긁적거렸다. 티치엘이 얼른 반색을 했다.

"네가 봐도 그렇지? 음성 마법이 안 통하는 걸 보면 어디든 멀리 간 건 틀림없지만 방학하자마자 바로 고향이라니, 막시민이 그럴 애가 아니잖아. 아무리 조교님이 해주신 이야기지만……"

식당에서 걸어나오다가 교수한테 연행되어 순간 이동으로 사라져버린 막시민이 고향에 갔다는 말은 누가 들어도 곧이들리지 않겠지만, 조교가 해준 말이었기에 티치엘은 거짓말이라고 딱 잘라 말하지 못하고 머뭇거렸다. 그런 종류의 예의에 신경쓰지 않는 누군가가 '웃기고 있네'라고 한마디해줘야 하는 상황이었다.

"글쎄 말이야. 이게 말이 돼?"

루시안이 불쑥 인상을 찡그리더니 소리쳤다.

"시험 끝나고 애들 다 가고 나면 특별 파티가 있을 거라더니! 그래놓고 자기가 먼저 가버리는 게 어딨어? 순 거짓말만 하고! 열받게!"

"특별…… 파티?"

그런 이야기는 금시초문이었다. 티치엘의 표정을 본 루시안이 벌떡 일어났다.

"그럼! 저번날 내가 밤새워서 초급 마법학을 공부하고 있었는데 말이야. 너무 어렵고 졸리고 짜증나고 열받아서 다 포기하고 집에 가려고 가방을 꺼내서 침대에 던졌거든? 그때 소파에서 자던 막시민이 벌떡 일어나서 그랬단 말이야. 자기가 어딘가에 끝내주는 걸 상자째로 숨겨놨는데 애들 다 가고 기숙사 텅 비었을 때 꺼내서 특별 파티를 열겠다고! 흥! 내가 그런 건 절대로 안 잊어버리거든? 그럼 그거 뻥이었을까?"

"……"

티치엘은 그게 어떤 상황이었을지 분명하게 상상이 갔지만 뭐라고 설명을 해야 할지 헷갈렸다. 막시민의 호의란 보통 나오는 대로 헛소리를 하는 데서 멈추곤 했지만, 반드시 그랬으리라는 보장은 없었다. 가끔은 그중에 진심도 섞여 있기 때문이다. 그리고 그게 진심이었다면, 막시민이 갑자기 사라져버린 이 상황은 더더욱 말이 안 된다.

쥬스피앙이 막시민의 행방에 대해 아무런 힌트를 주지 않는 것도 수상쩍었다. 딸이라서 하는 말은 아니지만, 티치엘이 아는 쥬스피앙은 그런 성격이 아니었다. 아버지는 하고 싶은 말은 언제 어디서든 거침없이 뱉었다. 그가 뭔가를 함구한다면 정말로 중대한 비밀일 가능성이 컸다.

그게 뭘까?

"그치? 네가 생각해도 이상하지? 아무래도 막시민이 술 얘기로 뻥을 칠 것 같진 않지?"

루시안은 티치엘의 말을 듣다가 그 일을 방금 생각해낸 것 같았지만 늘 그렇듯 일단 떠올린 이상 집요해졌다. 티치엘은 생각에 잠겨 건성으로 고개를 끄덕거렸다. 하지만 티치엘의 동의를 얻었으므로 루시안은 의기양양해졌다.

"그래! 티치엘 너는 나랑 다르게 똑똑하잖아! 너도 그렇게 생각하는 걸 보니 틀림없어. 막시민은 진짜로 파티를 열 생각이 있었어. 그리고 그 술도 분명 끝내주는 거였을 거야. 개가 술맛은 되게 잘 알잖아. 그런데 갑자기 집에 가버린 걸 보니까……"

루시안이 무슨 추리를 하는 것 같아 그제야 티치엘도 생각에서 깨어나 루시안을 봤다. 루시안의 얼굴에는 뭔가를 알아낸 희열이 넘치고 있었다.

"알았다! 우리보고 따라오라고 하는 거야! 분명히!"

"으응?"

둘의 눈이 마주쳤다. 흥분한 루시안은 남의 얼굴에 나타난 기색 같은 건 읽지 않았다.

"이제 알았어! 진작에 알았어야 했는데. 걔가 술을 숨겨둔 곳은 학교가 아니고 다른 곳이었던 거야. 그러니까 특별 파티 는, 우리가 걔를 찾아야만 열리는 거지. 우와, 내가 수수께끼 를 풀었다!"

그게…… 그렇게 그럴싸한 수수께끼가 될 일이던가……

"우리 당장 막시민 찾으러 가자. 걔네 집 어디랬지? 코 츠…… 뭐더라? 하여튼 아노마라드 중부지? 지금 출발하면 저녁까지 산을 내려갈 수 있겠지? 맞아! 우리 지난 방학 때 가봤던 식당 있잖아. 거기 해산물 토마토 스튜가 맛있었지? 저녁은 거기 가서 먹으면 되겠다. 하인한테 마차 부르라고 연 락할까?"

루시안이 당장이라도 하인을 부르러 정문으로 달려나갈 태 세였으므로 티치엘은 무슨 말이든 하지 않으면 안 되었다.

"루시안, 잠깐만. 일단…… 오늘은 출발하기에 좀 늦은 것 같아. 곧 어두워지잖아. 가려면 방도 정리해야 하고. 너 짐 싸 놨어?"

"아 참."

루시안은 발동이 걸렸을 때 당장 실행하지 못하면 안달이 나서 못 견디는 성미였지만, 방 정리를 하지 않고 떠났다가 방학이 끝난 뒤 사감에게 걸려 대청소를 하는 상상이 그의 뒷덜미를 끌어당겼다. 도토리 빌라는 시험 기간 내내 먹다 내던져놓은 간식 부스러기와 반납 기한이 아슬아슬한 책더미, 씻지 않은 찻잔 더미, 외우면서 찢어내버린 연습장 조각 따위로 근사하게 아늑한 상태였다. 그대로 놔둔 채 내년에 돌아왔다간 기숙사의 주인이 그들 넷 대신 사천 마리의 해충으로 바뀌어 있대도 이상하지 않을 터였다.

루시안은 잠깐 시무룩하다가 곧 검지를 세워 들며 외쳤다.

"혹시 란지에가 청소하지 않을까? 걔는 깔끔하잖아. 방학에도 기숙사에 남아 있을 거고."

티치엘이 루시안의 얼굴을 물끄러미 봤다. 그러자 루시안도 금세 인정했다.

"하긴, 다 같이 어질렀는데 걔 혼자 치우는 건 말이 안 되지."

다 같이라고 하기에는 가장 많이 어지른 장본인이 루시안이었다. 그렇게 해서 다소 신바람이 가라앉았으므로 루시안도 이제 뭘 알아들을 만한 상태가 되었다. 티치엘이 말끝에 힘을 주어 말했다.

"내 생각에는, 막시민이, 고향에 간 것 같지는, 않아."

"그럼?"

루시안이 도움을 줄 가망이 없어 보였으므로 티치엘은 골

326
—
블러디드 1

치 아픈 친구 녀석을 위해 굳은 마음을 먹고 눈가를 찡그려가며 말했다.

"생각해봐. 막시민을 데려간 사람은 킨 교수님이잖아. 그것도 다들 보는 앞에서 순간 이동으로. 대단히 급한 일이 있었다는 뜻이지. 학생을 그런 식으로 데려가는 건 전례가 없는 일이기도 하고. 그런 일을 해가며 데려간 막시민을 기껏 방학이라 고향으로 보내줬다는 얘기는 납득이 되지 않아."

"그렇기도 하네."

"그리고 갑자기 복도 대청소를 한다고 짐 싸느라 바쁜 학생들을 다 내보냈잖아. 그거 대청소 아니었거든. 기숙사에 무슨 일인가가 벌어졌어."

"어떻게 알아?"

"일단, 돌아와보니까 청소가 하나도 안 돼 있더라."

티치엘이 눈을 가늘게 뜨며 말했다. 루시안은 복도 구석의 먼지 같은 걸 주의깊게 보는 법이 없었으므로 고개만 갸웃했다.

"그랬나? 그럼 뭘 한 거지?"

"대신 곳곳에 마력의 흔적이 남아 있었어. 그것도 어마어마하게 강한. 그 정도의 마력은 교수님들이나 쓰시는 거야."

"정말? 근데 교수님들이 거기서 뭘 했을까?"

"그걸 모르겠어. 결계를 친 흔적이 있어서 뭔가를 차단하

327
—
실종

려 했다는 건 알았어. 하지만 결계 안쪽에서 쓴 주문의 흔적은 지우개 주문으로 다 지워놨더라. 다만 한 가지는 알 수 있었는데……"

"뭔데?"

"학생들한테 절대로 알리고 싶지 않은 일이 있었다는 거야. 이런 말은 좀 그렇지만, 우리 학교 학생들 중에서 나 정도 되는 사람은 연구생들까지 포함해서 몇 명 안 돼. 지우개 주문을 쓴 건 그들이 추적할 것까지 염두에 뒀다는 거야."

그렇게 말하며 티치엘은 얼굴을 약간 붉혔다. 하지만 루시안은 오히려 의아한 표정을 지었다.

"그래? 너 같은 천재가 학교에 또 있다고? 난 믿어지지 않는데. 아, 물론 조슈아는 빼고. 하지만 소공작은 마법 안 배우잖아. 무슨 일이 있긴 했는데, 그게 막시민이랑 무슨 상관이 있다는 거야?"

"킵더스트 때문에 지도실에 불려간 거 기억하지. 기숙사에서 벌어진 일도 그것과 관계있다는 생각이 들어. 너희 방 주위에 남아 있던 킵더스트의 흔적도 깨끗이 사라졌거든."

이야기를 다 들은 루시안은 나름대로 생각에 잠겼다. 물론 그가 생각을 한다고 뭔가 새로운 결론이 나올 가능성은 없었다. 그는 단서를 모아 논리적 결론을 내는 것에 취약했다. 티치엘도 알고 있었지만, 기다렸다. 그러면서 덧붙였다.

"그리고 오늘 이상할 정도로 교수님들을 뵙기가 어렵고, 조교님들도 정확한 설명을 하지 않고 얼버무리는 기분이 들어. 심지어 우리 아빠도."

"정말이야? 너희 아빠도?"

루시안은 잠깐 생각하다가 꽤 통찰력 있는 말을 내뱉었다.

"우리 아빠가 나한테 뭘 숨길 때는 항상 안 좋은 일이더라."

"……"

티치엘이 생각에 잠기더니 눈빛에서 점차 초점이 사라졌다.

이렇게 조각상 같은 눈을 할 때면 티치엘은 아무것도 보지 않는 대신 머릿속에서 고도로 복잡한 연산이 돌아갔다. 가까운 친구들은 그걸 알고 있어서 이럴 때 티치엘이 뭘 건드리지 않도록 주의했다. 앞치마를 태워먹고, 수천 번이나 만들던 시약에 엉뚱한 재료를 집어넣어 폭발시키고, 눈앞의 문짝 대신 기둥을 들이받고, 반들반들한 마루에서 걷는 법을 잊어버린 것처럼 자빠지는 일은 다 이럴 때 일어났다.

하지만 확실한 장점이 있어서 보통 이십 분은 걸릴 연산이 이 과정을 거치면 오 분 만에 끝장났다. 이 마술 같은 현상을 보고 동급생들은 "쟤 또 접신했다"고 수군대곤 했지만 가까운 친구들은 그렇게 말하지 않았다. 그들 곁에는 진짜로 접신하는 인간이 있었기 때문이다.

그리고 이 순간, 조각 모으기가 끝난 티치엘의 생각도 바로 그 사람에게 닿았다.

"루시안, 조슈아는 가버렸지?"

"응, 아까 방에 가봤는데 벌써 문 잠겼더라."

"이번 연습 장소는 어딘지 알아?"

"그야 모르지, 조슈아가 그런 거 공고하고 가는 애가 아니잖아."

그때 티치엘의 등뒤로 다가온 보리스가 머리 너머에서 종이 한 장을 건넸다.

"여기."

받아들고 보니 어딘가에 붙어 있었던 듯한 모집 공고였다. 사람을 모집할 목적이라고 보기에는 지나치게 간단하긴 했지만.

가을에 무대에 올릴 공연을 준비하고 있는데 관심 있는 사람은 내 방으로. 10일까지.

— 조

추신. 타스타니아 및 근교 지역 출신자 우대함.

이걸 가져온 걸 보면 보리스도 티치엘과 비슷한 생각을 떠올린 게 틀림없었다. 티치엘이 물었다.

"우린 지금 막시민이 정말로 고향에 간 것 같지 않다는 얘기 하고 있었어. 너도 이상하다고 생각한 거지? 그런데 타스타니아? 그게 어디지?"

"사라진 지명이야. 아마 일부러 이렇게 썼을 거야. 지금은 아라종에 포함되어 있을 텐데."

루시안이 좋아하며 소리쳤다.

"우와, 그럼 나 여기에 해당 사항 있네? 근데 우대를 이백 퍼센트 정도 해줘도 걔가 날 자기 공연에 넣어주진 않겠지? 히히힛. 그런데 왜 굳이 옛날 지명으로 쓴 거야? 난 그런 이름 완전 처음 들어봤거든? 이래서야 아무도 못 알아보잖아? 아니지, 나만 못 알아보는 건가? 근데 보리스 넌 어떻게 알았어?"

"예전에 지역 역사를 다룬 책에서 읽었어."

보리스는 검만 휘둘렀을 것 같은 겉모습에 비해 책을 많이 읽은 편이었다. 티치엘은 '타스타니아'라는 글자를 들여다보다가 그 글자가 유난히 근사하게 씌어 있음을 알아차렸다. 조수아는 본래 글씨를 잘 썼지만 이 글자는 보란듯 화려한 필치였다.

이윽고 티치엘이 말했다.

"내 생각에 조수아는 이 이름을 알아보는 사람을 만나고 싶었나봐."

보리스가 고개를 끄덕였다.

"그렇겠지."

"혹시 이번 공연 주제랑 관계가 있어서?"

"아마도."

"그럼 조슈아는 이 타스타니아라는 곳에 연습 캠프를 차렸을 가능성이 크겠네?"

"내 생각으로도."

주거니 받거니 착착 맞아들어갔다. 둘이 마주보며 고개를 끄덕거리고 있자 좀이 쑤신 루시안이 벌떡 일어나 소리쳤다.

"그래서 거기 멀어? 지금 출발해도 돼? 아니면 가다가 어디서 묵으면 되겠지? 하여튼 나 빨리 출발하고 싶다! 아무데나!"

그게 막시민의 고향이든, 조슈아의 공연 연습 캠프든 루시안에게는 중요하지 않았다. 시험이 끝났고, 막 방학이 시작됐고, 뭔가 근사한 일이 벌어져야 하니까 어딘가 낯선 곳으로 다 같이 떠나기만 하면 된다.

하지만 나머지 둘은 멀쩡한 이성을 갖고 있었다. 보리스가 물었다.

"티치엘, 네가 떠올린 생각은 뭐지? 막시민이 조슈아와 함께 있을 것 같다는 건가?"

티치엘이 고개를 저었다.

"아니, 막시민은 조슈아가 연극 만드는 거 좋아하지 않잖

아. 그것 때문에 골치 아픈 추종자가 자꾸 늘어나는데 다 어쩔 참이냐고 한바탕 퍼부은 적도 있었어. 그런 뒤로는 아예 신경을 끄겠다고도 했었고. 그러니 막시민이 이번 캠프 장소를 알았더라도 찾아갔을 것 같진 않아. 거기서 무슨 사고라도 생겼다면 모를까."

티치엘은 그 정도에서 애매하게 설명을 그쳤지만 실은 그게 전부가 아니었다. 오랫동안 형제 이상으로 가까운 친구였던 막시민과 조슈아는 최근 들어 남들이 의아해할 정도로 거리를 두었는데, 그렇게 된 것이 조슈아의 공연 욕심 때문만은 아니었다. 또한 조슈아가 한동안 잊은 듯했던 무대 공연에 다시 몰두하게 된 데도 겉으로는 모를 이유가 있었다.

"그러면?"

"하지만 조슈아는 다르지."

티치엘이 눈썹을 치켜올렸다.

"막시민이 실종됐고, 위험한 일이라고 이야기하면 조슈아가 가만히 있겠어? 아노마라드를 뒤집어엎어서라도 찾아낼걸."

보리스의 눈빛도 진지해졌다.

"정말로 위험한 일인가?"

티치엘은 심란한 표정으로 고개를 끄덕거리더니 턱을 괴었다.

"응, 아주 까다로운 상황에 휘말린 것 같아. 스스로는 왜 이렇게 됐는지 상상도 못하고 있겠지. 내 추측이지만, 어쩌면 막시민은 다시는 네냐플로 돌아오지 못할지도 몰라."

그날 오후 세시.

이스핀은 오렌지나무 술집 정문 맞은편에 솟은 바위에 오도카니 앉아 있었다. 그런 채로 삼십 분이나 기다렸다. 그 바위는 이상할 정도로 의자처럼 생긴데다 어제까지만 해도 그곳에 없었지만, 아직 술집이 북적거릴 시각이 아닌지라 의문을 제기하는 사람은 없었다.

네시가 가까워졌지만 여전히 누가 오는 기색은 없었다. 심지어 오렌지 벽도 나오지 않았다. 처음엔 산뜻했던 이스핀의 표정도 점차 시무룩해졌다. 무슨 용건이든 바람맞는 기분은 영 별로였다.

마침내 이스핀은 일어나서 술집 주변을 한 바퀴 돌았다. 여전히 발견되는 것이 없자 뒤뜰로 가서 어제 바위가 있었던 곳을 잠시 바라보고 있었다. 그러자 그곳에서 소리 없이 바위가 도로 솟아났다. 다시 앞길로 돌아와 주위를 둘러본 이스핀은 양뺨이 도드라지도록 입을 꽉 다물더니 중얼거렸다.

"시간을 지킬 줄 모르네, 탐정."

이스핀은 술집 앞을 떠났다. 곧장 십자로를 통과해 린디즈 절임 가게 앞에 이르자 아랫입술을 내밀어 보이고는 네냐플로 올라가는 길로 접어들었다. 어제는 중간까지만 갔지만 오늘은 끝까지 올라갔다.

입구가 가까워질수록 주변을 배회하는 사람들이 많아졌다. 방학을 맞아 학생들을 기다리는 사람들 때문에 학교 외곽이 학교 안보다 어수선한 분위기였다. 그래서 이스핀도 뭘 물어볼 만한 학생을 쉽게 찾아냈다.

"안녕하세요? 전 네냐플에서 공부하는 친구를 찾아왔는데 면회를 신청하려면 어떤 분한테 말씀드려야 하나요?"

이럴 때의 이스핀은 싹싹하고 호감을 주는 모습이었으므로 두 명이나 되는 학생이 선뜻 문지기를 찾으러 갔다. 하지만 오늘 하루종일 이스핀 같은 방문객에게 시달린 문지기는 지쳤는지 잠시 자리를 비우고 없었다. 보아하니 금세 돌아올 기색이 아니었으므로 곁에서 눈을 반짝이며 기다리고 있는 이스핀이 신경쓰인 학생은 이렇게 말했다.

"찾아온 사람이 누구예요? 들어가는 김에 전해줄게요."

"아, 정말 고마워요. 막시민 리프크네라는 학생입니다."

이름이 튀어나오자마자 주변을 어정대던 학생 십여 명이 갑자기 방금 투하된 빵조각을 본 물고기들처럼 이스핀을 돌아봤다. 사방에서 말이 쏟아졌다.

"막시민 찾아왔어요? 걔 사라졌는데?"

"그 선배 학교에 없어요. 못 만나요."

335
—
실종

"벌써 가버렸다고요."

"아마 영영 안 올걸요."

마지막 말에 당황해서 눈을 커다랗게 뜬 이스핀이 되물었다.

"영영 안 온다고요?"

막시민의 실종은 오늘의 화젯거리였으므로 어느새 몰려든 학생들이 저마다 자기가 알거나 상상한 내용을 떠들어댔다. 막시민은 사라졌고, 순간 이동이었고, 교수가 화가 났고, 어디로 갔는지 친구들도 모르고, 어차피 방학이고, 돌아올 이유도 없고, 원래 퇴학당할 것 같고……

이스핀은 점점 어처구니가 없어 입을 다물지 못했다. 진짜로 도망간 거야?

어제 오늘 막시민에게 연달아 닥친 어처구니없는 사건들을 알 리 없는 이스핀은 당연히 막시민이 자신을 피해 도망쳤다고 판단했다. 즉, 어제 자기를 고용하라는 둥 했던 말은 모조리 거짓말이었다는 뜻이다. 조금쯤 미심쩍긴 했어도 학교 기숙사에 머무는 학생이고 학비도 비싸니 갑자기 사라질 일은 없을 줄 알았는데, 이렇게 유유히 달아나다니. 아마 권총도 가져갔겠지?

시간이 지나자 놀라움은 사라지고 화가 치밀어올랐다. 막시민에게도, 그리고 자신에게도. 오빠가 남긴 중요한 물건을 찾으러 왔으면 실수 따위 없도록 확실한 해결책을 썼어야 했다. 왜 잘 알지도 못하는 녀석이 지껄이는 약속 따위를 믿었지? 마법 학교 같은 데서 한가롭게 지내는 학생들이 흥미로워서 잠시 정신이 어떻게 됐었나? 틀림없이 녀석도 이런 심리를 눈치채고 더 우습게 본 거겠지?

한 방 먹은 충격으로 이스핀은 모든 정황을 냉소적으로 바라보기 시작했다. 그런 식으로 새로운 오해를 불러일으키는 중이었지만 '막시민이라는 녀석과 얽힌 일은 상상을 초월하는 방향으로 튈 때가 많다'는 친구들은 다 아는 진리를 이스핀이 벌써 알 순 없는 노릇이었다.

무엇보다 자존심이 상했다. 사 년 전 이스핀은 에투알에서 나왔지만 여전히 자신을 에투알로 여겼고 그 사실에 긍지도 있었다. 오를란느의 정예 군인인 에투알이, 아노마라드의 탐정인지 부랑자인지 모를 놈의 시시한 수작에 속아넘어갔다. 도움은 필요 없다며 당당히 혼자 온 주제에. 공녀님이 어디 가서 이러고 있는 줄 알면 로랑은 뭐라고 할까? 네이는?

그런 생각을 하느라 뺨이 발갛게 달아오르고 입술은 웃을 듯 말 듯 힘이 들어갔지만 이스핀은 자신을 둘러싼 사람들에게 침착하게 감사를 표한 뒤 말했다.

"모두 친절하게 알려주셔서 고마워요. 덕택에 이제 어떻게 해야 할지 알았어요. 헛걸음을 했으니 전 이만 돌아가야겠네요. 혹시 어떤 분이든 막시민을 다시 만나면 제 말 한마디만 전해주시겠어요?"

"그야 어렵지 않죠. 뭔데요?"

이스핀의 검은 눈에서 평소 별빛처럼 감돌던 휘광이 순간
살기를 띠었다.

"'다음에 걸리면 죽여버릴 테니까 기다려.'"

"……"

친구 사이에 주고받는 농담 섞인 막말이 아니었다. 군인을
별로 접해보지 못한 학생들은 흠칫하며 얼어붙은 채 이스핀
을 바라봤다. 이스핀은 다시 미소를 지으며 가볍게 절을 하더
니 말했다.

"그렇게 전해주시면 감사하겠습니다."

(2권에 계속)

룬의 아이들 – 블러디드 1

1판 1쇄 2018년 11월 23일
1판 11쇄 2024년 7월 17일

지은이 전민희

책임편집 임지호 | **편집** 지혜림 이송 | **일러스트** UK Nakagawa
표지디자인 이혜경디자인 | **본문디자인** 이원경
저작권 박지영 형소진 최은진 서연주 오서영
마케팅 정민호 서지화 한민아 이민경 안남영 왕지경 정경주 김수인 김혜원 김하연 김예진
브랜딩 함유지 함근아 고보미 박민재 김희숙 박다솔 조다현 정승민 배진성
제작 강신은 김동욱 이순호 | **제작처** 한영문화사(인쇄) 경일제책(제본)

펴낸곳 (주)문학동네 | **펴낸이** 김소영
출판등록 1993년 10월 22일 제2003-000045호

주소 10881 경기도 파주시 회동길 210
문의 031-955-8892(편집) 031-955-2696(마케팅) 031-955-8855(팩스)
전자우편 elixir@munhak.com | **홈페이지** www.elmys.co.kr
인스타그램 @elixir_mystery | **X(트위터)** @elixir_mystery

ISBN 978-89-546-5355-8 04810
        978-89-546-5354-1 (세트)